考試分數大躍進
累積實力
百萬考生見證
應考秘訣

根據日本國際交流基金考試相關概要

精修 關鍵句版

絕對合格 日檢必背閱讀 N1

線上音檔 QR Code

新制對應!

山田社日檢題庫小組・吉松由美・田中陽子・大山和佳子・林勝田 ◎合著

《精修關鍵句版 新制對應 絕對合格！日檢必背閱讀 N1》
隆重推出朗讀版＋經過解題精闢的重寫＋巧妙的常見關鍵句
我們精心打造了這本書，以其獨特而深入的解析，
不僅提供答案，更重要的是，它教會您如何思考！
確保您在日檢 N1 的征途上無往不利。

專業錄音，隨掃隨聽，帶來閱讀和聽力的雙翼飛躍！
搭配權威專家的解題洞察，這本書不僅提升您的語言技能，
更是您邁向成功的不二選擇。

成為攻克日檢 N1，無懈可擊的秘密武器。
立即體驗，讓您的學習之路，
如鷹揚天際，勢不可擋！

閱讀成績在日檢中佔有 1/3 的重要比例，是最高性價比的投資；
在生活中無處不在，從傳單、信件、報名課程到日常應用，是語言實戰中不可或缺的技能。

閱讀將成為您在日檢戰場的終極武器，為您在日語世界中的探索解鎖！

本書為閱讀成績老是差強人意的您量身打造，開啟日檢閱讀心法，只要找對方法，就能改變結果！一舉過關斬將，得高分！

成績老不盡人意嗎？本書專為提升閱讀成績而設計，
打開日檢閱讀的秘密通道，只要掌握技巧，成績逆轉勝就在眼前！
考試中如猛虎下山，一舉攻克所有難題，直達高分終點。

事半功倍，啟動最強懶人學習模式：

★「題型分類」密集特訓，挑戰日檢每一關卡，無敵突破！
★ 左右頁「中日對照」解析，開啟高效解題新紀元！
★ 全方位加油站，涵蓋同級單字文法的詳解攻略 × 小知識及會話大補帖！
★「常用關鍵句＋關鍵字延伸」，學霸的高分筆記大公開！
★「專業日文朗讀」把聲音帶著走，打造閱讀與聽力的雙重練功房！
★「智慧解題」的大挑戰：洞察題意，秒破長篇難題！
★ 錯選之處，致命陷阱一一揭示。最佳策略展現，解題秘技無所不包。

為什麼每次日檢閱讀考試都像黑洞般吸走所有時間？

為什麼即使背熟了單字和文法，閱讀考試還是一頭霧水？

為什麼始終找不到那本完美的閱讀教材？

如果您也有這些困惑，放心了！

《沉浸式聽讀雙冠王 精修關鍵句版 新制對應 絕對合格！日檢必背閱讀N1》是您的學習救星！由日籍頂尖金牌教師精心打造，獲百萬考生熱烈推薦，並成為眾多學府的指定教材。不管距離考試有多久，這本書將為您全方位升級日檢實力，讓您從此告別準備不足的焦慮，時間緊迫的壓力！

本書【5大必背】提供的策略，讓任何考題都不在話下！

1 命中考點：名師傳授，精準擊中考試關鍵，一次考到理想分數

深諳出題秘密的老師，長年在日追蹤日檢趨勢，內容完整涵蓋「理解內容（短文）」、「理解內容（中文）」、「理解內容（長文）」、「綜合理解」、「理解想法（長文）」、「釐整資訊」6大題型。從考點到出題模式，完美符合新制考試要求。透過練習各種「經過包裝」的題目，培養「透視題意的能力」，掌握公式、定理和脈絡，直達日檢成功之路。

徹底鎖定考試核心，不走冤枉路，準備日檢閱讀變得精準高效，合格不再依賴運氣！

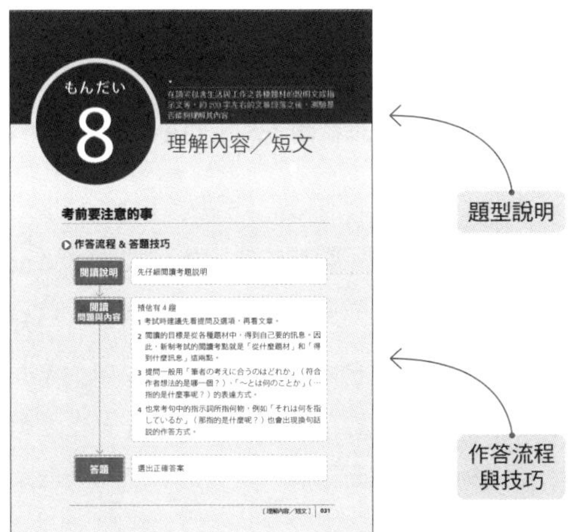

學霸解題秘籍：一點就通，您的私人教師幫您迎戰自學之路

是您自學路上的強大盟友。遠離了單打獨鬥的孤獨，本書將成為您的私人教師，以其深入的每題分析，揭開不僅僅是答案背後的故事，還有那些錯誤選項的致命陷阱，以及如何巧妙避開它們的策略。透過我們精心設計的步驟，您將能夠一一克服學習中遇到的每一個挑戰。

這本書不僅提供答案，更重要的是，它教會您如何思考。通過詳盡的解析和策略指導，您將學會如何自行解決問題，提高解題效率和準確率。無論您是在準備考試，還是希望在學習上達到新的高度。

為了精益求精，我們精心挑選 N1「必背重點單字和文法」，「單字 × 文法 × 解題戰術」極速提升回答速度，3 倍強化應考力量！最短時間內衝刺，奪得優異成績單！

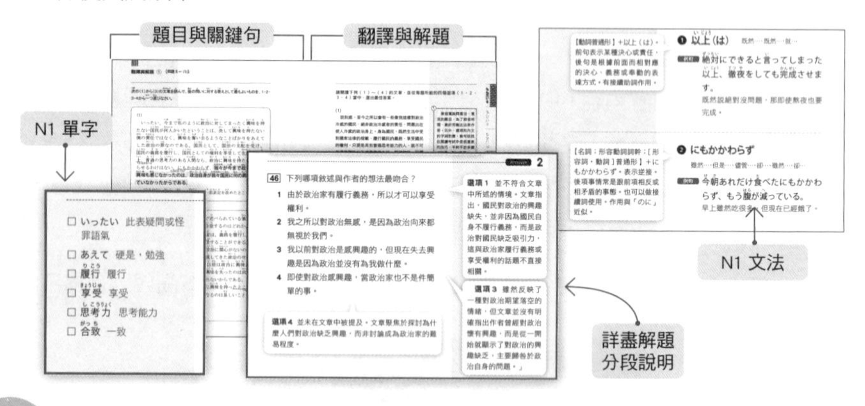

3 滋補增智：小知識萬花筒＋萬用句小專欄，樂學貼近道地日語

閱讀文章後的「小知識大補帖」，選取接近N1程度的各類話題，延伸單字、文法、生活及文化背景。多元豐富的內容，讓您在感嘆中親近日本文化，不知不覺深入日語核心。閱讀測驗像閱讀雜誌一般有趣，實力自然激增！

「萬用句小專欄」提供日本人日常生活中常用的字句，無論是學校、工作或日常，都能靈活運用。讓您不只閱讀能力激升，生活應用力也跟著飆高！嚴肅考題後，一劑繽紛趣味補充劑調節學習節奏，突破瓶頸，直達日檢高峰。

小知識
萬用會話
小知識大補帖
▸兩個動詞複合為一的動詞
～去る：（動詞の連用形に付いて）すっかり～する。
（…去：（接在動詞連用形後面）完全地…）
■捨て去る（毅然捨棄）
思い切りよく捨てて、気にかけずにいる。
下定決心捨棄，毫不在意。
・過去の栄光なんて、とっくに捨て去った。
過去的榮耀我早就捨棄了。
現在もまだ募集していますでしょうか。
請問現在還在徵人嗎？
販売員の経験はないのですが、問題ないでしょうか。
我沒當過推銷員，請問這樣符合資格嗎？

4 答題神器：常用關鍵句＋同級關鍵字，打造日檢閱讀精華大全

閱讀測驗的勝利秘笈在這裡！我們搜羅了 N1 閱讀中的精髓句型，利用關鍵字技巧將其分類，直擊核心資訊。利用聯想法，一氣呵成攻克相關句型。考場上從此鎮定自若，答題如魚得水！

單字量也是得分關鍵，我們整理了考試相關的同級關鍵詞字，讓您無需再翻字典，輕鬆建立豐富詞庫。學得輕鬆，記得牢固，應用自如。這兩大絕招將助您迅速成為日檢黑馬，大展身手。

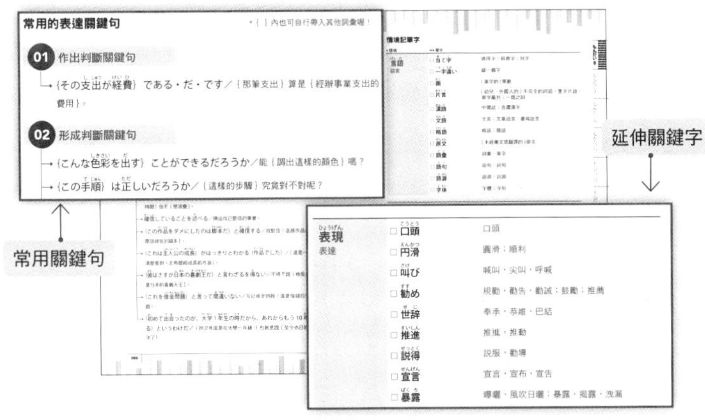

常用的表達關鍵句
＊｛ ｝內也可自行帶入其他詞彙喔！
01 作出判斷關鍵句
→｛その支出が経費｝である・だ・です／｛那筆支出｝算是｛經辦事業支出的費用｝。
02 形成判斷關鍵句
→｛こんな色彩を出す｝ことができるだろうか／能｛調出這樣的顏色｝嗎？
→｛この手順｝は正しいだろうか／｛這樣的步驟｝究竟對不對呢？
常用關鍵句
延伸關鍵字
表現
表達
口頭　口頭
円滑　圓滑；順利
叫び　喊叫，尖叫，呼喊
勧め　規勸，勸告，勸誡；鼓勵；推薦
世辞　奉承，恭維，巴結
推進　推進，推動
説得　說服，勸導
宣言　宣言，宣布，宣告
暴露　曝曬，風吹日曬；暴露，揭露，洩漏

5 解題祕寶：洞悉出題法則奧秘，傳授速讀答題的神技

在激烈的考試戰場上，能夠迅速而準確地把握文章精髓，不僅能夠大幅節約時間，更是提升答題準確度的關鍵。為了幫助考生在這場智慧的較量中獲勝，我們深入剖析了日檢考試的出題規律，從中提煉出 8 大高頻考題類型，例如因果關係題、正誤判斷題等。我們不僅止於理論，更進一步針對每一題考題進行分析，讓學習者在實際應用中磨練出題洞察力。

本課程將使您在考試中搶分如採花，輕鬆積累分數至手軟，助您實現無壓力的高分夢想！

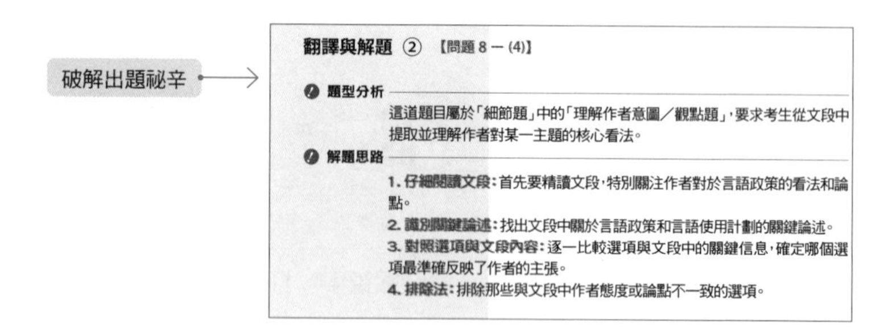

破解出題祕辛

翻譯與解題 ② 【問題 8 －(4)】

題型分析

這道題目屬於「細節題」中的「理解作者意圖／觀點題」，要求考生從文段中提取並理解作者對某一主題的核心看法。

解題思路

1. **仔細閱讀文段：**首先要精讀文段，特別關注作者對於言語政策的看法和論點。
2. **識別關鍵論述：**找出文段中關於言語政策和言語使用計劃的關鍵論述。
3. **對照選項與文段內容：**逐一比較選項與文段中的關鍵信息，確定哪個選項最準確反映了作者的主張。
4. **排除法：**排除那些與文段中作者態度或論點不一致的選項。

本書【3大特色】內容精修，全新編排，讓您讀得舒適，學習更高效！閱讀拿高標，縮短日檢合格路，成為考證高手！

1 一目十行：「中日對照編排法」學習力翻倍，好學好吸收，開啟解題速度！

絕妙排版，令人愛不釋手。本書突破傳統編排，獨立模擬試題區，擬真設計，測驗時全神貫注無干擾。左頁日文原文與關鍵句提示，右頁精確翻譯與深入解析，訂正時一秒理解，不必再東翻西找！結合關鍵句提示＋精確翻譯＋深入分析，打造最高效解題節奏。考場上無往不利，學習效率飆升！

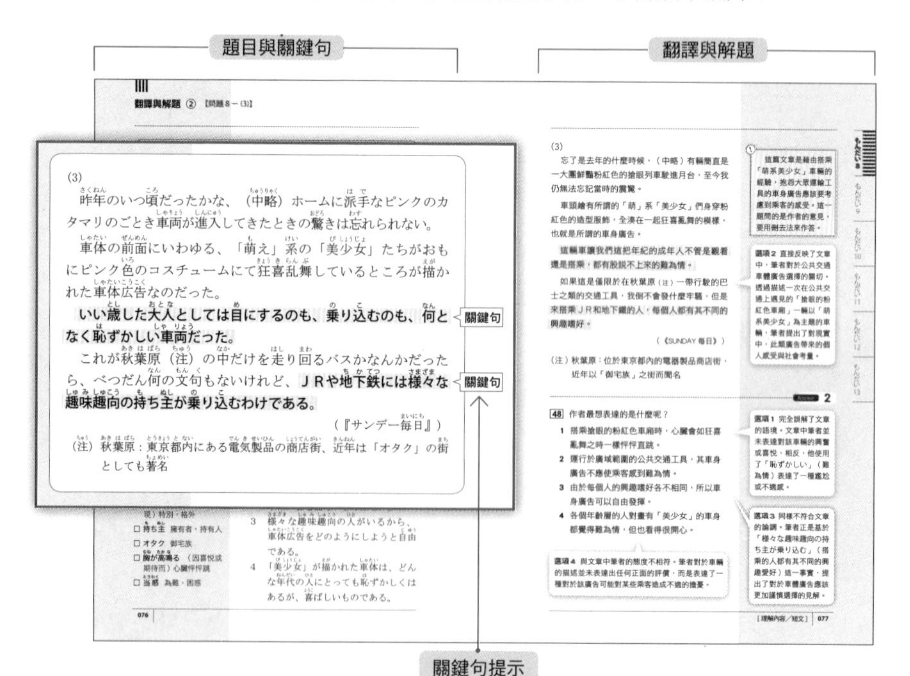

題目與關鍵句

翻譯與解題

翻譯與解題 ② 【問題 8 －(3)】

(3)

昨年のいつ頃だったかな、（中略）ホームに派手なピンクのカタマリのごとき車両が進入してきたときの驚きは忘れられない。

車体の前面にいわゆる、「萌え」系の「美少女」たちがおもにピンク色のコスチュームにて狂喜乱舞しているところが描かれた車体広告なのだった。

いい歳した大人としては目にするのも、乗り込むのも、何となく恥ずかしい車両だった。 關鍵句

これが秋葉原（注）の中だけを走り回るバスかなんかだったら、べつだん何の文句もないけれど、**ＪＲや地下鉄には様々な趣味趣向の持ち主が乗り込むわけである。** 關鍵句

（『サンデー毎日』）

（注）秋葉原：東京都内にある電気製品の商店街、近年は「オタク」の街としても著名

(3)

忘了是去年的什麼時候，（中略）有輛酷直是一大團鮮豔粉紅色的搶眼列車駛進月台，至今我仍無法忘記當時的震驚。

車頭繪有所謂的「萌」系「美少女」們身穿粉紅色的造型服飾，全湊在一起狂喜亂舞的模樣，也就是所謂的車身廣告。

這輛車讓我們這把年紀的成年人不管是觀看還是搭乘，都有股說不上來的難為情。

如果這是僅限於在秋葉原（注）一帶行駛的巴士之類的交通工具，我倒不會發什麼牢騷，但是來搭乘ＪＲ和地下鐵的人，每個人都有其不同的興趣嗜好。

（《SUNDAY 每日》）

（注）秋葉原：位於東京都內的電器製品商店街，近年以「御宅族」之街而聞名

48 作者最想表達的是什麼呢？

1 搭乘搶眼的粉紅色車廂時，心臟會如狂喜亂舞之時一樣怦怦直跳。
2 運行於廣域範圍的公共交通工具，其車身廣告不應使乘客感到難為情。
3 由於每個人的興趣嗜好各不相同，所以車身廣告可以自由發揮。
4 各個年齡層的人對畫有「美少女」的車身都覺得難為情，但也看得很開心。

關鍵句提示

雙劍合璧：「閱讀＋聽力」雙管齊下，為您打磨出兩把閃耀的勝利之劍！

為何限制自己只在一個領域進步？我們邀請日籍教師錄製精彩朗讀音檔，讓您的閱讀突破紙張的界限，融入日常的每個瞬間。刻意訓練讓您的閱讀與聽力無形中得到全面提升，聽熟了，聽力不再是噩夢，而是您的超能力！看多了，閱讀不僅是技能，更成為您的第六感。

線上音檔 → Track 01

次の（1）から（3）の文章を読んで、後の問いに対する答えとして最もよいものを、1・2・3・4から一つ選びなさい。

3 實戰工具箱：書末詳列 N1 常考文法，用法分門別類，一掌解開學習迷霧！

書末貼心附上 N1 常考文法及例句，化作您的隨身工具書。常考文法以關鍵字統整，翻閱一個用法即展開相關用法寶庫，讓概念更明晰，不知不覺學習賽道上遙遙領先他人。精確攻克考試重點，讓您在日檢的世界裡，翱翔如鷹，輕鬆自如！

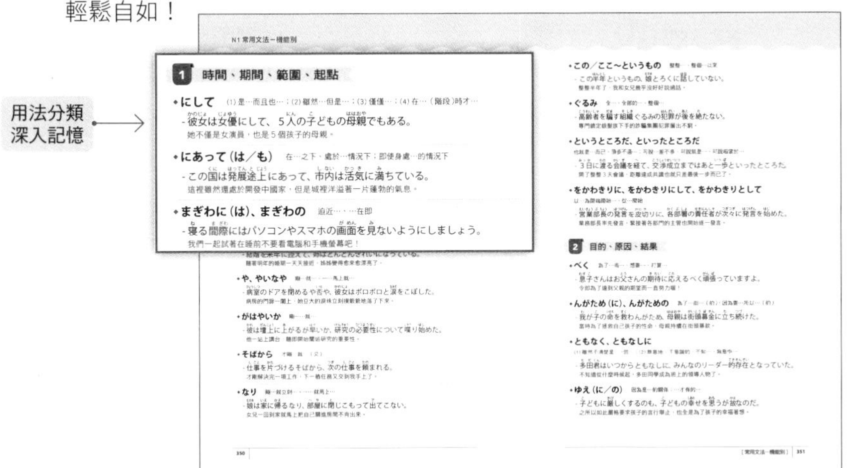
用法分類深入記憶

N1 常用文法－機能別

1 時間、期間、範圍、起點

◆にして　(1) 是…而且也…；(2) 雖然…但是…；(3) 僅僅…；(4) 在…（階段）時才…
- 彼女は女優にして、5人の子どもの母親でもある。
她不僅是女演員，也是 5 個孩子的母親。

◆にあって（は／も）　在…之下，處於…情況下；即使身處…的情況下
- この国は発展途上にあって、市内は活気に満ちている。
這裡雖然還處於開發中國家，但是城裡洋溢著一片蓬勃的氣息。

◆まぎわに（は）、まぎわの　迫近…，…在即
- 寝る間際にはパソコンやスマホの画面を見ないようにしましょう。
我們一起試著在睡前不要看電腦和手機螢幕吧！

•や、やいなや
- 病室のドアを閉めるや否や、彼女はポロポロと涙をこぼした。

•がはやいか
- 彼は壇上に上がるが早いか、研究の必要性について喋り始めた。

•そばから
- 仕事を片づけるそばから、次の仕事を頼まれる。

•なり
- 娘は家に帰るなり、部屋に閉じこもって出てこない。

350

•この／ここ～というもの
- この半年というもの、娘とろくに話していない。

•ぐるみ
- 高齢者を騙す組織ぐるみの犯罪が後を絶たない。

•というところだ、といったところだ
- 3日に渡る会議を経て、交渉成立まではあと一歩といったところだ。

•をかわきりに、をかわきりにして、をかわきりとして
- 営業部長の発言を皮切りに、各部署の責任者が次々に発言を始めた。

2 目的、原因、結果

•べく
- 息子さんはお父さんの期待に応えるべく頑張っていますよ。

•んがため（に）、んがための
- 我が子の命を救わんがため、母親は街頭募金に立ち続けた。

•ともなく、ともなしに
- 多田君はいつからともなしに、みんなのリーダー的存在となっていた。

•ゆえ（に／の）
- 子どもに厳しくするのも、子どもの幸せを思うが故なのだ。

［常用文法－機能別］ 351

別自限為學習界的外行人，您只是還未找到那本能激發潛力的神奇教材！本書將成為學習進階的加速器，讓您的學習能力飆升至新高度，喚醒腦海中的聰明基因。這不僅是學習的躍進，更像是賦予您一顆全新、充滿才智的超級大腦，準備好打開全新的學習世界大門，迎接日檢的絕對合格！

目錄
contents

N1 題型分析

<table>
<tr><th colspan="2" rowspan="2">測驗科目</th><th colspan="5">試題內容</th></tr>
<tr><th colspan="3">題型</th><th>小題
題數
*</th><th>分析</th></tr>
<tr><td rowspan="10">語言知識、讀解</td><td rowspan="4">文字、語彙</td><td>1</td><td>漢字讀音</td><td>◇</td><td>6</td><td>測驗漢字語彙的讀音。</td></tr>
<tr><td>2</td><td>選擇文脈語彙</td><td>○</td><td>7</td><td>測驗根據文脈選擇適切語彙。</td></tr>
<tr><td>3</td><td>同義詞替換</td><td>○</td><td>6</td><td>測驗根據試題的語彙或說法，選擇同義詞或同義說法。</td></tr>
<tr><td>4</td><td>用法語彙</td><td>○</td><td>6</td><td>測驗試題的語彙在文句裡的用法。</td></tr>
<tr><td rowspan="3">文法</td><td>5</td><td>文句的文法 1
（文法形式判斷）</td><td>○</td><td>10</td><td>測驗辨別哪種文法形式符合文句內容。</td></tr>
<tr><td>6</td><td>文句的文法 2
（文句組構）</td><td>◆</td><td>5</td><td>測驗是否能夠組織文法正確且文義通順的句子。</td></tr>
<tr><td>7</td><td>文章段落的文法</td><td>◆</td><td>5</td><td>測驗辨別該文句有無符合文脈。</td></tr>
<tr><td rowspan="3">讀解*</td><td>8</td><td>理解內容
（短文）</td><td>○</td><td>4</td><td>於讀完包含生活與工作之各種題材的說明文或指示文等，約 200 字左右的文章段落之後，測驗是否能夠理解其內容。</td></tr>
<tr><td>9</td><td>理解內容
（中文）</td><td>○</td><td>9</td><td>於讀完包含評論、解說、散文等，約 500 字左右的文章段落之後，測驗是否能夠理解其因果關係或理由。</td></tr>
<tr><td>10</td><td>理解內容
（長文）</td><td>○</td><td>4</td><td>於讀完包含解說、散文、小說等，約 1000 字左右的文章段落之後，測驗是否能夠理解其概要或作者的想法。</td></tr>
</table>

	11	綜合理解	◆	3	於讀完幾段文章（合計600字左右）之後，測驗是否能夠將之綜合比較並且理解其內容。
	12	理解想法（長文）	◇	4	於讀完包含抽象性與論理性的社論或評論等，約1000字左右的文章之後，測驗是否能夠掌握全文想表達的想法或意見。
	13	釐整資訊	◆	2	測驗是否能夠從廣告、傳單、提供各類訊息的雜誌、商業文書等資訊題材（700字左右）中，找出所需的訊息。
聽解	1	理解問題	◇	5	於聽取完整的會話段落之後，測驗是否能夠理解其內容（於聽完解決問題所需的具體訊息之後，測驗是否能夠理解應當採取的下一個適切步驟）。
	2	理解重點	◇	6	於聽取完整的會話段落之後，測驗是否能夠理解其內容（依據剛才已聽過的提示，測驗是否能夠抓住應當聽取的重點）。
	3	理解概要	◇	5	於聽取完整的會話段落之後，測驗是否能夠理解其內容（測驗是否能夠從整段會話中理解說話者的用意與想法）。
	4	即時應答	◆	11	於聽完簡短的詢問之後，測驗是否能夠選擇適切的應答。
	5	綜合理解	◇	3	於聽完較長的會話段落之後，測驗是否能夠將之綜合比較並且理解其內容。

＊「小題題數」為每次測驗的約略題數，與實際測驗時的題數可能未盡相同。此外，亦有可能會變更小題題數。

＊有時在「讀解」科目中，同一段文章可能會有數道小題。

＊符號標示：「◆」舊制測驗沒有出現過的嶄新題型；「◇」沿襲舊制測驗的題型，但是更動部分形式；「○」與舊制測驗一樣的題型。

読解問題の攻略法

題型解題訣竅

8 大題型

這不是一個有限的框架，而是奠定一個厚實的閱讀基礎！讓您在 8 大題型的基礎上套用、延伸或結合，靈活應用在各種題目或是閱讀資訊上。測驗前，先掌握 8 大題型，建構解題原則，提升閱讀力！讓您面對任何題目都能馬上掌握最關鍵的解題訣竅，大幅縮短考試時間，正確答題！

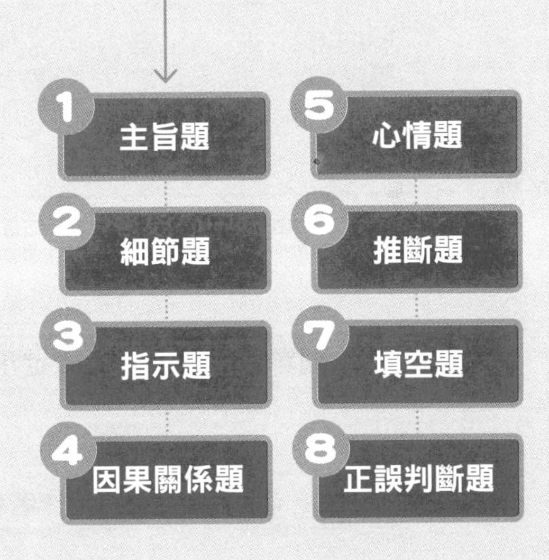

題型解題訣竅 - 8大題型

題型1 主旨題

主旨可以指作者寫作的意圖，作者要告訴我們的觀點、論點、看法。

答題方法

掌握段落的要點

閱讀整篇文章，大致掌握文章寫了什麼

再次閱讀每一段落

匯集要點

▼

掌握段落與段落之間的關連

▼

抓住中心段落

從段落的連接上找

從位置上找

分析文章中的詳寫點，探尋文章的中心

▼

根據中心段落，總結出主旨

▼

關鍵文法、句型，確定正確答案

▼

看文章的出處、作者信息

掌握段落的要點

1 閱讀整篇文章，**大致掌握文章寫了什麼**。

2 **再次閱讀每一段落，** 那時要注意：

✓ 作者要傳達什麼訊息給讀者，作者寫了什麼。

✓ 看到述說意見時劃上單線。

✓ 看到重點意見時劃上雙線。

3 **匯集要點**。把劃上雙線的重點匯集起來，並進行取捨。

✓ 可以捨去的部分：開場白、比喻、引用、理由、修飾詞。

✓ 需要匯集的部分：不斷重複的事情、意思承接前一段的內容、意思跨到下一段落的內容。

掌握段落與段落之間的關連

為了便於把握文章之間的關係，再次閱讀每一段落時，**用一句話歸納一個段落的意思**。

抓住中心段落

- 中心段落是為了突出文章的中心思想，抓住它就能準確的概括作者要告訴我們的觀點、論點、看法了。
- **中心段落就是文章的主旨所在**。因此，找準了它就就特別重要了。

1 **從段落的連接上找出來。**

✓ 如果意見只集中在一個段落，那麼這一段落就是中心段落。

✓ 如果意見集中在多個段落，那麼最重要的意見是在哪一個段落，該段落就是中心段落。

2 **從位置上找出來。**

✓ 表示主旨的中心段落，一般是在文章的開頭或結尾。

✓ **特別是最後一段落，往往都是主旨所在的地方。**

3 **分析文章中的詳寫點**，探尋文章的中心。

✓ 一般表現中心的材料，作者是會用筆墨詳加敘寫。

✓ 有時作者對真正要表現的中心用墨甚少，但對次要訊息卻很詳細，這時就要找出作者詳寫此人此事的意圖，發現這一意圖也就找到了文章的中心了。

根據中心段落，總結出主旨

- 找到中心段落，據此再加入其他段落的重要內容，並加以彙整。
- 用言簡意賅的**一句話概括出文章的主旨**。

關鍵文法、句型，確定正確答案

- 找到表達觀點的關鍵文法、句型，確定正確答案。
- 例如「～ではないか（不就是…嗎？）」就是「私は～と思っています（我是…的看法）」。

看文章的出處、作者信息

這類訊息跟主旨大都有內在的關連，可以幫助判斷文章的主旨，更能提高答題的準確性。

題型2

細節題

細節提是要看考生是否對文章的細節能理解和把握。

細節項目 4W2H

when	いつ（時間）[什麼時候發生的]	時間
where	どこ（場所、空間、場面）[在哪裡發生的]	場所
who	だれ（人物）[誰做的？誰有參予其中？]	人
what	なに（物・事）[是什麼？目的是什麼？做什麼工作？]	物
how much	どれくらい [做到什麼程度？數量如何？水平如何？費用多少？]	多少
how	どのように、どうやって（手段、様子、程度）[怎麼做？如何提高？方法怎樣？怎麼發生的？]	手段

問題形式

- ～どんなことか ……（…什麼樣的事情…？）
- ～できる時間帯はどれですか ……（…可以做…的時間是何時呢？）
- ～どのようなことを指しますか ……（…指什麼事情…？）
- ～どうすれば～ ……（…怎麼做…？）
- ～どのようなことを提案していますか ……（…提議說該怎麼做呢？）
- ～どのようなことを述べていますか ……（…說的是什麼樣的事情呢？）

答題方法

從關鍵詞、詞組給的提示去找答案。

▶

▶

從文章的結構來找出答案。

✔ 從關鍵詞、詞組給的提示去找答案

1 答案可能在跟問題句相同、近似或相關的關鍵詞或詞組裡。

2 看到近似的關鍵詞或詞組，必須用心斟酌、仔細推敲。

3 題目如果是關於 4W2H，就要注意文章裡表示 4W2H 的詞。

✔ 從句子的結構來找出答案

1 **透過關鍵詞找到答案句**，再經過簡化句子結構，來推敲答案。

2 答案的主語是 **who(だれ→人)，what（なに→物），how（どうやって→手段）**等問題時，從句子結構來找答案，是非常有效的方法。

3 文章中如果有較難的地方，可以做句子結構分析：

❶ ✓主語＋述語。
✓主語＋補語＋述語。
✓主語＋目的語＋述語。
✓主語＋間接目的語＋直接目的語＋述語。

❷ ✓主題＋主語＋述語。
✓主題＋主語＋補語＋述語。
✓主題＋主語＋目的語＋述語。
✓主題＋主語＋間接目的語＋直接目的語＋述語。

❸ **其他還有：修飾語、接續語、獨立語。**

✓問題的關鍵詞不一定與原文一模一樣，而往往出現原文的同義釋義、反義詞、或者同義詞和近義詞。

✓有時還要注意句子的言外之意。

✓帶著問題閱讀原文，找到答案後再從選項中尋找出相應的內容，就可以順利解題。

✔ 從文章的結構來找出答案

1 **略讀整篇文章**，也就是先快速瀏覽各個段落，掌握每一段大概的內容與段落之間的脈絡，判斷文章結構，進而確實掌握細節。

2 看清楚題目，注意文章裡表示 4W2H 的關鍵詞。可以**試著問自己，4W2H 各是什麼**：發生了什麼事 (what)、在什麼地方發生 (where)、什麼時候發生 (when)、影響到誰或誰參與其中 (who)、如何發生 (how) 和發生的程度 (how much)，透過這些重要線索，就能迅速地找到答案。

3 例如題目問場所，就注意文章裡跟選項，表示場所的關鍵詞，就能迅速地找到答案。

題型3

指示題

表示コ・ソ・ア・ド及前後文所指。

單詞

詞組

指示的內容

長文

一個段落

指示詞的作用

1 用來表示文章或會話中出現的某個人、某句話或某個情報。也就是，替換前面出現過的詞。

2 指示詞是替換曾經敘述過的事物時
➡ **答案在指示詞之前。**

3 指示詞用來表示預告時 ➡ **答案在指示詞之後。**

答題方法

答案在指示詞之前

指示詞用在避免同樣的詞語重複出現的情況。因此，所指示的事物就從指示詞前面的文章開始找起，甚至更前面的文章。

※ **大部分的指示詞，所指的內容都在前面。**

從指示詞**後面**內容**得到提示**。

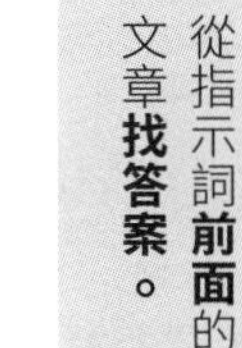

從指示詞**前面**的文章**找答案**。

最後把答案跟指示詞調換，也就是將答案代入原文，確認意思是否恰當。

答案在指示詞之後

有時文章或段落的開頭就是指示詞。例如：「こんな話を聞いた（聽過這麼一件事）」。

這時指示詞所指的內容就在後面。

這樣的指示詞起著「何を言うのだろう（想說什麼呢）」的作用，這是作者為了引起讀者的注意力而用的手法。

從指示詞**前面**內容**得到提示**。

從指示詞**後面**的文章**找答案**。

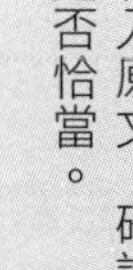

最後把答案跟指示詞調換，也就是將答案代入原文，確認意思是否恰當。

題型4 因果關係題

因果關係題是指從文章裡提到的人事物之間，因果聯繫來提問的題目。

常見的提問方式

- **～のはどうしてですか** ……（…是為什麼呢？）
- **～原因はどのようなことだと考えられますか** ……（…可知是為什麼呢？）
- **～の目的は何ですか** ……（…是為了什麼目的呢？）
- **～はどんな～からか** ……（…是因為什麼樣的…呢？）
- **～なぜ～ませんか** ……（…為什麼…不呢？）
- **理由として、～挙げられていないものはどれか** ……（沒有被列為理由的是以下何者？）
- **～一番の原因は、どんなことだと言われていますか** ……（…說最主要的原因是為什麼呢？）
- **～なんのために～か** ……（…為了什麼…呢？）

答題方法

題目中經常會出現表示因果關係的詞語

▼

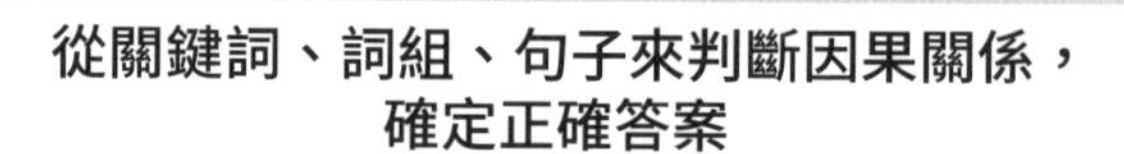

從關鍵詞、詞組、句子來判斷因果關係，確定正確答案

▼

以助詞「で（因為）」當線索，找出因果關係，確定正確答案

▼

從句子中去歸納出因果句，從結果句來找出原因句

▼

隱性的因果，也就是沒有明顯的因果關係關鍵詞時

題目中經常會出現表示因果關係的詞語

1 先仔細閱讀題目，根據關鍵詞等，再回原文中去找出它的對應詞。

2 確實掌握關鍵詞，或因果相關所在的段落內容。

3 注意原文中表示因果關係的詞語。

從關鍵詞、詞組、句子來判斷因果關係，確定正確答案

1 直接在文章裡抓住關鍵詞、詞組、句子，就可以選出正確答案。因為答案就在其前後。

2 N1 閱讀的因果關係題，有時也有直接的、明顯的在文章中出現關鍵詞、詞組及句子，來表示因果關係。

3 相關指標字詞：「から（因為）」、「からこそ（正因為）」、「ために（為了）」、「～は～という（就是因為…）」、「これは～からである（這是因為…）」。

4 先看題目是問什麼原因，再回到文章中相應的因果關係關鍵詞。

5 然後去文章裡面速讀找到因果關係關鍵句，再把句子簡化，最後判斷答案。

6 正確答案經常是原文詞句的改寫。因此，要對表示因果關係詞特別敏感。

以助詞「で（因為）」當線索，找出因果關係，確定正確答案

1 「で」在表示因果關係時，雖然語氣輕微、含糊，但還是可以作為因果關係句的線索詞。

2 利用仔細推敲「で」前後的文章，來判斷「で」是否為因果關係意思。

從句子中去歸納出因果句，從結果句來找出原因句

1 找出結果的接續詞：「それで（因此）」、「それゆえ（所以）」、「だから（因此）」、「ですから（因為）」、「したがって（因此，從而）」、「によって（由於）」、「というわけで（所以）」、「なぜなら（要說是為什麼）」。

2 要能夠知道哪些地方預示著考點出沒，因此，看到提示結果的接續詞，就知道原因就在它們的附近。

隱性的因果，也就是沒有明顯的因果關係關鍵詞時

1 從文章內容進行分析、判斷。

2 看到表達原因說明情況意義的「のである」、「のです」，大都也可充分判斷為是有因果關係的邏輯在內。

3 找出題目的關鍵詞，再看前後文，答案句往往就在附近。

4 題目句如果有括號，一般是引用原句，也可以當作一種線索詞。例如：「半分しか使わない」のははなぜですか（為何「只使用一半」呢）。

題型5 心情題

注意對作者心情、態度的表達詞，例如：正面評價「よかった（太好了）」；負面評價「困った（糟糕）」、「しまった（完了，不好了）」等。

答題方法

什麼是人物的心情

從動作讀懂人物的心情

從語言讀懂人物的心情

什麼是心情描寫

什麼是人物的心情

- 要讀懂人物的心情，必須深入理解、體會文章的內容。
- 心情就是心的想法，除了直接在字面上說明之外，是無法用肉眼看出來的。
- 怎麼讀懂人物的心情，可以從**動作**跟**語言**著手。

從動作讀懂人物的心情

- 從**態度、行動**著手。人物的心情，是透過態度來表現的。人物個性鮮明的態度、動作往往能傳神地體現出人物的心情。
- 從**表情**著手，人物的內心感情，最容易從表情透露出來。譬如，人物對正在進行的談話不滿意，就會有厭惡的表情；心平氣和的時候，就會有溫和安詳的表情。

從語言讀懂人物的心情

- 人物的語言最能反映了人物的內心世界。
- 從**形容聲音的文詞**去揣摩：當我們從臉部表情、動作、言辭都無法掌握對方心態時，往往可從一些與聲音有關的詞語去揣摩其喜怒哀樂等情緒變化。可以說，聲音是洞察人心的線索。

ゲラゲラ　大笑

✓ガンガン　生氣

しくしく　抽答的哭

- 從**說話口氣、措辭**去揣摩：從說話口氣，就可以揣摩人物的喜怒哀樂等情緒變化。

什麼是心情描寫

- 心情描寫就是將人物內心的喜、怒、哀、樂呈現出來。方法可分直接描寫跟間接描寫。

1 從直接描寫去揣摩。

✓直接描寫人物的想法、感受、打算等。是人物感情、情緒的自然流露。

✓直接描寫人物的心願或思想感情，如能詳細準確地描繪出來，就是人物內心的最好寫照。

2 從間接描寫去揣摩。

✓從人物如何看風景或事物等描寫，來刻畫人物的心情。

✓從人物如何行動等描寫，來刻畫人物的心情。

題型6

推斷題

細節推論、後續行為、結果推斷

推斷題又叫推理題

1 以文章中的文字信息為依據，以具體事實為前提，來推論文章中的具體細節。

2 主要根據字面意思，推斷後續內容及結果等深層信息的題目。

3 需要考生在文中找到相關依據，還要根據已知的信息走一步推理的過程，才能得出答案。

推斷題跟細節題不同之處

細節題

答案一般可以在文章中找到。

推斷題

需要用到簡單的邏輯推理，更多是還需要排除法，甚至是計算的。

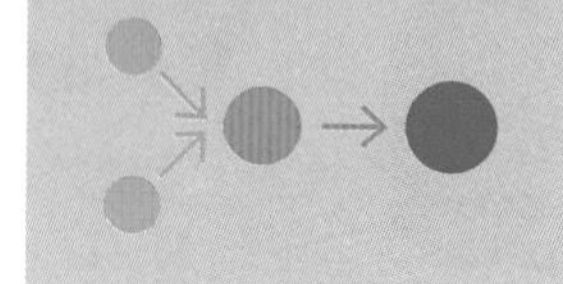

答題方法

推斷不是臆斷

必需基於文章的信息（事實依據）能夠推斷出來的。

必須利用相關部分的背景知識，甚至常識推理

只要說得不夠完善、含糊不清、故意誇大、隱瞞事實或無中生有，都不正確。而正確的答案看起來都讓人很舒服的。

捕捉語言線索，按圖索驥

與細節題不同的是，推理題在找到原文中對應點之後考察的是學生對於文中信息的總結概括，或者正反向推理的能力。

不需要推得太遠

但做題時也不需要推得太遠，基本上考察的還是對原文信息的概括和總結的能力。

題型 7 填空題

顧名思義，就是在文章某處挖空，應該填入選項 1,2,3,4 哪個詞或哪一句話。
考法大多是句型搭配、接續詞跟意思判斷。

問題形式

- 「Ⅰ」、「Ⅱ」には同じ言葉が入る。それはどれですか（「Ⅰ」、「Ⅱ」裡面應該填入相同文字，是以下何者呢）。
- 「 」に入る言葉として最も適したものを選べてください（請選出最適合填入「 」的選項）。
- 「 」に入る言葉を次から選べてください（請從中選出應填入「 」的選項）。

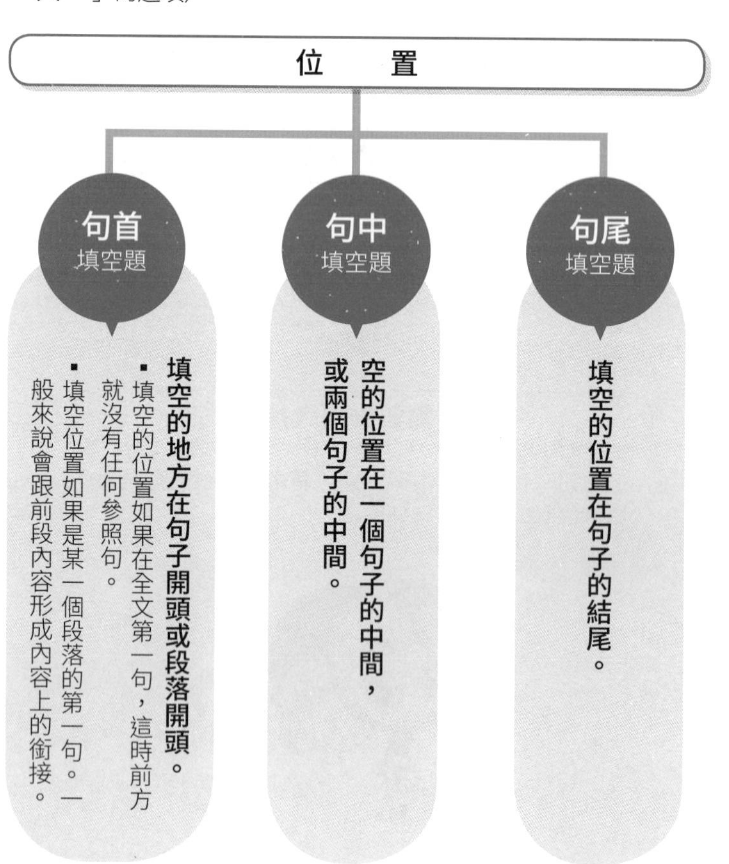

位置
句首 填空題
填空的地方在句子開頭或段落開頭。
▪填空的位置如果在全文第一句，這時前方就沒有任何參照句。
▪填空位置如果是某一個段落的第一句。一般來說會跟前段內容形成內容上的銜接。
句中 填空題
空的位置在一個句子的中間，或兩個句子的中間。
句尾 填空題
填空的位置在句子的結尾。

句首填空題

- 常見的填空考法有：句首句型搭配、句首接續詞。

訣竅

1 透過**句型推斷**，選擇搭配的句型。

2 **掌握前後句關係**，如果稍有模糊就容易造成語意的不清楚，進而不容易判斷出空格處接續詞的選擇。

3 注意**句子跟句子之間的邏輯關係、連貫關係**，並仔細比較，選擇接續詞。

4 **讀懂緊接著空格後面的意思**，大多是一句或兩句，並根據後面的文章意思找到答案，進行填空。

ポイント 注意邏輯關係接續詞，例如：話題、結論、結果、並列、遞進、承上啟下、說明、選擇、舉例等。

話題

さて（那麼）、**ところで**（順帶一提）、**ときに**（順便說一下）

結論

要するに（那麼，總而言之）、**概して**（順帶一提，大致上）、**つまるところ**（順便說一下，歸根結底）、**一言でいえば**（那麼，簡單地說）、**簡単にいえば**（順帶一提，簡而言之）、**結論として**（順便說一下，作為結論）、**結論的に言って**（那麼，從結論上來說）、**結びに**（順帶一提，最後）、**最後に**（順便說一下，最終）

結果

というのは（那麼，意味著）、**それゆえ**（順帶一提，因此）、**したがって**（順便說一下，所以）、**だから**（那麼，因此）、**かくて**（順帶一提，於是）、**このようにして**（順便說一下，通過這樣做）、**それで**（那麼，因此）、**その結果**（順帶一提，結果）、**そんな理由で**（順便說一下，由於這樣的理由）、**そういうわけで**（那麼，因此）、**というわけで**（順帶一提，所以）、**そのため**（順便說一下，因此）

並列

また（那麼，又）、**および**（順帶一提，以及）、**ならびに**（順便說一下，並且）、**これから**（那麼，從現在開始）、**もう一つ**（順帶一提，另外一個）

遞進

そのうえ（那麼，此外）、**さらにいうと**（順帶一提，更進一步來說）、**また**（順便說一下，又）、**そこで**（那麼，因此）、**それに**（順帶一提，此外）、**おまけに**（順便說一下，加之）、**しかも**（那麼，而且）

承上啓下

それに関連して（那麼，與此相關）、**それにつけて**（順帶一提，關於這點）、**ちなみに**（順便說一下，順便提一下）

說明

実際のところ（那麼，實際上）、**事実**（順帶一提，事實上）、**実は**（順便說一下，事實上）、**まことにもって**（那麼，老實說）

選擇

または（那麼，或者）、**あるいは**（順帶一提，或是）、**どちらも**（順便說一下，兩者都）

舉例

例えば（那麼，例如）、**例えてみれば**（順帶一提，舉個例子來說）、**他の例では**（順便說一下，在其他例子中）、**いわば**（那麼，可以說是）、**まず大事のことは**（順帶一提，首先重要的是）、**さらに大切なことは**（順便說一下，更重要的是）、**とりわけ**（那麼，特別是）

句中填空題

▪ 常見的填空考法有：根據文法結構、句中句型搭配、句中意思判斷。

訣竅

a **找出句中語法結構、句型關係**來填空。

b **細讀前後句之間的句義、關係**，抓住文章所給的全部信息，準確理解文章意思，不能出現漏讀或誤讀。

c **根據前後句子之間的意思，可推出兩句間的邏輯關係**，加以判斷後，選出正確的接續詞、呼應形式等填空。

d **最好先掌握作者意圖**，而不能僅根據一般常識或看法。

句尾填空題

- 常見的填空考法有：句尾句型搭配、句尾意思判斷（根據上文的意思，判斷後句）。

訣竅

1 仔細地閱讀前文，就像用放大鏡，字斟句酌的瞭解文本，仔細地分析文章，理解句義。

2 **句尾空格判斷大多是利用句型結構關係，再據此推論填空後句**。例如空格前是「あまり」，就到選項裡找否定意思的呼應形式「ない」；例如空格前是「たぶん」，就到選項裡找推測意思的呼應形式「だろう」等等。

呼應式解題法主要運用在句型搭配邏輯填空題中，解題步驟主要是：

第一步 閱讀選項，藉助關鍵詞或句之間關係，確定邏輯關係。

第二步 根據邏輯關係，尋找空格的呼應點，確定空格含義。

第三步 根據空格含義，辨析句型搭配的呼應形式得出答案。

3 也可以把自己覺得正確的答案，放入文章裡驗證是否符合邏輯，如果是的話，那就是正確答案了。

ポイント　常見的呼應形式

推測形式

たぶん～ではないだろう（也許…吧）、**まさに～であろうか**（確實是…吧）、**～のは言うまでもない**（不用說一定是…）。

否定形式

しか～ない（只有…）、**まだ～ない**（還沒…）、**あまり～ない**（不怎麼…）、**それほど～ない**（並不那麼…）。

過去形式

もう～た（已經…了）。

假定形式

もし～たら（如果…的話）、**～ば**（…的話）。

題型8

正誤判斷題

正誤判斷題，要確實掌握不正確的敘述。又叫是非題。意思就是非黑即白的選擇，沒有折中的答案。

- 正誤判斷題做起題來總是讓人很糾結，因為考生經常無法快速找到每個選項對應的內容，因此難以判斷真假。
- 正誤判斷題要問的是選項跟文章所敘述或作者所提出的是否符合，還是不符合，或文章中沒有提到的資訊。
- 一般針對的是文章的主題、主旨或細節。

提問方式	問題形式
一正三誤 一誤三正	●正しいものはどれですか（哪一項是正確的）。 ●上と同じ意味の文を選びなさい（選出與上述相同的項目來）。 ●しなくてもよいことは、下のどれか（不進行也可以的是下面哪一項）。

答題方法

詳細閱讀並理解問題句

先注意問題是問正確選項，還是錯誤選項。

確實掌握問題句

要注意在判斷正誤時，必須嚴格根據文章的意思來進行理解和推斷，不可以自己提前做假設，所有的答案都來自文章裡。

找出選項的關鍵詞並理解整個陳述的含意

利用關鍵詞，在文章中確定對應的句子，這就是答案的位置了。

4 根據答題所在的位置，再以不同方式解題

1 解答的材料都在某個句子裡。

✓答題時，先看選項，圈上關鍵詞並理解整個陳述的含意。找到答案句，認真仔細地閱讀並進行比較，選出答案。

✓仔細查看文章中的關鍵語所在句子中的含意，必要時應查看關鍵詞所在句子前後的含意，區分是與選項符合或不符合、相衝突或不相衝突。

2 解答的材料在某個段落裡。

✓如果 4 個選項的材料，都集中在某個段落裡，這時候眼睛就不用跑太遠，答題時從選項中的線索詞從原文中找到相關的句子，與選項進行比較進而確定答案。

✓建議平常背單字就要跟可以替換的單字或詞組一起背，答案一定跟文章裡的某個段落或是某一句話有類似意思或同意替換的。

✓文法跟句型也是一個很重要的線索，利用它來判斷答案所在相關句子，是肯定或否定的意思。

3 解答的材料在整篇文章裡。

✓也就是 4 個選項的材料分散在全篇文章裡，答題時要有耐心。

✓看選項，知道文章類型或內容。

✓先看選項，再回去找答案。一邊閱讀文章一邊找需要的答案，可以增加答題速度。

✓掌握段落的要點，用選項線索找關鍵字、句。

✓找關鍵字、句還是沒辦法得到答案，看整句、再看前後句，段落主題句。

✓有些問題，無法從字面上直接找到答案，需要透過推敲細節，來做出判斷。

✓如果遇到難以判斷的選項，可以留到後面解決，先處理容易判斷的選項。

在讀完包含生活與工作之各種題材的說明文或指示文等，約 200 字左右的文章段落之後，測驗是否能夠理解其內容。

理解內容／短文

考前要注意的事

作答流程 & 答題技巧

閱讀說明

先仔細閱讀考題說明

閱讀問題與內容

預估有 4 題

1 考試時建議先看提問及選項，再看文章。

2 閱讀的目標是從各種題材中，得到自己要的訊息。因此，新制考試的閱讀考點就是「從什麼題材」和「得到什麼訊息」這兩點。

3 提問一般用「筆者の考えに合うのはどれか」（符合作者想法的是哪一個？）、「～とは何のことか」（…指的是什麼事呢？）的表達方式。

4 也常考句中的指示詞所指何物，例如「それは何を指しているか」（那指的是什麼呢？）也會出現換句話說的作答方式。

答題

選出正確答案

日本語能力試験 ①

Track 01

次の（1）から（3）の文章を読んで、後の問いに対する答えとして最もよいものを、1・2・3・4から一つ選びなさい。

(1)

いったい、今まで私のように政治に対してまったく興味を持たない国民が何人かいたということは、決して興味を持たない側の責任ではなく、興味を奪い去るようなことばかりをあえてした政治の罪なのである。国民として、国法の支配を受け、国民の義務を履行し、国民としての権利を享受して生活する以上、普通の思考力のある人間なら、政治に興味を持たないで暮らせるわけはない。にもかかわらず、我々が今まで政治に何の興味も感じなかったのは、政治自身が我々国民に何の興味も持っていなかったからである。

（伊丹万作『政治に関する随想』、一部表記を改めたところがある）

46 ここで述べられている筆者の考えに最も合致するのはどれか。

1 政治家は、義務を履行してこそ権利を享受することができる。

2 私が政治に関心がないのは、私たちを無視してきた政治のせいである。

3 私は以前は政治に興味があったのに、興味を失ったのは政治が何もしてくれないからである。

4 政治に興味を持ったところで、政治家になるのは易しいことではない。

Track 02

(2)

正直言って、私は、生真面目（きまじめ）な動機から、論理的思考について学ぼうとする人間が好きではない。そういう人間に限って、論理的思考力の効能を固く信じ、正しい議論を真剣になってやろうとする（ディベートの訓練をしている人など、大抵（たいてい）そうだ）。だが、議論に世の中を変える力などありはしない。もし本当に何かを変えたいのなら、議論などせずに、裏の根回しで数工作でもした方がよほど確実であろう。実際に、本物のリアリストは、皆、そうしている。世の中は、結局は数の多いほうが勝つのである。

（香西秀信『論より詭弁（きべん）　反論理的思考のすすめ』）

47　筆者の考えに最も合うのはどれか。

1　議論で説得しようとすると相手のプライドが傷付くので、陰でこっそり話すほうがよい。

2　論理で人を動かそうとするよりも、自分一人でたくさん仕事をして片付けてしまうほうがよい。

3　社会を変えたければ、論理的に正しい意見を述べるよりも、とにかく味方を増やすことである。

4　議論するよりも、陰で関係者に賄賂（お金や贈り物）を配るほうが有効である。

Track 03

(3)

現実に対する作者の態度の如何によって、種々の作品が生まれる。ある時代には、現実に対する多くの作者の態度がほぼ一定していて、同じ種類の作品が多く現れる。何某主義時代という文学上の時代は、そういう時期である。またある時期には、現実に対する作者の態度が四分五裂して、各人各様の態度をとり、したがって作品の種類も雑多になる。いわば（注）無秩序無統制の時期であって、各種の主義主張が乱立する。現代はその最もよい例である。

（豊島与志雄『現代小説展望』、一部表記を改めたところがある）

（注）いわば：言ってみると

48 この文章の内容に最もよく合致するのはどれか。

1　現代は、作者の考え方がばらばらなので、文学も雑多なものが生まれている。

2　現代の文学は種類が雑多だが、いつかは何某主義時代といわれるようになるだろう。

3　現代の文学は、もっと秩序立って統制の取れたものにすべきである。

4　現代の文学は、作者の思想が多様なのでかつてないほど豊かである。

Track 04

(4)

　将棋はとにかく愉快である。盤面の上で、この人生とは違った別な生活と事業がやれるからである。一手一手が新しい創造である。冒険をやってみようか、堅実にやってみようかと、いろいろ自分の思い通りやってみられる。しかも、その結果が直(ただ)ちに盤面に現れる。その上、遊戯(ゆうぎ)とは思われぬくらい、ムキになれる。昔、インドに好戦の国があって、戦争ばかりしたがるので、侍臣(じしん)が困って、王の気持を転換させるために発明したのが、将棋だというが、そんなウソの話が起こるくらい、将棋は面白い。

（菊池寛『将棋』、一部表記を改めたところがある）

49 筆者は、将棋をなぜ面白いと言っているか。

1 現実の暮らしとは異なる生き方を試すことができるから

2 盤面の上で試してみたことが、現実の生活に現れるから

3 一手一手、相手を追いつめていく楽しみがあるから

4 いろいろやってみるうちに、上達するから

翻譯與解題 ① 【問題 8 — (1)】

次の（1）から（3）の文章を読んで、後の問いに対する答えとして最もよいものを、1・2・3・4から一つ選びなさい。

(1)

いったい、今まで私のように政治に対してまったく興味を持たない国民が何人かいたということは、決して興味を持たない側の責任ではなく、興味を奪い去るようなことばかりをあえてした政治の罪なのである。国民として、国法の支配を受け、国民の義務を履行し、国民としての権利を享受して生活する以上（文法詳見 P38）、普通の思考力のある人間なら、政治に興味を持たないで暮らせるわけはない。にもかかわらず（文法詳見 P38）、**我々が今まで政治に何の興味も感じなかったのは、政治自身が我々国民に何の興味も持っていなかったからである。**〈關鍵句〉

（伊丹万作『政治に関する随想』、一部表記を改めたところがある）

□ いったい　此表疑問或怪罪語氣

□ あえて　硬是，勉強

□ 履行　履行

□ 享受　享受

□ 思考力　思考能力

□ 合致　一致

46 ここで述べられている筆者の考えに最も合致するのはどれか。

1 政治家は、義務を履行してこそ（文法詳見 P38）権利を享受することができる。

2 私が政治に関心がないのは、私たちを無視してきた政治のせいである。

3 私は以前は政治に興味があったのに、興味を失ったのは政治が何もしてくれないからである。

4 政治に興味を持ったところで（文法詳見 P39）、政治家になるのは易しいことではない。

請閱讀下列（１）～（４）的文章，並從每題所給的４個選項（１・２・３・４）當中，選出最佳答案。

(1)

說到底，至今之所以會有一些像我這樣對政治冷感的國民，絕非政治冷感者的責任，問題出在使人冷感的政治身上。身為國民，既然生活中受到國家法律的規範、履行國民的義務、享受國民的權利，只要是具有普通思考能力的人，就不可能過著對政治不感興趣的生活。話雖如此，我們向來對政治冷感是因為政治本身絲毫不關心我們這些國民。

（伊丹萬作《政治隨感》，更改部分表記）

像這種詢問看法、意見的題目，為了節省時間，最好用刪去法來作答。另外，選項和內文的字詞對應、換句話說在閱讀考試中是很重要的技巧，平時不妨多擴充字量、勤加練習。

選項２ 直接反映了文章的主旨。作者透過自身的觀點指出，國民對政治失去興趣，主要是因為政治本身未能引起國民的興趣或關注，暗示了一種政治與國民之間缺乏有效溝通和關懷的狀況。符合文章的主旨和論點。

Answer **2**

46 下列哪項敘述與作者的想法最吻合？

1. 由於政治家有履行義務，所以才可以享受權利。
2. 我之所以對政治無感，是因為政治向來都無視於我們。
3. 我以前對政治是感興趣的，但現在失去興趣是因為政治並沒有為我做什麼。
4. 即使對政治感興趣，當政治家也不是件簡單的事。

選項１ 並不符合文章中所述的情境。文章指出，國民對政治的興趣缺失，並非因為國民自身不履行義務，而是政治對國民缺乏吸引力，這與政治家履行義務或享受權利的話題不直接相關。

選項３ 雖然反映了一種對政治期望落空的情緒，但文章並沒有明確指出作者曾經對政治懷有興趣，而是從一開始就顯示了對政治的興趣缺乏，主要歸咎於政治自身的問題。

選項４ 並未在文章中被提及。文章聚焦於探討為什麼人們對政治缺乏興趣，而非討論成為政治家的難易程度。

翻譯與解題 ① 【問題 8 — (1)】

題型分析

這題是屬於「細節題」，具體來說是「作者意圖理解題」的一種。這種題型要求考生仔細理解文中的細節，並從中推斷作者的意圖或觀點。

解題思路

1. **仔細閱讀：**首先仔細閱讀文段，特別是該問題所指的部分，理解其含義。
2. **找關鍵句：**尋找文中表達作者觀點，認為政治對國民缺乏吸引力的原因，是政治自身的問題的關鍵句。
3. **理解選項：**將每一個選項與文段的關鍵句進行對比，判斷哪一個選項最符合文中所述。
4. **排除法：**對於不符合文段內容的選項進行排除。在本例中，可以根據文段的主旨來排除那些明顯不相關或錯誤的選項。

重要文法

【動詞普通形】＋以上（は）。前句表示某種決心或責任，後句是根據前面而相對應的決心、義務或奉勸的表達方式。有接續助詞作用。

❶ 以上(は)　既然…、既然…，就…

例句　絶対にできると言ってしまった以上、徹夜をしても完成させます。

既然說絕對沒問題，那即使熬夜也要完成。

【名詞；形容動詞詞幹；［形容詞・動詞］普通形】＋にもかかわらず。表示逆接。後項事情常是跟前項相反或相矛盾的事態。也可以做接續詞使用。作用與「のに」近似。

❷ にもかかわらず

雖然…，但是…、儘管…，卻…、雖然…，卻…

例句　今朝あれだけ食べたにもかかわらず、もう腹が減っている。

早上雖然吃很多，但現在已經餓了。

【動詞て形】＋こそ。表示由於有前項，才能有後項的好結果。

❸ てこそ　只有…才(能)、正因為…才…

例句　自分でやってこそはじめてわかる。

只有自己親自做，才能瞭解。

【動詞た形】＋たところで～ない。表示即使前項成立，後項的結果也是與預期相反，無益的、沒有作用的，或只能達到程度較低的結果，所以句尾也常跟「無駄、無理」等否定意味的詞相呼應。另外句首也常與「いくら、たとえ」相呼應表示強調。後項多為說話人主觀的判斷。

❹ たところで～ない

即使…也不…、雖然…但不、儘管…也不…

例句 説明（せつめい）したところで、分（わ）かってもらえるとは思（おも）わない。

即使說明了，我也不認為能得到諒解。

小知識大補帖

▶兩個動詞複合為一的動詞

～去（さ）る：（動詞（どうし）の連用形（れんようけい）に付（つ）いて）すっかり～する。
（…去：〈接在動詞連用形後面〉完全地…）

■ 捨（す）て去（さ）る（毅然捨棄）

思（おも）い切（き）りよく捨（す）てて、気（き）にかけずにいる。
下定決心捨棄，毫不在意。

・過去（かこ）の栄光（えいこう）なんて、とっくに捨（す）て去（さ）った。
過去的榮耀我早就捨棄了。

■ 忘（わす）れ去（さ）る（徹底忘記）

すっかり忘（わす）れて、二度（にど）と思（おも）い出（だ）さない。
完全忘掉，再也想不起來。

・憎（にく）しみを忘（わす）れ去（さ）るにはどうすればいいのだろう。
要如何才能徹底忘掉仇恨呢？

■ 拭（ぬぐ）い去（さ）る（擦掉；抹去）

1.拭（ぬぐ）って汚（よご）れなどをすっかり取（と）る。 2.汚点（おてん）、不信感（ふしんかん）などを取（と）り除（のぞ）く。
1.將汙垢等完全擦掉。 2.除掉汙點、不信任等。

・老後（ろうご）への不安（ふあん）を拭（ぬぐ）い去（さ）る。
抹去對於晚年的不安。

常用的表達關鍵句

＊｛　｝內也可自行帶入其他詞彙喔！

01 提示結論關鍵句

→｛彼は、お母さんがアメリカ人だから、英語が上手な｝わけだ／｛他的母親是美國人｝怪不得｛英文如此流利｝。

→｛お金がないのだから、彼女と結婚する｝わけはない／｛因為兩袖清風，｝自然不可能｛和她結婚｝。

→｛私たちは健康のことばかり考えて生きている｝わけではないからだ／因為｛我們活著｝也不是｛全都只顧著健康一事｝。

02 提出問題關鍵句

→問題となるのは｛考古学の規定｝である／問題在於｛考古學的規定｝。

→｛新人が辞めない人材育成ができること｝が問題になる／｛可以做到讓新人不願辭職的人才培訓｝將是個問題。

→｛この分析結果から、以下の２点｝を問題として提起したい／｛從分析的結果來看｝我想把｛以下兩點｝作為問題提出來。

→｛ごく一部の商品に音の｝問題が起きる可能性がある／｛極少數的商品在聲音上｝可能會有問題。

03 表示提出疑問關鍵句

→｛この本の長所｝は一体何だろう／｛這本書｝到底哪裡｛好｝呢？

→｛アート｝はどのように｛都市を育むの｝だろう／｛藝術｝要如何｛在靈動中孕育都市｝呢？

→｛学校のまわり｝はどんな｛様子｝だろう／｛學校的周遭環境｝是什麼｛樣子｝呢？

→なぜ｛あの人だけ｝が｛売れるん｝だろう／為什麼｛只有那個人紅得發紫｝呢？

→筆者は｛人間は自由ではない｝と考えているか／筆者認為｛人類並不自由｝嗎？

情境記單字

情境	單字	
政治（せいじ） 政治	□ 危機（きき）	危機，險關
	□ 権力（けんりょく）	權力
	□ 情勢（じょうせい）	形勢，情勢
	□ 政権（せいけん）	政權；參政權
	□ 政策（せいさく）	政策，策略
	□ 暴動（ぼうどう）	暴動
議会（ぎかい）、選挙（せんきょ） 議會、選舉	□ 議案（ぎあん）	議案
	□ 議事堂（ぎじどう）	國會大廈；會議廳
	□ 議題（ぎだい）	議題，討論題目
	□ 参議院（さんぎいん）	参議院，参院（日本國會的上院）
	□ 衆議院（しゅうぎいん）	（日本國會的）眾議院
	□ 内閣（ないかく）	內閣，政府
	□ 法案（ほうあん）	法案，法律草案
	□ 満場（まんじょう）	全場，滿場，滿堂
	□ 採決（さいけつ）	表決
	□ 当選（とうせん）	當選，中選
	□ 合議（ごうぎ）	協議，協商，集議
軍事（ぐんじ） 軍事	□ 争い（あらそ）	爭吵，糾紛，不合；爭奪
	□ 戦（いくさ）	戰爭
	□ 革命（かくめい）	革命；（某制度等的）大革新，大變革
	□ 軍備（ぐんび）	軍備，軍事設備；戰爭準備，備戰
	□ 軍服（ぐんぷく）	軍服，軍裝
	□ 国防（こくぼう）	國防
	□ 植民地（しょくみんち）	殖民地

□ 生真面目（きまじめ） 形容過於認真而不知變通
□ 動機（どうき） 動機
□ 論理的（ろんりてき） 邏輯性的
□ 効能（こうのう） 功效
□ ディベート【debate】 辯論
□ 根回し（ねまわし） 事前準備
□ リアリスト【realist】 現實主義者
□ プライド【pride】 自尊心，尊嚴
□ 賄賂（わいろ） 賄賂

(2)

正直言って、私は、生真面目な動機から、論理的思考について学ぼうとする人間が好きではない。そういう人間に限って、論理的思考力の効能を固く信じ、正しい議論を真剣になってやろうとする（ディベートの訓練をしている人など、大抵そうだ）。だが、**議論に世の中を変える力などありはしない。**もし本当に何かを変えたいのなら、議論などせずに、裏の根回しで数工作でもした方がよほど確実であろう。実際に、本物のリアリストは、皆、そうしている。**世の中は、結局は数の多いほうが勝つのである。**

文法詳見 P44
文法詳見 P44
關鍵句
關鍵句

（香西秀信『論より詭弁　反論理的思考のすすめ』）

47 筆者の考えに最も合うのはどれか。

1 議論で説得しようとすると相手のプライドが傷付くので、陰でこっそり話すほうがよい。
2 論理で人を動かそうとするよりも、自分一人でたくさん仕事をして片付けてしまうほうがよい。
3 社会を変えたければ、論理的に正しい意見を述べるよりも、とにかく味方を増やすことである。
4 議論するよりも、陰で関係者に賄賂（お金や贈り物）を配るほうが有効である。

(2)

坦白說，我不喜歡抱持一本正經的動機去學邏輯思考的人。唯獨這種人才會固執地相信邏輯思考力的效果，想要認真地進行正確的議論（接受過訓練辯論的人大多如此）。然而，議論並沒有改變世界的力量。如果真的想改變些什麼，就不要進行什麼議論，私底下事先協調好，多拉攏一些人才更有用吧？事實上所有真正的現實主義者都是這麼做。這世上到頭來還是多數者獲勝。

（香西秀信『與其議論不如詭辯　反邏輯思考的勸說』）

這篇文章圍繞著「邏輯思考」和「議論」打轉。這一題問作者的想法，建議用刪去法來作答。

選項3 精準地捕捉了文章的核心思想。作者認為，與其透過論理思考和議論來試圖影響他人或改變社會，不如實際增加支持者更為有效。這與文中提及的「数の多いほうが勝つ」和「数工作」（多拉攏一些人）的概念相呼應。

Answer 3

47 下列何者最符合作者的想法？

1 若是說之以理，會傷到對方的自尊心，所以私下告知比較好。
2 與其說之以理，不如獨自攬起許多工作做完還比較有效率。
3 如果想改變社會，比起敘述邏輯正確的意見，倒不如盡量多找些志同道合的人。
4 與其以理服人，採取私下賄賂（送錢或禮物）相關人士的方式更加有效。

選項1 並未直接反映文章中的主要論點。文章指出，論理的思考和正式的議論並不足以改變世界，但並未提到傷害對方自尊心的問題。

選項2 也與文章主旨不符。文章的焦點在於議論的無效性以及在社會變革中實用主義的態度，而非個人大量完成工作的效率。

選項4 雖然觸及了文章提到的「裏の根回し」（私底下事先協調好）概念，但將其直接等同於賄賂則過於狹隘。文章雖然提倡實用主義的方法，但並未特別指向賄賂這一非法行為。

翻譯與解題 ① 【問題 8 — (2)】

題型分析

這題同樣是屬於「細節題」中的「作者意圖理解題」。這種題目要求考生從文段中推理出作者的主觀觀點或意圖。

解題思路

精讀文段：首先要仔細閱讀文段，尤其注意那些表達作者觀點或感情色彩的句子。

識別核心觀點：找出表達作者核心觀點的句子。分析選項：逐個檢視每個選項，判斷它們是否與文段中的關鍵句或核心觀點相符。

排除不合適選項：用排除法剔除那些明顯與文段表達的觀點不相符的選項。

重要文法

【名詞】＋に限って、に限り。表示前項的情況，幾乎都會發生後項。特殊限定的事物或範圍。相當於「～だけは、～の場合だけは」。中文譯成：「只有…」、「唯獨…是…的」、「獨獨…」。

❶ に限って／に限り（かぎ／かぎ）

只有…、唯獨…是…的、獨獨…

例句 言葉巧みに近づいてくる男に限って、下心がある。（ことばたくみ／ちか／おとこ／かぎ／したごころ）

就是那種滿嘴花言巧語接近妳的男人，絕對沒安好心。

「ありはしない」是由「といったらない」轉來的。表示程度非常高，高得難以形容。是口語表現。

❷ ありはしない 根本不…、很難…

例句 あれほど美しい女性に出会うチャンスなど、二度とありはしないだろう。（うつく／じょせい／であ／にど）

豈能再遇到那樣的絕世美女呢？

小知識大補帖

▶英語原文是「ist」結尾的外來語

這些表示「人」的外來語可以展現職業、主義、思想、生活方式等等。

日 語	英 語	意 思
バイオリニスト	violinist	小提琴家
ピアニスト	pianist	鋼琴家
ジャーナリスト	journalist	新聞工作者
スタイリスト	stylist	造型師
ソーシャリスト	socialist	社會主義者
コミュニスト	communist	共產主義者
ナショナリスト	nationalist	民族主義者
テロリスト	terrorist	恐怖主義者
ナルシスト	narcissist	自戀狂
ナチュラリスト	naturalist	自然主義者
モラリスト	moralist	道德家
エゴイスト	egoist	利己主義者
フェータリスト	fatalist	宿命論者
フェミニスト	feminist	女權主義者
ロマンチスト	romanticist	浪漫主義者

常用的表達關鍵句

＊｛ ｝內也可自行帶入其他詞彙喔！

01 表示勸告、忠告關鍵句

→ {撮影中にギターを弾い} たらどうか／｛在拍攝時彈一段吉他｝如何？

→ {医者が安静} を勧める／｛醫生｝建議｛靜養｝。

→ {彼に相談} するのがいい／去｛找他商量｝為好。

→ {君は食べすぎないように気をつけた} ほうがいいよ／｛你要注意飲食不要過量了｝為好。

02 表示禁止關鍵句

→ {自分がされて嫌なことは、他人にする} べきではない／｛己所不欲｝勿｛施於人｝。

→ {1時間ぐらいの散歩を侮る} べからず／不要｛小看區區 1 小時的散步｝。

→ {宛先は間違え} てはならない {ので、チェックしてから出しなさい} ／｛寄件人的姓名及住址｝不可｛弄錯，請檢查過再寄出｝。

→ {男の子はそんなことぐらいで泣く} ものではない／｛男孩子｝不要｛因為那點小事就哭哭啼啼的｝。

→ {まぬけな質問をする} な／別｛問些蠢問題｝。

→ {けちな振る舞い} をするな／不要｛一副小氣巴拉的樣子｝。

→ {特権を与えて} はいけない／不可｛給予特權｝。

→ {犬同士の世界に人間がむやみに介入し} てはいけません／｛小狗的世界，人類｝不可｛過度介入｝。

→ {家でゲームをすること} を禁止する／禁止｛在家玩遊戲｝。

→ {ここでの魚釣り} は禁止されている／｛此處釣魚是｝被禁止的。

→ {互に嘘を言っ} てはならない／不可｛彼此說謊｝。

→ {ビラ散布} を禁じる／禁止｛散布傳單｝。

→ {発言} を禁ずる／禁止｛發言｝。

情境記單字

▸情境	▸▸▸單字	
表現（ひょうげん） 表達	□ 言論（げんろん）	言論
	□ ありのまま	據實；事實上，實事求是
	□ 言い訳（いいわけ）	辯解，分辯；道歉，賠不是；語言用法上的分別
	□ 会談（かいだん）	面談，會談；（特指外交等）談判
	□ 共鳴（きょうめい）	（理）共鳴，共振；共鳴，同感，同情
	□ 婉曲（えんきょく）	婉轉，委婉
	□ おおげさ	做得或說得比實際誇張的樣子；誇張，誇大
	□ 意気込む（いきごむ）	振奮，幹勁十足，踴躍
	□ 明かす（あかす）	說出來；揭露；過夜，通宵；證明
	□ 言い張る（いいはる）	堅持主張，固執己見
	□ 指摘（してき）	指出，指摘，揭示
	□ 弁論（べんろん）	辯論；（法）辯護
	□ ぺこぺこ	諂媚；癟，不鼓；空腹

思考（しこう） 思考	□ 見地（けんち）	觀點，立場；（到建築預定地等）勘查土地
	□ 建前（たてまえ）	主義，方針，主張；外表；（建）上樑儀式
	□ 構想（こうそう）	（方案、計畫等）設想；（作品、文章等）構思
	□ ネタ	（俗）材料；證據
	□ 申し分（もうしぶん）	可挑剔之處，缺點；申辯的理由，意見
	□ 極端（きょくたん）	極端；頂端
	□ 依存・依存（いそん・いぞん）	依存，依靠，賴以生存
	□ 同意（どうい）	同意，贊成；同一意見，意見相同；同義
	□ 練る（ねる）	推敲，錘鍊（詩文等）；（用灰汁、肥皂等）熬成熟絲，熟絹；修養，鍛鍊；成隊遊行
	□ 省みる（かえりみる）	反省，反躬，自問
	□ 顧みる（かえりみる）	往回看，回頭看；回顧；顧慮；關心，照顧

翻譯與解題 ① 【問題 8 － (3)】

(3)

現実に対する作者の態度の如何によって、種々の作品が生まれる。ある時代には、現実に対する多くの作者の態度がほぼ一定していて、同じ種類の作品が多く現れる。何某主義時代という文学上の時代は、そういう時期である。またある時期には、現実に対する**作者の態度が四分五裂して、各人各様の態度をとり、したがって作品の種類も雑多になる。**いわば（注）無秩序無統制の時期であって、各種の主義主張が乱立する。**現代はその最もよい例である。**

└文法詳見 P50

關鍵句

關鍵句

（豊島与志雄『現代小説展望』、一部表記を改めたところがある）

（注）いわば：言ってみると

- □ 種々　各種，各式各様
- □ 四分五裂　四分五裂
- □ 各人各様　各有各不同
- □ 雑多　繁多
- □ 秩序　秩序
- □ 統制　將散亂事物加以統整
- □ 乱立　混雜並列
- □ かつて　過去

48　この文章の内容に最もよく合致するのはどれか。

1　現代は、作者の考え方がばらばらなので、文学も雑多なものが生まれている。

2　現代の文学は種類が雑多だが、いつかは何某主義時代といわれるようになるだろう。

3　現代の文学は、もっと秩序立って統制の取れたものにすべきである。

4　現代の文学は、作者の思想が多様なのでかつてないほど豊かである。

(3)

作者對於現況的看法導致各種作品的應運而生。比方在某個時代當中，多數作者對於現況的看法幾乎一樣，便有相同類型的作品大量出現。文學史上被標注為某某主義的時代，就是屬於這樣的時期。然而，當某個時期的作者對於現況的看法眾多紛紜，每個人有其各自的觀點時，作品的種類便會變化繁多。亦即愈是無秩序、無管制的時期，各派學説主義愈是紛呈多彩。當代即為最好的例子。

（豐島與志雄《現代小説展望》，更改部分表記）

（注）亦即：説起來就是

這一篇文章主要是在説作者對於現況的看法會影響文學作品，而相同看法的多寡也會左右了該文學時期的命名。這一題問的是選項當中何者與原文內容最符合，這種題型同樣要用刪去法來作答。

選項1 直接反映了文章中提及的現象，即現代文學界存在著各式各樣的觀點和作品，這種多樣性正是由於作者對現實的多元態度所引起。文章指出，當作者對現實的態度分歧極大時，就會產生各種各樣的作品，這種情況在當代尤為明顯。

Answer **1**

48 下列何者和這篇文章的內容最為一致？

1 當代作者的想法各不相同，所以會產生各式各樣的文學作品。
2 當代文學種類繁多，有一天也許會被稱為某某主義時代。
3 當代文學應該要採取更有秩序、更有管制的作法。
4 當代文學由於作者思想的多樣性，所以有著不同以往的豐富度。

選項2 與文章的主旨不完全一致。文章雖然提到了某些時期可以被稱作某某主義時代，但並沒有暗示現代的多樣性最終會被劃歸為某一種主義。

選項3 同樣不符合文章所述。文章並未表達出對現代文學多樣性的批判或認為應該追求更多的秩序與統制，而是客觀地描述了現狀。

選項4 雖然觸及到了作者思想的多樣性，但文章中並沒有將現代文學的多樣性與豐富性作直接聯繫，也未必然地將之視為正面現象。

翻譯與解題 ① 【問題 8 — (3)】

題型分析

這道題目屬於「主旨題」，要求考生理解文段的中心思想或主要內容。

解題思路

1. 全面理解文段：首先要整體理解文段的內容，包括作者的主張、例子以及結論。

2. 識別中心思想：找出文段中表達的中心思想或主旨。對於這道題，文段主要講述的是現代作家對於現實的態度多樣化，導致文學作品類型繁多。

3. 對照選項：仔細閱讀每一個選項，並將它們與文段的中心思想進行對比。

4. 排除不相符的選項：排除那些與文段中心思想不相符的選項。

重要文法

【名詞（の）】＋如何によって（は）。表示依據。根據前面的狀況，來判斷後面的可能性。這裡的「によって」和「では」一樣，強調的是個別的情況，所以前面是在各種狀況中，選其中的一種，而在這一狀況下，讓後面的內容得以成立。

❶ 如何によって（は）

根據…、要看…如何、取決於…

例句 判定の如何によって、試合結果が逆転することもある。

根據判定，比賽的結果也有可能會翻盤。

小知識大補帖

▶ 包含兩個數字的四字成語

成語	解釋
一期一会 十年修得同船渡	一生に一度しかないこと、特に出会い。茶道から来た言葉。 一生當中只有一次，特別是指邂逅。由茶道而來的語詞。
一石二鳥 一石二鳥	一つの行為によって、同時に二つの利益を得ること。 經由一個行為，同時得到兩個好處。
一長一短 有利有弊	長所もあれば短所もあること。 既有長處也有短處。
億万長者 億萬富翁	大金持ち。「億万」は、数が非常に多いことを表す。 大富翁。「億萬」用來表示數目非常多。

四苦八苦 千辛萬苦	大変に苦しむこと。仏教から来た言葉。四苦は生・老・病・死を指し、八苦は四苦と愛別離苦・怨憎会苦・求不得苦・五陰盛苦を指す。 非常痛苦。由佛教而來的語詞。所謂四苦是指生、老、病、死，八苦是指四苦，再加上愛別離苦、怨憎會苦、求不得苦、五陰熾盛苦。
七転八起 百折不撓	７回転んで８回起き上がる意から、何度失敗してもくじけずにやり抜くこと。 從摔倒７次，第８次就爬起來的意思，引申為不管失敗幾次都不灰心，堅持到最後。
七転八倒 七顛八倒	７回も８回も転び倒れる意から、ひどい苦しみや痛みで転げ回ること。 從摔倒７、８次的意思，引申為因為極度折磨或痛苦而不斷四處翻滾。
十人十色 一樣米養百樣人	考え方や好みなどが人によってそれぞれ違っていること。 每個人的想法或是喜好都有所不同。
四六時中 無時無刻	４×６＝24であることから、一日中。いつも。 從４×６＝24引申為一整天。總是。
千載一遇 千載難逢	千年に１回しか会えないくらい、珍しいこと。「千載一遇のチャンス」という使い方が多い。 千年只能見到一次的稀奇事物。用法多為「千載難逢的機會」。
二人三脚 兩人三腳	二人が横に並んで内側の足首を結び、三脚となって走る体育競技。また、そこからの比喩で、二者が協力して物事を行うこと。 兩人並列，將內側腳踝綁起來，以３隻腳的狀態賽跑的體育競技。此外，用這點來比喻兩人合力做事。
唯一無二 獨一無二	ただ一つだけで二つとないこと。 只有一個，沒有其他的了。

常用的表達關鍵句

＊{ } 內也可自行帶入其他詞彙喔！

01 表示狀態關鍵句

→ {彼は騒動を起こし} ています／ {他} 正 {掀起一陣騷動}。

→ {情勢を把握し} てあります／ {掌握} 著 {情勢}。

02 表示狀態、樣子關鍵句

→ {彼女はとてもうれし} そうです／ {她} 好像 {非常開心}。

→ {与党は応じない} ままだった／ {執政黨} 依然還是 {不予配合}。

→ {日本側の動き} が {慌しい} だ／ {日本方面的動向} 是 {慌亂不安定} 的。

→ {日本人の生活習慣も、時代とともに変わっ} ていく／ {日本人的生活習慣也隨著時代} 漸漸 {改變了}。

→ {毎日コツコツ続け} てきた／ {每天孜孜不倦地堅持} 至今。

03 表示比喻、示例關鍵句

→ {火星} のようです／像 {火星} 一般。

→ {君の心は太陽の} ようだ／ {你的心} 就像 {太陽} 一般。

→ {政治家} らしいです／宛如 {政治人物}。

→ {満月} のような・のように／就像 {滿月} 似的。

→ {雲が竜巻} みたいだ／ {雲層} 像 {龍捲風} 一樣。

04 表示當然關鍵句

→ {借りたものは返す} べきものである／ {借來的東西} 就應該 {歸還}。

→ {実に興味深い} ものである／ {確實} 是 {頗有意思} 的事。

→ {無駄づかいをする} ものではない／不要 {浪費}。

情境記單字

▸情境	▸▸▸單字	
文書（ぶんしょ）、出版物（しゅっぱんぶつ） 文章文書、出版物	□ 季刊（きかん）	季刊
	□ 敬具（けいぐ）	（文）敬啟，謹具
	□ 原書（げんしょ）	原書，原版本；（外語的）原文書
	□ 原典（げんてん）	（被引證，翻譯的）原著，原典，原來的文獻
	□ 主題（しゅだい）	（文章、作品、樂曲的）主題，中心思想
	□ 初版（しょはん）	（印刷物，書籍的）初版，第一版
	□ 書評（しょひょう）	書評（特指對新刊的評論）
	□ 絶版（ぜっぱん）	絕版
	□ 駄作（ださく）	拙劣的作品，無價值的作品
	□ 長編（ちょうへん）	長篇；長篇小説
	□ 著書（ちょしょ）	著書，著作
	□ 伝記（でんき）	傳記
	□ ベストセラー【best seller】	（某一時期的）暢銷書
	□ 本文（ほんぶん）	本文，正文
	□ 纏め（まとめ）	總結，歸納；匯集；解決，有結果；達成協議；調解（動詞為「纏める」）
	□ ミスプリント【misprint】	印刷錯誤，印錯的字
	□ 上書き（うわがき）	寫在（信件等）上（的文字）；（電腦用語）數據覆蓋
	□ 応募（おうぼ）	報名參加；認購（公債，股票等），認捐；投稿應徵
	□ 閲覧（えつらん）	閱覽；查閱
	□ 刊行（かんこう）	刊行；出版，發行
	□ 掲載（けいさい）	刊登，登載
	□ 講読（こうどく）	講解（文章）
	□ 参照（さんしょう）	參照，參看，參閱

翻譯與解題 ① 【問題 8 — (4)】

(4)

将棋はとにかく愉快である。**盤面の上で、この人生とは違った別な生活と事業がやれるからである。一手一手が新しい創造である。冒険をやってみようか、堅実にやってみようかと、いろいろ自分の思い通りやってみられる。しかも、その結果が直ちに盤面に現れる。**その上、遊戯とは思われぬくらい、ムキになれる。昔、インドに好戦の国があって、戦争ばかりしたがるので、侍臣が困って、王の気持を転換させるために発明したのが、将棋だというが、そんなウソの話が起こるくらい、将棋は面白い。

關鍵句

(菊池寛『将棋』、一部表記を改めたところがある)

□ 盤面　盤面

□ 事業　事業

□ 一手　指走一步將棋

□ 創造　創造

□ 堅実　扎實，踏實

□ 遊戯　遊戲

□ 思われぬ　不讓人覺得、不讓人相信（「思われない」的文語形）

□ ムキになる　為小事認真、動怒

□ 好戦　好戰

□ 侍臣　侍臣

□ 転換　轉換

□ 追いつめる　窮追不捨

49 筆者は、将棋をなぜ面白いと言っているか。

1　現実の暮らしとは異なる生き方を試すことができるから

2　盤面の上で試してみたことが、現実の生活に現れるから

3　一手一手、相手を追いつめていく楽しみがあるから

4　いろいろやってみるうちに、上達するから

(4)

總而言之，日本象棋就是樂趣十足，因為可以在盤面上開展出不同於真實人生的生活和事業。每一著棋都是全新的創造。可以施以險招巧取，亦可步步為營，端看自己想採取哪種策略，並且成果立刻會在盤面上顯現出來，甚至令人不僅只以區區一場遊戲看待，而會認真較勁起來。日本象棋的饒富趣味，甚而流傳了一則捏造的故事：很久以前，印度有個好戰之國，時常發動戰爭，國王的家臣深感困擾。為了讓國王能換個方式發洩對戰爭的熱衷，於是發明了象棋這個遊戲。

（菊池寬《日本象棋》，更改部分表記）

如果問題出現「なぜ」、「どうして」這些詢問原因的疑問詞，不妨留意文中的「ので」、「から」、「ため」。

選項 1 直接呼應了文章中提及的對日本象棋的熱愛原因，即日本象棋讓人能夠在盤面上體驗與現實生活截然不同的另一種生活與事業。這種遊戲不僅允許人們實施各種策略，從冒險到堅實的遊戲風格都能一一嘗試，而且其結果會立即在棋盤上呈現，讓人得到即時的反饋與滿足感。

Answer **1**

49 作者為何認為日本象棋很有趣呢？

1 因為可以嘗試和現實生活不一樣的生活方式
2 因為在盤面上試著做的事情，會在現實生活中實現
3 因為每一著棋都能享受到把對手逼到絕境的樂趣
4 因為多方嘗試會有所進步

選項 2 並不符合文中所述。文章著重於日本象棋遊戲本身的趣味性，並未提及在棋盤上嘗試的事物會直接顯現在現實生活中。

選項 3 雖然對日本象棋這項遊戲的策略性有所觸及，但文章中的主要強調是，日本象棋允許體驗不同於現實生活的策略和選擇的自由度，而不僅僅是對戰策略的樂趣。

選項 4 沒有直接反映在文章中。雖然在日本象棋中嘗試不同策略是可能的，但文章沒有明確提到，通過多次嘗試而逐漸進步，作為日本象棋令人感到樂趣十足的一個原因。

翻譯與解題 ①　【問題 8 － (4)】

題型分析

這道題目屬於「細節題」中的「理解作者觀點／態度題」。要求考生理解作者對於某一主題或活動為何感到有趣或重要。

解題思路

1. 細讀文段：首先要細讀文段，特別關注那些說明作者為何認為對象（此例中為日本象棋）有趣的部分。

2. 識別關鍵句子：找出直接解釋日本象棋為何有趣的句子。

3. 對照選項與文段內容：逐一比較選項與文段中的關鍵信息，確定哪個選項最準確反映了作者的觀點。

4. 排除法：排除那些與文段關鍵信息不匹配的選項。

小知識大補帖

▸ **菊池寛**（きくちかん）

1888 年（明治 21 年）－ 1948 年（昭和 23 年）。日本小説家、劇作家，出生於日本香川縣，本名菊池寛。曾參與第 3 期、第 4 期《新思潮》（文藝同人雜誌）的撰稿，除了他以外，還有山本有三、久米正雄、芥川龍之介等人，後來都相繼成名。菊池寛在 1923 年（大正 12 年）創辦發行雜誌《文藝春秋》，並在通俗小説界頗有成就。代表作品有《恩仇的彼岸》、《藤十郎之戀》、《父親歸來》等等。1935 年（昭和 10 年），他以芥川龍之介及直木三十五之名，分別設立了「芥川龍之介賞」（通稱：芥川賞）、「直木三十五賞」（通稱：直木賞），皆為日本現在備受矚目的文學獎。

▶由日本象棋而來的語詞

■ 高飛車　高壓、強勢

「飛車」は将棋の駒の一つ。「高飛車」は本来、この飛車の駒を使った戦法の一つで、その戦法が攻撃的であることから、高圧的な態度をとることを意味するようになった。

日本象棋有個棋子叫「飛車」。「高飛車」原本是使用這個飛車棋的戰術之一。由於這個戰術帶有攻擊性，所以引申出「擺出高壓態度」的意思。

■ 成金　暴發戶

本来は、王将と金将以外の駒が相手の陣地に入って金将と同じ働きをするようになったものを指し、急に金将になることから、急に金持ちになることを意味するようになった。

原本是指除了王將、金將以外的棋子進入對手的陣地，發揮和金將一樣的功能。從「突然成為金將」這個狀態引申出「突然變成有錢人」的意思。

■ 王手をかける　即將獲勝、勝利在即、將軍

「王手」は相手の王将を直接に攻める手のことで、そこから転じて勝利まであと一歩という段階になることを意味するようになった。

「王手」(將軍)是直接攻擊對方主將的戰術，引申為「只差一步就即將獲勝」的意思。

＊｛ ｝內也可自行帶入其他詞彙喔！

01 提示因果關鍵句

→なぜ｛座談会を開く｝と言っていますか／為什麼揚言要｛召開座談會｝呢？

→｛厳正なる抽選を行った｝結果｛お客様はご当選されました｝／｛抽籤在嚴格的監控下舉行｝，結果｛這位貴賓您中獎了｝。

→｛この場所が好きだ。それは｝なぜかといえば｛たくさんの思い出がある｝からである／｛我喜歡這個地方。｝要說為什麼的話，｛那是｝因為｛在這裡有許多令人難忘的回憶｝。

02 表示選擇性動作關鍵句

→｛新しいお店に行っ｝てみます／｛前往新開幕的店｝看看。

→｛祖母を病院へ行かせ｝ようとした／我想要｛讓祖母去醫院檢查｝。

→｛来週までにレポートを書い｝ておきます／｛在下週之前｝先｛把報告寫｝好。

→｛図書館で借りた本は全部読ん｝でしまいました／｛跟圖書館借閱的書全部｝都｛讀｝完了。

03 表示必要性、義務關鍵句

→｛仕事と介護の両立｝を必要とする／｛工作和家人的護理｝必須要｛同時兼顧｝。

→｛少し複雑になれば分業｝が必要になる／｛如果再略微複雜些｝就必須｛分工｝了。

→｛これを削除する｝必要があると思います／我認為有必要｛刪除這個項目｝。

→｛来月から単身赴任をし｝なければならない／｛我下個月｝不得不｛隻身到外地工作｝。

→｛それが真実であることを確かめ｝ねばならない／只能｛確認那是否為真實的｝。

→｛それを維持するためには、相応の人手や労力｝が不可欠である／｛為了要維持那一狀態，相應的人手以及勞力都｝是不可或缺的。

情境記單字

▸情境	▸▸▸單字	
趣味（しゅみ）、**娯楽**（ごらく） 愛好、嗜好、娛樂	□ あいこ	不分勝負，不相上下
	□ アダルトサイト【adult site】	成人網站
	□ ガイドブック【guidebook】	指南，入門書；旅遊指南手冊
	□ 賭け（か）	打賭；賭（財物）
	□ 碁盤（ごばん）	圍棋盤
	□ パチンコ	柏青哥，小鋼珠
	□ 鞠（まり）	（用橡膠、皮革、布等做的）球
	□ 余興（よきょう）	餘興
	□ 旅券（りょけん）	護照
	□ 駆けっこ（か）	賽跑
	□ 籤引き（くじび）	抽籤
	□ 荷造り（にづく）	準備行李，捆行李，包裝
	□ 観覧（かんらん）	觀覽，參觀
	□ マッサージ【massage】	按摩，指壓，推拿
	□ 引き取る（ひ、と）	退出，退下；離開，回去　取回，領取；收購；領來照顧
	□ 訪れる（おとず）	拜訪，訪問；來臨；通信問候
	□ 弄る（いじ）	（俗）（毫無目的地）玩弄，擺弄；（做為娛樂消遣）玩弄，玩賞；隨便調動，改動（機構）
	□ 賭ける（か）	打賭，賭輸贏

芸術（げいじゅつ）、**絵画**（かいが）、**彫刻**（ちょうこく） 藝術、繪畫、雕刻	□ 油絵（あぶらえ）	油畫
	□ 学芸（がくげい）	學術和藝術；文藝
	□ 骨董品（こっとうひん）	古董
	□ 仕上げる（し、あ）	做完，完成，（最後）加工，潤飾，做出成就

日本語能力試験 ②

Track 05

次の文章を読んで、後の問いに対する答えとして、最も良いものを１・２・３・４から一つ選びなさい。

(1)

　就職支援を行う「内定(注)塾」では今年、入塾者数が昨年の200人から700人に大幅に増えた。同塾の柳田将司さんは、早く内定を取れる学生と、いつまでも内定の取れない学生の差をこう指摘する。「いかに早い段階で企業選びの着眼点を『社名』から『やりがい』や『大切にする価値観』に移行できるか。30歳になったとき、自分はこうありたい。それを実現できる企業を探すのが、本来の企業選びなんです」

（『親子が知らない「いい会社」55社』）

（注）内定：正式な発表の前に実質的な決定をすること、特に、企業が内密に採用の意志表示をすること

46 柳田将司さんがここで最も言いたいことは何か。

1 内定塾に来れば、早く内定が取れる。

2 企業を選ぶ上で重要なのは、企業の将来性である。

3 自分の将来像を実現できる企業を選ぶことがあるべき企業選びのかたちである。

4 『やりがい』や『価値観』よりも『社名』に注目するべきである。

Track 06

(2)

岩波文庫（注）は古今東西（ここんとうざい）の古典の普及を使命とする。古典の尊重すべきは言うまでもない。その普及の程度は直ちに文化の水準を示すものである。したがって文庫出版については敬虔（けいけん）なる態度を持（じ）し、古典に対する尊敬と愛とを失ってはならない。私は及ばずながらもこの理想を実現しようと心がけ、一般単行本に対するよりも、さらに厳粛なる態度をもって文庫の出版に臨んだ。文庫の編入すべき典籍の厳選はもちろん、編集、校訂、翻訳等、その道の権威者を煩（わずら）わして最善をつくすことに人知れぬ苦心をしたのである。

（岩波茂雄『岩波文庫論』）

（注）文庫：本を集めてしまっておくところ、また、小型の本のシリーズ名にも使われる

47 筆者はどのような考えで岩波文庫を出版しているか。

1　価値ある古典を広めんがため、謙虚な態度をもって微力を尽くしたい。

2　古典は売れないけれども、文化の水準を高めるために貢献したい。

3　文庫にどんな古典を収録するかがもっとも重要である。

4　編集、校訂、翻訳等を専門家にやってもらえれば、岩波文庫はもっとよくなるのだが。

Track 07

(3)

昨年のいつ頃だったかな、（中略）ホームに派手なピンクのカタマリのごとき車両が進入してきたときの驚きは忘れられない。

車体の前面にいわゆる、「萌（も）え」系の「美少女」たちがおもにピンク色のコスチュームにて狂喜乱舞しているところが描かれた車体広告なのだった。

いい歳した大人としては目にするのも、乗り込むのも、何となく恥ずかしい車両だった。

これが秋葉原（注）の中だけを走り回るバスかなんかだったら、べつだん何の文句もないけれど、ＪＲや地下鉄には様々な趣味趣向の持ち主が乗り込むわけである。

（『サンデー毎日』）

（注）秋葉原：東京都内にある電気製品の商店街、近年は「オタク」の街としても著名

48 筆者がここで最も言いたいことは何か。

1　派手なピンクの車両に乗り込むとき、狂喜乱舞するかのごとく胸が高鳴った。

2　広範囲を運行する公共交通機関は、乗客によっては当惑するような車体広告を描くべきではない。

3　様々な趣味趣向の人がいるから、車体広告をどのようにしようと自由である。

4　「美少女」が描かれた車体は、どんな年代の人にとっても恥ずかしくはあるが、喜ばしいものである。

Track 08

(4)

花園のたとえ話が示すように、社会の中で言語がどのように使われるべきかということを計画することもある程度必要になってくるのだが、これは言語政策と呼ばれている。言語学者の中には言語を人為的(じんいてき)に計画したり操作したりすることは不可能で、自然の流れに任せるしかないと考える人も多くいる。しかしながら、言語は社会の中において存在していることを考えると、程度の差はあれ、何らかの言語政策が行われていることも事実だ。その多くは、言語の構造、あるいは言語の使用について影響を与えるものである。

（東照二『バイリンガリズム』）

49 筆者がここで最も言いたいことは何か。

1 言語の使用を人為的に計画することはある程度必要だが、不可能である。

2 社会の中で使われる言語は言語政策によるべきである。

3 社会の中に存在している言語を操作する必要はない。

4 社会における言語の使用には、多かれ少なかれ人為が介在している。

翻譯與解題 ② 【問題 8 －(1)】

次の文章を読んで、後の問いに対する答えとして、最も良いものを1・2・3・4から一つ選びなさい。

(1)

就職支援を行う「内定（注）塾」では今年、入塾者数が昨年の200人から700人に大幅に増えた。同塾の柳田将司さんは、早く内定を取れる学生と、いつまでも内定の取れない学生の差をこう指摘する。**「いかに早い段階で企業選びの着眼点を『社名』から『やりがい』や『大切にする価値観』に移行できるか。**30歳になったとき、自分はこうありたい。それを実現できる企業を探すのが、本来の企業選びなんです。」 〈關鍵句

（『親子が知らない「いい会社」55社』）

（注）内定：正式な発表の前に実質的な決定をすること、特に、企業が内密に採用の意志表示をすること

□ 内定　內定
□ 大幅　大幅度
□ 指摘　指出
□ いかに　如何地
□ 着眼点　著眼點，觀點
□ やりがい　意義，值得去做的價值
□ 移行　轉移

46 柳田将司さんがここで最も言いたいことは何か。

1 内定塾に来れば、早く内定が取れる。
2 企業を選ぶ上で重要なのは、企業の将来性である。（上で：文法詳見 P66）
3 自分の将来像を実現できる企業を選ぶことがあるべき企業選びのかたちである。
4 『やりがい』や『価値観』よりも『社名』に注目するべきである。

請閱讀下列（１）～（４）的文章，並從每題所給的４個選項（１・２・３・４）當中，選出最佳答案。

(1)

經營就業輔導的「內定（注）補習班」，今年報名人數由去年的 200 人大幅增加為 700 人。該補習班的柳田將司先生對於很早就取得內定的學生，以及始終拿不到內定的學生，指出了 2 者的差別：「重點在於如何從一開始，就將選擇企業的著眼點，從『公司名稱』轉移到『工作成就感』與『重要的價值觀』。必須試想當自己 30 歲的時候，想要成為什麼樣的人。尋找能夠實現自我願景的公司，才是找工作的人在選擇公司時應有的態度。」

（《父母與孩子不知道的 55 間「好公司」》）

（注）內定：在正式公布前做出實質決定，特別是指公司內部已預先決定了錄用與否

這一篇是在說求職時應該將重點放在「工作成就感」和「價值觀」，而不是只在乎公司名氣。像這種詢問意見的題型，就要用刪去法來作答。

選項３ 最直接地反映了文章中，柳田將司先生所強調的核心觀點。柳田將司先生指出，成功的求職者能夠早期從注重“公司名稱”轉變為關注“工作滿足感”與“重視的價值觀”。也就是說求職者應該應選擇，能夠實現自己未來願景的公司。

Answer **3**

46 柳田將司先生針對這個問題最想表達的是什麼呢？

1 來內定補習班就能早點取得內定。
2 選擇公司最重要的一點，就是公司的發展性。
3 選擇公司時應有的態度是選擇能實現自我願景的公司。
4 比起『成就感』和『價值觀』，更應該著眼於『公司名稱』才對。

選項１ 原文中並沒有直接表示，來「內定塾」就能早早得到內定，而且這個選項側重於描述內定塾的功效，而非柳田對於企業選擇的建議。

選項２ 也並未直接反映文章中的討論重點。雖然企業的未來發展可能是求職時考慮的因素之一，但本文中柳田更強調個人的未來理想，與找尋能夠幫助實現這些理想的企業。

選項４ 與文章主旨完全相反。柳田明確指出，應該從關注“公司名稱”轉變為關注“工作滿足感”與“重視的價值觀”。

翻譯與解題 ② 【問題 8 — (1)】

題型分析

這道題目屬於「細節題」中的「理解作者或講者意圖題」，要求考生根據文段中的信息，理解講者想要傳達的核心信息或主張。

解題思路

1. 細讀相關文段： 首先要仔細閱讀柳田將司先生的語句，特別是他對於很早就能取得內定的學生，及始終拿不到內定的學生，指出了二者的差異。

2. 識別關鍵信息： 找出柳田將司先生指摘的關鍵差異。

3. 對照選項與文段內容： 逐一比較選項與柳田將司先生的語句，判斷哪個選項最準確反映了他的觀點。

4. 排除法： 排除那些與柳田將司先生關鍵信息不匹配的選項。

重要文法

【名詞の；動詞辭書形】＋上で（の）。表示做某事是為了達到某種目的，用於陳述重要事項、注意要點。

❶ 上で 在…之後、…以後…、之後（再）…

例句 誠実であることは、生きていく上で大切だ。

秉持誠實是人生的重要操守。

小知識大補帖

▶派生語是什麼呢？——接上接頭辭、接尾辭的語詞

接頭語のつく派生語：いつも単語の「前」につく

接上接頭辭的派生語：一般放在語詞的「前面」

詞 性	單 字
名詞	お天気（天氣）、ご恩（恩惠）、ご苦労（辛苦）、す足（光腳）、ま四角（正方形）、ま昼（正中午）、み心（心情）、お茶（茶）
動詞	うちあげる（發射）、さしひかえる（節制）、そらとぼける（裝糊塗）、ひきはがす（撕下）、たなびく（〈煙霧〉繚繞）
形容詞	おめでたい（可喜的）、か弱い（柔弱的）、こ高い（略微高起的）、すばやい（敏捷的）、そら恐ろしい（莫名害怕的）、ま新しい（嶄新的）

形容動詞	お元気だ（有精神）、こぎれいだ（相當乾淨）、ごりっぱだ（出色）、大好きだ（最喜歡）

接尾語のつく派生語：いつも単語の「後」につく

接上接尾辭的派生語：一般放在語詞的「後面」

詞 性	單 字
名詞	暑さ（熱氣）、厚み（厚度）、先生がた（老師們）、田中さん（田中先生）、 眠け（睡意）、ぼくたち（我們）、私ども（我們）
動詞	汗ばむ（微微出汗）、学者ぶる（擺出學者架子）、苦しがる（感到痛苦）、 高める（提高）、春めく（春意盎然）
形容詞	油っこい（油膩的）、重たい（沉重的）、男らしい（有男子氣概的）、 子どもっぽい（幼稚的）、捨てがたい（難以捨棄的）
形容動詞	おあいにくさまだ（真不巧）、先進的だ（先進的）

常用的表達關鍵句

＊{ } 內也可自行帶入其他詞彙喔！

01 表示決定關鍵句

→ {息子を世界一有名な選手} にします／決定讓 {兒子} 成為 {世界最知名的選手}。

→ {アメリカで働く} ことにします・{皆さんには言わ} ないことにします／我決定 {去美國工作}、我決定不 {和大家說}。

→ {海外で仕事をする} ことになります・{その条項はそのままでは受け入れられ} ないことになります／決定 {要去國外工作}、決定無法 {接受維持原有條款的條件}。

→ {わたしは桜子と結婚する} んだ／ {我} 要 {跟櫻子結婚}。

→ {会議は 14 時から} になります／ {會議} 訂在 {下午 2 點開始}。

02 表示聽說關鍵句

→ {その花は何} という {名前ですか} ／ {那種花} 叫 {什麼名字} ？

→ {今年の冬はあまり寒くない} そうです／聽說 {今年冬天不會過於寒冷}。

→ 一般に {後者だ} と言われている／一般常說 {為後者}。

→ {攻めていい} と言われています／人們說 {可以進攻}。

→ {ボーナスはある} と聞いている／聽說 {有紅利}。

→ {電気代は来月から値上がりする} ということです／據說 {電費下個月要開始調漲}。

→ {それは経費で落ちない} んだって／ {那項經費} 說是 {不能用公款支付}。

03 表示要求、期待、希望關鍵句

→ {政府は公共福祉を促進する} べきである／ {政府} 應該要 {促進社會福利}。

→ {それは今さら変更する} べきではない／ {事到如今那件事} 不該 {再去更改}。

情境記單字

▸情境	▸▸▸單字	
職業、事業（しょくぎょう、じぎょう） 職業、事業	□ 跡継ぎ（あとつ）	後繼者，接班人；後代，後嗣
	□ 家業（かぎょう）	家業；祖業；(謀生的)職業，行業
	□ 教職（きょうしょく）	教師的職務；(宗)教導信徒的職務
	□ 脱退（だったい）	退出，脱離
	□ 受け継ぐ（う　つ）	繼承，後繼

▸情境	▸▸▸單字	
仕事、職場（しごと、しょくば） 工作、職場	□ キャリア【career】	履歴，經歴；生涯，職業；(高級公務員考試及格的)公務員
	□ 副業（ふくぎょう）	副業
	□ 区切り（く ぎ）	句讀；文章的段落；工作的階段
	□ 産休（さんきゅう）	產假
	□ システム【system】	組織；體系，系統；制度
	□ 就業（しゅうぎょう）	開始工作，上班；就業(有一定職業)，有工作
	□ 従事（じゅうじ）	做，從事
	□ 出社（しゅっしゃ）	到公司上班
	□ 異動（いどう）	異動，變動，調動
	□ 辞職（じしょく）	辭職
	□ 斡旋（あっせん）	幫助；關照；居中調解，斡旋；介紹
	□ 務まる（つと）	勝任
	□ 勤まる（つと）	勝任，能擔任
	□ 伴う（ともな）	隨同，伴隨；隨著；相符
	□ 差し支える（さ　つか）	(對工作等)妨礙，妨害，有壞影響；感到不方便，發生故障，出問題
	□ 負う（お）	負責；背負，遭受；多虧，借重；背
	□ 組み込む（く　こ）	編入；入伙；(印)排入
	□ 帯びる（お）	帶，佩帶；承擔，負擔；帶有，帶著

翻譯與解題 ② 【問題 8 ー (2)】

(2)

岩波文庫（注）は古今東西の**古典の普及を使命とする。**古典の尊重すべきは言うまでもない。その普及の程度は直ちに文化の水準を示すものである。したがって文庫出版については**敬虔なる態度を持し、古典に対する尊敬と愛とを失ってはならない。**私は**及ばずながら**（文法詳見 P72）**もこの理想を実現しよう**と心がけ、**一般単行本に対するよりも、さらに厳粛なる態度をもって文庫の出版に臨んだ。**文庫の編入すべき典籍の厳選はもちろん、編集、校訂、翻訳等、その道の権威者を煩わして最善をつくすことに人知れぬ苦心をしたのである。

關鍵句

關鍵句

關鍵句

（岩波茂雄『岩波文庫論』）

（注）文庫：本を集めてしまっておくところ、また、小型の本のシリーズ名にも使われる。

- □ 古今東西 古今中外
- □ 使命 使命，任務
- □ 敬虔 虔敬
- □ 持する 秉持，保持
- □ 心がける 留心，銘記
- □ 厳粛 嚴肅，肅穆
- □ 臨む 面臨，面對
- □ 編入 編入，排入
- □ 典籍 典籍，書籍
- □ 厳選 嚴選，慎選
- □ 校訂 校訂，訂正
- □ 権威 權威，權勢
- □ 煩わす 麻煩，煩擾
- □ 最善をつくす 竭盡全力
- □ 人知れぬ 不為人知的

47 筆者はどのような考えで岩波文庫を出版しているか。

1 価値ある古典を広めんがため（文法詳見 P72）、謙虚な態度をもって（文法詳見 P72）微力を尽くしたい。

2 古典は売れないけれども、文化の水準を高めるために貢献したい。

3 文庫にどんな古典を収録するかがもっとも重要である。

4 編集、校訂、翻訳等を専門家にやってもらえれば、岩波文庫はもっとよくなるのだが。

(2)

岩波文庫（注）將推廣自古至今國內外的經典之作視為使命。經典之作必須受到尊重自然不在話下，而普及的程度即是反映出社會的文化水準。因此對於文庫系列的出版，必須秉持虔敬的態度，不可忘卻對經典之作的尊敬及珍愛。儘管敝人才疏學淺，仍將致力於實現這個理想，並以出版一般的單行本時，更為嚴肅的態度面對文庫版。從精選應納入文庫系列的典籍，乃至於編輯、校訂、翻譯諸項作業均央託各該領域之權威人士鼎力相助，殫精竭慮，以盡至誠。

（岩波茂雄《岩波文庫論》）

（注）文庫：收集並收藏書的地方，此外也使用於小開本的系列名稱

這一題是作者在說明自己出版岩波文庫的態度、苦心。建議用刪去法作答。

選項 1 最準確地捕捉了筆者對於岩波文庫出版的核心態度和目的，即出於對古典文學的尊重和珍愛，以及提升文化水準的宏偉使命，謙虛地貢獻自己的微薄之力。

Answer 1

47 作者是依據何種理念出版岩波文庫的呢？

1 為了推廣有價值的經典之作，抱持謙虛的態度願盡棉薄之力。

2 經典之作雖然銷量不佳，但為提升文化水準希望有所貢獻。

3 文庫最重要的是收錄什麼樣的經典之作。

4 若能請到專家來做編輯、校訂、翻譯等事務，岩波文庫就能編得更好。

選項 2 雖然觸及了提升文化水準的想法，但文章中並沒有明確提到古典文學的銷售狀況不佳，因此該選項未能準確反映文章的主旨。

選項 3 確實選擇合適的典籍對於出版岩波文庫是一項重要的工作，但這並非文章所要表達的最核心觀點。筆者所強調的是整個出版過程中對品質的堅持和對古典的尊敬。

選項 4 這一選項偏離了文章的主要論點。文章中筆者明確表示已經在編輯、校訂、翻譯等方面付出了巨大的努力，而非暗示需要外部幫助來提升品質。

翻譯與解題 ② 【問題 8 — (2)】

題型分析

這道題目屬於「細節題」中的「理解作者意圖／觀點題」，要求考生根據文段的內容來理解作者出版岩波文庫的動機和態度。

解題思路

1. 仔細閱讀文段：首先要仔細閱讀文段，特別關注作者對於岩波文庫出版的描述和態度。

2. 識別作者的主張：找出文段中表達作者出版岩波文庫的核心思想和目的的句子。

3. 對照選項與文段內容：逐一比較選項與作者的主張，確定哪個選項最準確反映了作者的意圖。

4. 排除不符合的選項：排除那些與文段中作者態度或目的不一致的選項。

重要文法

【名詞；形容動詞詞幹；形容詞辭書形；動詞ます形】＋ながらも。表示逆接。表示後項實際情況，與前項所預料的不同。也就是前面的事情，和後面的事情，內容互相矛盾。

❶ ながらも 雖然…，但是…

例句 情報を入手していながらも、活かせなかった。

手中雖然握有情報，卻沒能讓它派上用場。

【動詞否定形（去ない）】＋んがため（に）、んがための。表示目的。用在積極地想去實現目標的説法，含有無論如何都要實現某事，帶著積極的目的做某事的語意。

❷ ～んがため（に）／んがための

為了…而…（的）、因為要…所以…（的）

例句 浮気現場を押さえんがために、彼女を尾行した。

因為要當場捉姦而跟蹤她。

【名詞】＋をもって。表示行為的手段、方法、材料、中介物、根據、仲介、原因、進行的時間等；另外也表示限度或界線。

❸ をもって 以此…、用以…；至…為止

例句 彼は自由を訴え、死をもって抗議した。

他為了提倡自由，而以死抗議。

小知識大補帖

▶遊戲：「古今中外」

日本に「古今東西」、またの名を「山手線ゲーム」というゲームがあります。準備するものは何もなく、二人以上いたらすぐに始められる手軽な遊びです。

日本有種遊戲叫「古今中外」，又名「山手線遊戲」。不用準備任何東西，只要有兩個人以上就能馬上玩，十分簡單。

遊び方（玩法）：

① スタートの人と、その人からどちら周りで答えていくかを決めます。

① 決定帶頭的人是誰，以及回答順序是要順時針還是逆時針。

② スタートの人がテーマを決めて該当する答えを一つ言います。たとえば、「古今東西、山手線の駅の名前。東京」と始めます。テーマは、誰でもいくつか答えを思いつくものでなければなりません。答えの数に限りのあるテーマを選ぶとよいでしょう。一般には、何かの範囲のものの名前に決めます。

② 帶頭的人決定好主題，並說出一個符合的答案。例如：「古今東西，山手線車站的名稱。東京」，就像這樣展開遊戲。主題必須是要大家都能想到好幾個答案的東西。最好是選擇答案有一定限數的主題。一般而言會選擇某個範圍的事物名稱。

③ ほかの人も順番にテーマに合う答えを言います。たとえば、上に続けて「新宿」「渋谷」などと答えていきます。

③ 其他人輪流說出符合主題的答案。例如，承接上題可以回答「新宿」、「澀谷」等一直玩下去。

④ テーマと合わない答えを言った人、テンポ良く答えられなかった人、前に出た答えをまた言ってしまった人は、負けです。負けた人に罰ゲームを課すこともあります。

④ 說出不符合主題的答案、沒掌握好回答速度、答案重複的人就算輸了。輸的人有時要接受懲罰。

⑤ 別のテーマでまたやるときには、負けた人から始めることが多いです。

⑤ 如果要換主題繼續玩，通常會從輸的人開始。

常用的表達關鍵句

＊｛ ｝內也可自行帶入其他詞彙喔！

01 表示必要性、義務關鍵句

- {あなたを見習(みなら)わ} なくてはならない／我必須｛虛心向你學習｝。
- {ワクチン供給(きょうきゅう)は競争(きょうそう)ではなく協力(きょうりょく)を原則(げんそく)とす} べきである／｛供應疫苗不該相互競爭，而是｝應該｛以互相支援為原則｝。
- {その経過(けいか)を明(あき)らかにし、国民(こくみん)に説明(せつめい)} する義務(ぎむ)がある／有義務｛向國民解釋，並清楚明示該事件的經過｝。
- {くだらない質問(しつもん)なら聞(き)く} までもない／｛若是空洞不切實際的話｝就不必｛多問｝了。

02 表示評價關鍵句

- {早期診断(そうきしんだん)} の（する）意義(いぎ)はきわめて大(おお)きい／｛進行早期診斷｝的意義重大。
- {その失敗(しっぱい)} に意義(いぎ)を見出(みだ)すことができる／在｛那次的失敗｝中，能夠找出其意義。
- {前回(ぜんかい)の日本(にほん)の訪問(ほうもん)} には大(おお)きな意義(いぎ)がある／｛上次拜訪日本｝一事有著重要的意義。
- {そういう点(てん)から本書(ほんしょ)} の価値(かち)はきわめて大(おお)きい／｛從那點來看，這本書｝有著極高的價值。
- {新(あたら)しい道(みち)} に価値(かち)を見出(みだ)すことができる／在｛新的道路｝上，可以找到其價值。
- {仕事(しごと)の業績(ぎょうせき)} には高(たか)い評価(ひょうか)を与(あた)えることができる／對於｛你的工作績效｝可給予很高的評價。
- {君(きみ)の努力(どりょく)} は評価(ひょうか)できる／｛你的努力｝值得肯定。
- {秘境(ひきょう)の地(ち)に若者(わかもの)が移住(いじゅう)して起業(きぎょう)するのが} 注目(ちゅうもく)される／｛年輕人移居秘境創業一事｝引發各界關注。
- {大人(おとな)の気(き)を引(ひ)きたいという欲求(よっきゅう)から} 注目(ちゅうもく)されよう／｛利用想博取大人關注的這一慾望｝會引起注意吧。

情境記單字

情境	單字	
文書（ぶんしょ）、出版物（しゅっぱんぶつ） 文章文書、出版物	□ 英字（えいじ）	英語文字（羅馬字）；英國文學
	□ 箇条書き（かじょうがき）	逐條地寫，引舉，列舉
	□ 拝啓（はいけい）	（寫在書信開頭的）敬啟者
	□ 文書（ぶんしょ）	文書，公文，文件，公函
	□ 名簿（めいぼ）	名簿，名冊
	□ 目録（もくろく）	（書籍目錄的）目次；（圖書、財產、商品的）目錄；（禮品的）清單
	□ 創刊（そうかん）	創刊
	□ 付録（ふろく）	附錄；臨時增刊
	□ 書（しょ）	書，書籍；書法；書信；書寫；字述；五經之一
	□ 著（ちょ）	著作，寫作；顯著
	□ 版（はん）・版（ばん）	版；版本，出版；版圖
	□ 綴じる（とじる）	訂起來，訂綴；縫在一起，縫補破洞

情境	單字	
知識（ちしき） 知識	□ 簡潔（かんけつ）	簡潔
	□ 究極（きゅうきょく）	畢竟，究竟，最終
	□ 概説（がいせつ）	概說，概述，概論
	□ 教訓（きょうくん）	教訓，規戒
	□ 概略（がいりゃく）	概略，梗概，概要；大致，大體
	□ 著しい（いちじるしい）	非常明顯；顯著地突出；顯然
	□ 愚か（おろか）	智力或思考能力不足的樣子；不聰明；愚蠢，愚昧，糊塗
	□ 巧妙（こうみょう）	巧妙
	□ 案じる（あんじる）	掛念，擔心；（文）思索
	□ 重んじる（おもんじる）・重んずる（おもんずる）	注重，重視；尊重，器重，敬重
	□ 一概に（いちがいに）	一概，一律，沒有例外地（常和否定詞相應）

翻譯與解題 ② 【問題 8 ─ (3)】

(3)

昨年のいつ頃だったかな、（中略）ホームに派手なピンクのカタマリのごとき車両が進入してきたときの驚きは忘れられない。

車体の前面にいわゆる、「萌え」系の「美少女」たちがおもにピンク色のコスチュームにて狂喜乱舞しているところが描かれた車体広告なのだった。

いい歳した大人としては目にするのも、乗り込むのも、何となく恥ずかしい車両だった。 關鍵句

これが秋葉原（注）の中だけを走り回るバスかなんかだったら、べつだん何の文句もないけれど、**ＪＲや地下鉄には様々な趣味趣向の持ち主が乗り込むわけである。** 關鍵句

（『サンデー毎日』）

（注）秋葉原：東京都内にある電気製品の商店街、近年は「オタク」の街としても著名

□ 萌え　流行語，極端喜愛之心情

□ 系　某類型的統稱

□ 狂喜乱舞　高興到忍不住跳舞

□ いい歳した　年紀不小的

□ 目にする　看

□ べつだん　（後接否定表現）特別，格外

□ 持ち主　擁有者，持有人

□ オタク　御宅族

□ 胸が高鳴る　（因喜悅或期待而）心臟怦怦跳

□ 当惑　為難，困惑

48 筆者がここで最も言いたいことは何か。

1　派手なピンクの車両に乗り込むとき、狂喜乱舞するかのごとく胸が高鳴った。
└文法詳見 P78

2　広範囲を運行する公共交通機関は、乗客によっては当惑するような車体広告を描くべきではない。

3　様々な趣味趣向の人がいるから、車体広告をどのようにしようと自由である。

4　「美少女」が描かれた車体は、どんな年代の人にとっても恥ずかしくはあるが、喜ばしいものである。

(3)

忘了是去年的什麼時候，（中略）有輛簡直是一大團鮮豔粉紅色的搶眼列車駛進月台，至今我仍無法忘記當時的震驚。

車頭繪有所謂的「萌」系「美少女」們身穿粉紅色的造型服飾，全湊在一起狂喜亂舞的模樣，也就是所謂的車身廣告。

這輛車讓我們這把年紀的成年人不管是觀看還是搭乘，都有股說不上來的難為情。

如果這是僅限於在秋葉原（注）一帶行駛的巴士之類的交通工具，我倒不會發什麼牢騷，但是來搭乘ＪＲ和地下鐵的人，每個人都有其不同的興趣嗜好。

（《SUNDAY 每日》）

（注）秋葉原：位於東京都內的電器製品商店街，近年以「御宅族」之街而聞名

這篇文章是藉由搭乘「萌系美少女」車輛的經驗，抱怨大眾運輸工具的車身廣告應該要考慮到乘客的感受。這一題問的是作者的意見，要用刪去法來作答。

選項２ 直接反映了文章中，筆者對於公共交通車體廣告選擇的關切。透過描述一次在公共交通上遇見的「搶眼的粉紅色車廂」一輛以「萌系美少女」為主題的車輛，筆者提出了對現實中，此類廣告帶來的個人感受與社會考量。

Answer **2**

48 作者最想表達的是什麼呢？

1 搭乘搶眼的粉紅色車廂時，心臟會如狂喜亂舞之時一樣怦怦直跳。
2 運行於廣域範圍的公共交通工具，其車身廣告不應使乘客感到難為情。
3 由於每個人的興趣嗜好各不相同，所以車身廣告可以自由發揮。
4 各個年齡層的人對畫有「美少女」的車身都覺得難為情，但也看得很開心。

選項１ 完全誤解了文章的語境。文章中筆者並未表達對該車輛的興奮或喜悅，相反，他使用了「恥ずかしい」（難為情）表達了一種尷尬或不適感。

選項３ 同樣不符合文章的論調。筆者正是基於「様々な趣味趣向の持ち主が乗り込む」（搭乘的人都有其不同的興趣愛好）這一事實，提出了對於車體廣告應該更加謹慎選擇的見解。

選項４ 與文章中筆者的態度不相符。筆者對於車輛的描述並未表達出任何正面的評價，而是表達了一種對於該廣告可能對某些乘客造成不適的擔憂。

翻譯與解題 ② 【問題 8 －(3)】

題型分析

這道題目屬於「細節題」中的「理解作者意圖／觀點題」，要求考生從文段中理解作者對特定情況的觀點或感受。

解題思路

1. 仔細閱讀文段：首先仔細閱讀文段，特別是作者描述對於「派手なピンクのカタマリの車両」（搶眼的粉紅色車廂）的反應和感想的部分。

2. 識別作者的主張：找出文段中表達作者對該情況看法的句子。

3. 對照選項與文段內容：比較選項與文段中的關鍵信息，判斷哪個選項最準確反映了作者的觀點。

4. 排除法：排除與作者觀點或描述不符合的選項。

重要文法

【動詞辭書形】+かのごとく。好像、宛如之意，表示事實雖然不是這樣，如果打個比方的話，看上去是這樣的。「ごとく」可以是「體言＋ごとく＋體言」的形式，形容「宛如…的…」；也可以是「體言＋ごとく」的形式，只用在負面的評價，表示「像…那樣的…」。

❶ かのごとく 就好像…

例句 彼女（かのじょ）はまるで自分（じぶん）が姫様（ひめさま）であるかのごとく振舞（ふるま）っている。

她表現得好像她是公主一樣。

小知識大補帖

▶「目に」開頭的慣用句

慣用句	意思	例句
目（め）に余（あま）る 看不下去	あまりにひどくてとても見（み）ていられないほどである。 實在是過分到讓人無法繼續觀看。	あいつの横暴（おうぼう）ぶりは、全（まった）く目（め）に余（あま）る。 那傢伙蠻不講理的樣子簡直讓人看不下去。

目に浮かぶ 浮現眼前、想像得到	実際に見ているように、頭の中に想像する。 彷彿實際看到一般，在腦中想像。	それを知ったら、彼は喜ぶだろうなあ。目に浮かぶよ。 他如果知道那件事，應該會很開心吧？我能想像喔！
目に角を立てる 怒目而視	怒った目つきになる。 眼神帶有憤怒。	確かに悪かったのはこちらだけど、あんなに目に角を立てて怒ることはないと思うな。 錯的確是出在我身上，但也沒必要對我怒目而視吧？
目に付く 引人注目	目立つ（悪いことについて使うことが多い）。 顯眼（通常用在做壞事上）	短所ばかりが目に付く。 只有缺點引人注目。
目に留まる 看見、注意到	見える。注目される。 看得到。被注意到。	夢は、イケメンの大金持ちの目に留まって、玉の輿よ。 我的夢想是被帥氣的超級有錢人注意到，飛上枝頭當鳳凰啊！
目に見える 看見、歷歷在目	はっきりしている。 非常清楚。	そんなことをしたら、怒られるのは目に見えているよ。 你如果做了那樣的事，我已經可以想見你會被罵了。
目に物見せる 讓…瞧瞧厲害	ひどい目に会わせて、はっきり分からせる。 讓對方嚐嚐苦果，使之徹底明白。	今度という今度こそは、目に物見せてくれよう。（注：この場合の「くれる」は、自分が相手に与えるという意味で、相手を見下した言い方。） 下次我一定要讓你瞧瞧我的厲害。（注：這裡的「くれる」是指自己要給對方苦頭，是瞧不起對方的說法。）

常用的表達關鍵句

＊｛　｝內也可自行帶入其他詞彙喔！

01 點出疑問關鍵句

- {それはそれは} というのは どういう気持ちを表していますか／｛「那可太好了」｝表達的是什麼樣的情緒呢？
- {文の後に続く文} として、次のどれが適当ですか／就｛接續文章的後續文章｝而言，下列哪一個較為適當呢？
- {その計画がうまくいかなかったら} どうなるだろうか／｛如果那個計畫不順利的話｝將會如何呢？
- {ゲームの面白さ} とは何だろうか／｛遊戲的趣味性｝是指什麼呢？
- {ぼく} はどんな {ふうに生きるの} だろうか／｛我會活出個｝怎麼樣的｛人生｝來呢？
- なぜ {彼} は {その商品を作るの} だろうか／｛他｝為什麼｛會做出那樣商品來｝呢？
- {今後、世界} はどのように {なるの} だろうか／｛今後的世界｝將會有何｛變化｝呢？

02 表示再考慮關鍵句

- {新築一戸建て投資} について検討してみよう／就｛投資獨棟新房的｝問題來研究一下吧。
- {この画家に描かれた思婦像の諸相} について明らかにしてみよう／探討一下｛這位畫家筆下所描繪的思婦像的各種姿態｝吧。

03 表示感覺關鍵句

- {洗ってるのにおやじの匂い} がします／｛明明洗過了卻還是｝覺得有｛老人體臭味｝。
- {国民はいい反響} をしています／｛國民皆｝表現出｛良好的反應｝。
- {国民の皆様は不安} を感じる／｛各位國民皆｝感到｛不安｝。

情境記單字

▸情境	▸▸▸單字	
芸術（げいじゅつ）、絵画（かいが）、彫刻（ちょうこく） 藝術、繪畫、雕刻	□ コンテスト【contest】	比賽；比賽會
	□ 茶（ちゃ）の湯（ゆ）	茶道，品茗會；沏茶用的開水
	□ デッサン【(法) dessin】	（繪畫、雕刻的）草圖，素描
	□ 文化財（ぶんかざい）	文物，文化遺產，文化財富
	□ 技（わざ）	技術，技能；本領，手藝；（柔道、劍術、拳擊、摔角等）招數
	□ 精巧（せいこう）	精巧，精密
	□ 細工（さいく）	精細的手工藝（品），工藝品；耍花招，玩弄技巧，搞鬼
	□ カット【cut】	切，削掉，刪除；剪頭髮；插圖
	□ 独創（どくそう）	獨創
	□ 描写（びょうしゃ）	描寫，描繪，描述
	□ 披露（ひろう）	披露；公布；發表
	□ 粋（すい）	精粹，精華；通曉人情世故，圓通；瀟灑，風流；純粹

▸情境	▸▸▸單字	
交通（こうつう）、運輸（うんゆ） 交通、運輸	□ 運輸（うんゆ）	運輸，運送，搬運
	□ 切（き）り替（か）え	轉換，切換；兑換；（農）開闢森林成田地（過幾年後再種樹）
	□ 経路（けいろ）	路徑，路線
	□ 接触（せっしょく）	接觸；交往，交際
	□ 優先（ゆうせん）	優先
	□ 運送（うんそう）	運送，運輸，搬運
	□ 回送（かいそう）	（接人、裝貨等）空車調回；轉送，轉遞；運送
	□ 封鎖（ふうさ）	封鎖；凍結
	□ 遮（さえぎ）る	遮擋，遮住，遮蔽；遮斷，遮攔，阻擋
	□ 切（き）り替（か）える	轉換，改換，掉換；兑換

翻譯與解題 ② 【問題８－(4)】

(4)

花園のたとえ話が示すように、**社会の中で言語がどのように使われるべきかということを計画することもある程度必要になってくる**のだが、これは言語政策と呼ばれている。**言語学者の中には言語を人為的に計画したり操作したりすることは不可能で、自然の流れに任せるしかないと考える人も多くいる。**しかしながら、言語は社会の中において存在していることを考えると、**程度の差はあれ、何らかの言語政策が行われていることも事実だ。**その多くは、言語の構造、あるいは言語の使用について影響を与えるものである。

〈關鍵句〉

〈關鍵句〉

〈關鍵句〉

（東照二『バイリンガリズム』）

□ たとえ話　比喻
□ 政策　政策
□ 人為的　人為地

49　筆者がここで最も言いたいことは何か。

1　言語の使用を人為的に計画することはある程度必要だが、不可能である。
2　社会の中で使われる言語は言語政策によるべきである。
3　社会の中に存在している言語を操作する必要はない。
4　社会における言語の使用には、多かれ少なかれ人為が介在している　。

└文法詳見 P84
└文法詳見 P84┘

(4)

如同以花園做譬喻一樣，語言在社會裡應有的使用方式，逐漸演變成在某種程度上需要予以規劃的狀況，稱之為語言政策。語言學家當中也有不少人認為，試圖透過人為的規劃或操縱語言是不可能的，只能順其自然發展。然而，語言存在於社會之中是不爭的事實，實際上仍有或多或少的語言政策正在推行。其中的多數政策，均會對語言的結構或是語言的使用方式造成影響。

（東照二《雙語》）

! 像這種選項為開放式的題型，建議用刪去法作答。

選項4 精準地捕捉了文章中筆者所強調的主題：即使語言學界內有人認為語言的發展應該自然流轉，不應人為干預，實際上社會中存在的語言政策已經在某種程度上對語言的構造和使用造成了影響。這種觀點不僅揭示了語言與社會之間復雜的相互作用，也指出了人類對語言進行指導和規劃的現實必要性。

Answer **4**

49 作者在此最想表達的是什麼呢？

1 雖然語言的使用有某種程度必須透過人為的規劃，卻是無法執行的。
2 社會上所使用的語言都應該要依循語言政策。
3 沒有必要去操縱存在於社會上的語言。
4 社會上的語言使用，或多或少都有人為的介入。

選項1 將筆者的意見描繪成了一種悖論，而文章中筆者並未完全否定語言政策的可能性，反而認為它在某種程度上是現實且必要的。

選項2 過於斷然，且文章中筆者嘗試探索的是，語言政策的實際存在與其對社會語言使用的影響，而非提倡所有社會語言，應完全依賴政策規劃。

選項3 則直接與文章主旨相反。筆者雖然指出有語言學者認為，語言不應人為操作，但最終強調了實際上存在的語言政策與其重要性。

翻譯與解題 ② 【問題 8 — (4)】

題型分析

這道題目屬於「細節題」中的「理解作者意圖／觀點題」，要求考生從文段中提取並理解作者對某一主題的核心看法。

解題思路

1. 仔細閱讀文段：首先要精讀文段，特別關注作者對於言語政策的看法和論點。

2. 識別關鍵論述：找出文段中關於言語政策和言語使用計劃的關鍵論述。

3. 對照選項與文段內容：逐一比較選項與文段中的關鍵信息，確定哪個選項最準確反映了作者的主張。

4. 排除法：排除那些與文段中作者態度或論點不一致的選項。

重要文法

【名詞】＋における。表示事物存在的時間、地點、範圍、狀況、條件等。是書面語。口語一般用「で」表示。

❶ における 在…、在…方面

例句 江戸時代（えどじだい）における庶民（しょみん）と武士（ぶし）の暮（く）らし方（かた）の比較（ひかく）をしてみた。

我對江戶時代庶民與武士的生活方式，進行了比較。

【形容詞詞幹】＋かれ＋【形容詞詞幹】＋かれ。舉出兩個相反的狀態，表示不管是哪個狀態、哪個場合的意思。「遲かれ早かれ」、「多かれ少なかれ」、「善かれ悪しかれ」等已成慣用句用法。

❷ かれ～かれ 或…或…、是…是…

例句 若（わか）いうちは誰（だれ）でも、多（おお）かれ少（すく）なかれ人生（じんせい）の意味（いみ）について考（かんが）えるのではないだろうか。

年輕時不管是誰，多少都會思考人生的意義不是嗎？

小知識大補帖

▶英語原文是「ism」（イズム）結尾的外來語

這些外來語可以表示主義、思想、態度、裝置、活動等等。

日 語	英 語	意 思
アカデミズム	academism	學問藝術至上主義、學院風
エキゾチシズム	exoticism	異國情趣
エゴイズム	egoism	利己主義
ジャーナリズム	journalism	報導活動、報導機構、新聞界
センチメンタリズム	sentimentalism	多愁善感、感傷主義
ナショナリズム	nationalism	民族主義、國家主義、民粹主義
ナルシシズム	narcissism	自我陶醉、自戀
ヒューマニズム	humanism	人文主義、人道主義
マンネリズム	mannerism	千篇一律、毫無新意。常簡稱為「マンネリ」。
メカニズム	mechanism	機械裝置
リベラリズム	liberalism	自由主義

常用的表達關鍵句

＊{ }內也可自行帶入其他詞彙喔！

01 作出判斷關鍵句

→{その支出が経費} である・だ・です／{那筆支出}算是{經辦事業支出的費用}。

02 形成判斷關鍵句

→{こんな色彩を出す} ことができるだろうか／能{調出這樣的顏色}嗎？

→{この手順} は正しいだろうか／{這樣的步驟}究竟對不對呢？

→本当に {自分で染めてもいい} だろうか／真的{可以自己染色}嗎？

→{そこそこ儲かる仕事が回ってきたこと} は本当だろうか／真的{接到可以賺上一筆的工作}了嗎？

03 表示強調、斷定關鍵句

→{わたしは一分} たりとも {無駄にしたく} ない／{我}就連{一絲一毫的時間}也不{想浪費}。

→確信していることを述べる／陳述自己堅信的事實。

→{この作品をダメにしたのは脚本だ} と確信する／我堅信{這部作品失敗的原因就在於腳本}。

→{これは主人公の成長} がはっきりとわかる {作品でした} ／{這是一部能}清楚看到{主角歷經成長的作品}。

→{彼はさすが日本の喜劇王だ} と言わざるを得ない／不得不說{他果然不愧是日本的喜劇天王}。

→{これを借金問題} と言って間違いない／可以肯定的說{這是借錢衍生的問題}。

→{初めて出会ったのが、大学１年生の時だから、あれからもう 10 年になる} というわけだ／{初次見面是在大學一年級，}也就是說{至今也已經有 10 年了}。

情境記單字

▸情境	▸▸▸單字	
言語（げんご） 語言	□ 当て字（あてじ）	借用字，假借字；別字
	□ 一字違い（いちじちがい）	錯一個字
	□ 画（かく）	（漢字的）筆劃
	□ 片言（かたこと）	（幼兒、外國人的）不完全的詞語，隻字片語，單字羅列；一面之詞
	□ 漢語（かんご）	中國話；音讀漢字
	□ 文語（ぶんご）	文言；文章語言，書寫語言
	□ 略語（りゃくご）	略語；簡語
	□ 原文（げんぶん）	（未經刪文或翻譯的）原文
	□ 語彙（ごい）	詞彙，單字
	□ 語句（ごく）	語句，詞句
	□ 語源（ごげん）	語源，詞源
	□ 字体（じたい）	字體；字形

▸情境	▸▸▸單字	
表現（ひょうげん） 表達	□ 口頭（こうとう）	口頭
	□ 円滑（えんかつ）	圓滑；順利
	□ 叫び（さけび）	喊叫，尖叫，呼喊
	□ 勧め（すすめ）	規勸，勸告，勸誡；鼓勵；推薦
	□ 世辞（せじ）	奉承，恭維，巴結
	□ 推進（すいしん）	推進，推動
	□ 説得（せっとく）	說服，勸導
	□ 宣言（せんげん）	宣言，宣布，宣告
	□ 暴露（ばくろ）	曝曬，風吹日曬；暴露，揭露，洩漏
	□ 滑る（すべる）	滑行；滑溜，打滑；（俗）不及格，落榜；失去地位，讓位；說溜嘴，失言
	□ 黙り込む（だまりこむ）	沉默，緘默
	□ ごまかす	欺騙，欺瞞，蒙混，愚弄；蒙蔽，掩蓋，搪塞，敷衍；作假，搗鬼，舞弊，侵吞（金錢等）

▶ **職場**

貴社の求人誌を拝見して、応募したいと思いお電話差し上げた次第です。
我看到了貴公司的徵人啟事，因此致電應徵。

すみません。貴社の求人内容について、何点かお伺いしたいのですが。
不好意思，關於貴公司的徵才內容，我有幾個問題想請教。

現在もまだ募集していますでしょうか。
請問現在還在徵人嗎？

販売員の経験はないのですが、問題ないでしょうか。
我沒當過推銷員，請問這樣符合資格嗎？

日々の仕事で日本語を使う機会はありますか。
請問平常上班時會用到日文嗎？

フルタイムではなく、パートタイムの募集もありますか。
請問貴公司除了徵求全職員工，是否也在招募兼職人員呢？

単位不足で卒業できず、就職先から内定を取り消された。
因為學分尚未修滿而無法畢業，導致原本已內定錄取的工作被取消了。

第一志望(だいいちしぼう)の会社(かいしゃ)から、内定(ないてい)をもらった。

心中第一志願的公司已經決定要錄用我了。

最初(さいしょ)の１カ月(げつ)、新入社員研修(しんにゅうしゃいんけんしゅう)に行(い)かなければいけないんだって。

聽說第一個月一定要參加新進員工的研修才行哦！

給料(きゅうりょう)は手取(てど)りでどれくらい。

淨薪資大約多少呢？

年(ねん)に２回(かい)ボーナスが出(で)るらしいよ。

據說每年會分發兩次獎金哦！

昇進(しょうしん)おめでとうございます。

恭喜您高升！

４月(がつ)から関連会社(かんれんがいしゃ)に１年出向(ねんしゅっこう)することになった。

從４月起，我將被轉派到關係企業工作一年。

明日(あした)までに企画書(きかくしょ)を提出(ていしゅつ)しなければいけない。

在明天之前必須提交企畫書。

私(わたし)の提案(ていあん)は却下(きゃっか)された。

我的提案被駁回了。

今週(こんしゅう)は外回(そとまわ)りばっかりです。
這週幾乎都在外面跑業務。

3時(じ)からミーティングをします。
3點後要開會。

明日(あす)、人事異動(じんじいどう)が発表(はっぴょう)されるよ。
明天就要宣布人事異動了哦。

海外勤務(かいがいきんむ)を命(めい)じられました。
我被派到了海外工作。

3年間(ねんかん)、イギリスに駐在(ちゅうざい)することになった。
我將被派駐到英國3年。

来年(らいねん)、定年退職(ていねんたいしょく)します。
明年我將會屆齡退休。

閱讀約 500 字以生活、工作、學習等為主題的，簡單的評論文、說明文及散文。測驗是否能夠理解文章中的因果關係或理由、概要或作者的想法等等。

理解內容／中文

考前要注意的事

作答流程 & 答題技巧

閱讀說明

先仔細閱讀考題說明

閱讀問題與內容

預估有 9 題

1 考試時建議先看提問及選項，再看文章。

2 提問一般用造成某結果的理由「～原因はどのようなことだと考えているか」（認為…的原因為何）、「～なはなぜか」（…是什麼原因呢？）、作者的想法或文章內容「筆者の主張はどんなことか」（作者所主張的是什麼事呢？）的表達方式，文章中的某詞彙的意思等等。

3 掌握文章結構「開頭是主題、中間說明主題、最後是結論」就是解題關鍵。也可以將表示理由的「ので、ため、のである、なぜかというと」當作解題的線索。

4 考文章的內容時，引出結論的詞彙如「要するに、即ち、したがって」也要多加注意！

答題

選出正確答案

Track 09

次の (1) から (3) の文章を読んで、後の問いに対する答えとして、最もよいものを、1・2・3・4から一つ選びなさい。

(1)

統計上は、①日本の子供は一日九分ぐらいしか仕事をしていないことになっています。これは、アメリカ、イギリスなどいわゆる先進国のなかでもきわだって（注1）少ない方です。それほど家庭内の合理化が進んだと見るべきなのか、親が過保護になったと見るべきなのか、それとも、子供に仕事を与えられないほど住宅が狭くなったと見るべきなのかわかりません。おそらく理由は一つではないでしょう。

仕事をするということは手先の器用さを養うという“生理的なコース”での人間変革とともに、困難をともない、その上価値を生み出す営み（注2）であるだけに、子供の②価値観の形成に大きく影響します。（中略）

労働生活で身につけた価値観はそのまま学習生活に移転すると考えてよさそうです。現状でも、決まった仕事を続けてやっている子は、学習にも集団生活にも積極的であるという傾向がはっきり出ています。（中略）

仕事をさせることは、家族の一員としてもやがて社会の一員として生き抜いていく上でも最重要な“生活の原点”のようなものだと私は思います。

（藤原義隆『子供の生活リズム』）

（注１）きわだって：ほかのものより特別に目立って
（注２）営み：行い、行為

50 ①日本の子供は一日九分ぐらいしか仕事をしていないとあるが、考えられる理由として筆者が本文であげていないのはどれか。

1 家事の多くが昔よりも効率よくできるようになったから
2 親が子供を大事にしすぎているから
3 住宅が狭くなったため、子供に家事をさせるとかえって邪魔になるから
4 日本は、アメリカやイギリスなどと同様に先進国だから

51 ここでいう②価値観とはどのような考え方か。

1 働いて報酬を得るのは当然だという考え方
2 手先を器用にするためには、仕事をするのが一番だという考え方
3 努力し、いい結果を出すことに意義を見いだす考え方
4 良いものを作り出すには、手先が器用である必要があるという考え方

52 子供に仕事をさせることに対する筆者の考えに近いものはどれか。

1 手先が器用になり、将来高い利益を生み出す製品を作れるようになる。

2 手先が器用になるだけでなく、物事に進んで取り組む姿勢を養うことができる。

3 将来の仕事の役に立つように、小さいうちから決まった仕事をさせて訓練する必要がある。

4 子供のころから社会に出して仕事をさせる方が、学習生活にも好影響を与えることができる。

Track 10

(2)

私は木花よりも草花を愛する。春の花より秋の花が好きだ。西洋種はあまり好かない。野草を愛する。

家のまわりや山野渓谷（けいこく）を歩き廻（まわ）って、見つかりしだい手あたり放題に雑草を摘んで来て、机上の壺に投げ入れて、それをしみじみ観賞するのである。

このごろの季節では、蓼（たで）、りんどう、コスモス、芒（すすき）、石蕗（つわぶき）、等々何でもよい、何でもよさを持っている。

草は壺に投げ入れたままで、そのままで何ともいえないポーズを表現する。なまじ（注1）手を入れる（注2）と、入れれば入れるほど悪くなる。

抛入花（なげいればな）はほんとうの抛（な）げ入れでなければならない。そこに流派の見方や個人の一手が加えられると、それは抛入でなくて抛挿（なげさし）だ。

摘んで帰ってその草を壺に抛げ入れる。それだけでも草のいのちは歪（ゆが）められる。私はしばしばやはり「野におけ」の嘆息（たんそく）を洩（も）らすのである。

人間の悩みは尽きない。私は堪（た）えきれない場合にはよく酒を呷（あお）ったものである（今でもそういう悪癖がないとはいいきれないが）。酒はごまかす丈（だけ）で救う力を持っていない。ごまかすことは安易だけれど、さらにまたごまかさなければならなくなる。そういう場合には諸君よ、山に登りましょう、林に分け入りましょう、野を歩きましょう、水のながれにそうて、私たちの身心がやすまるまで逍遥(しょうよう)しましょうよ。

（種田山頭火『白い花』）

（注1）なまじ：しなくてもよいことをして、かえって悪い結果を招くようす

（注2）手を入れる：修正する、整える

53 筆者は野草をどのように考えているか。

1 自然の中を歩き廻って好みの野草を探すのは心が安らぐ。

2 わざわざ花屋で花を買わなくとも、野草で十分である。

3 野草は手を加えず、自然のままにしておくのが一番よい。

4 野草は野におくべきなので、観賞し終わったら野に戻すほうがよい。

54 野草を室内に飾ることについて、筆者はどのように考えているか。

1 一切の作為を排除した姿にこそもっとも魅力がある。

2 生け花の心得があるならいざ知らず、一般人はただ花を壷に投げ入れればよい。

3 花の組み合わせや壷の中でのバランスなどをあれこれ考えなくても差し支えない。

4 花といえども雑草なので、壷に投げ入れておけばよい。

55 悩み事があるときは、どうするのがよいと言っているか。

1 体が疲れて悩み事などどうでもいいと思うようになるまで野山を歩くとよい。

2 心と体がゆったりするまで、自然の中を気ままに歩き回るとよい。

3 まず酒を飲んでみて、ごまかすことができなければ、野山を歩くとよい。

4 森林浴をして、植物から出る化学成分に接するとよい。

Track 11

(3)

われわれはふだんそんなに意識しないで、「れる、られる」という助動詞をその場その場に合ったかたちで使いこなしています。そういうふうに「感じられる」とか、そう「思われて」仕方がないというような「自発」の意味で使います。それから、「殺される」、「殴られる」というような「受身」の意味でも使います。また、このキノコは「食べられる」とか、「行かれる」というような「可能」の意味でも使います。さらには、先生が「来られる」というような「尊敬」の意味でも使います。

このように、われわれは無意識のうちに、「自発」が「受身」であり、「受身」が「可能」または「尊敬」であるというような、そういう微妙な用法を自在に使いこなしているわけですが、そこには、こうした用法をとおして同質の発想があることが示されています。考えてみれば、たしかに、「感じられる」、「思われる」というのは、自分が思うというだけではなくて、それは「自発」の意味でありながら、何かしらそういうふうに「感じられ」、「思われ」るというような、自分がそうさせられているという「受身」の出来事でもあるし、あるいはそういうふうに「感ずることができる」「思うことができる」というような「可能」の意味にもとれるといえばとれるわけです。さらには自分をこえたはたらきが現れ出てくるということで尊敬にもなるというような用法の展開にも考えられます。

（竹内整一『日本人はなぜ「さようなら」と別れるのか』）

56 その場その場に合ったかたちで使いこなしていますとはどういう意味か。

1 場合ごとに違う形に変えて使っているという意味

2 場面ごとに違う意味に解釈しているという意味

3 場面ごとに違う文型として考えているという意味

4 場面ごとに違う語彙として解説しているという意味

57 「れる、られる」について、この文章で述べている内容と最も合致するのはどれか。

1 それぞれの用法は自然に発生したものである。

2 それぞれの用法には意味的な関連性がある。

3 それぞれの用法は同じ人が考えたものである。

4 それぞれの用法には文法的な共通性がある。

翻譯與解題 ① 【問題 9 ー (1)】

次の(1)から(3)の文章を読んで、後の問いに対する答えとして、最もよいものを、1・2・3・4から一つ選びなさい。

(1)

統計上は、①日本の子供は一日九分ぐらいしか仕事をしていないことになっています。これは、アメリカ、イギリスなどいわゆる先進国のなかでもきわだって（注1）少ない方です。**それほど家庭内の合理化が進んだと見るべきなのか、親が過保護になったと見るべきなのか、それとも、子供に仕事を与えられないほど住宅が狭くなったと見るべきなのかわかりません。**おそらく理由は一つではないでしょう。

50 題 關鍵句

仕事をするということは**手先の器用さを養う**という“生理的なコース”での人間変革とともに、**困難をともない、その上価値を生み出す営み**（注2）であるだけに、子供の②価値観の形成に大きく影響します。（中略）

└文法詳見 P108

52 題 關鍵句

51 題 關鍵句

労働生活で身につけた価値観はそのまま学習生活に移転すると考えてよさそうです。現状でも、決まった仕事を続けてやっている子は、学習にも集団生活にも積極的であるという傾向がはっきり出ています。（中略）

51,52, 53 題 關鍵句

仕事をさせることは、家族の一員としてもやがて社会の一員として生き抜いていく上でも最重要な“生活の原点”のようなものだと私は思います。

└文法詳見 P108

52 題 關鍵句

（藤原義隆『子供の生活リズム』）

（注1）きわだって：ほかのものより特別に目立って

（注2）営み：行い、行為

請閱讀下列(1)～(3)的文章，並從每題所給的 4 個選項（ 1 ・ 2 ・ 3 ・ 4 ）當中，選出最佳答案。

(1)

根據統計，①日本的兒童每天做家事的時間大約只有 9 分鐘。即使與美國、英國等先進國家相較，這數據亦是明顯地（注 1 ）較少。究竟是家務工作的效率已提升？還是父母的過度保護？抑或是居住空間過於狹小，以致無法讓孩子做家事呢？沒有人知道真正的原因，很可能是由多種理由共同造成這個結果的吧。

指出日本的小孩做家事的時間太少，原因不一。

做家事是透過培養手指靈巧度的「生理性訓練」，藉以重新塑造人格，在克服困難之際使其明白這個行為（注 2）的價值所在，因此對於兒童②價值觀的形成具有莫大的影響。（中略）

做家事不僅可以培養雙手靈巧度，還會影響孩子的價值觀。

可以想見經由生活中的勞動學習到的價值觀，將會直接轉化到學業方面。從現狀可以清楚發現，兒童如果持續做分內的家事，在面對課業和團體生活時，也會傾向於採取積極的態度。（中略）

有在做固定家事的小孩對於課業和集團生活都比較積極。

我認為要兒童做家事是最重要的「生活原點」，讓兒童身為家庭的一份子，甚至是在不久的將來成為社會的一份子，都能勇往直前活下去。

（藤原義隆《孩子的生活步調》）

作者認為讓小孩做家事是可以讓他勇往直前活下去的「生活原點」。

（注 1 ）明顯地：比其他事物更為明白顯露

（注 2 ）行為：動作、行動

翻譯與解題 ① 【問題 9 — (1)】

4

50 ①日本の子供は一日九分ぐらいしか仕事をしていないとあるが、考えられる理由として筆者が本文であげていないのはどれか。

1 家事の多くが昔よりも効率よくできるようになったから

2 親が子供を大事にしすぎているから

3 住宅が狭くなったため、子供に家事をさせるとかえって邪魔になるから

4 日本は、アメリカやイギリスなどと同様に先進国だから

50 文中提到①日本的兒童每天做家事的時間大約只有９分鐘，下列何者是作者在文章當中沒有舉出的可能原因？

1 因為大部分家事的完成效率都比以前來得好

2 因為太過愛護兒童了

3 因為居住空間變得狹小，讓兒童做家事反而會礙手礙腳

4 因為日本和美國、英國同為先進國家

題型分析

這道題目屬於「細節理解題」，特別是針對辨識文中未明確提及的信息。細節理解題要求考生能夠準確把握文中的具體信息，並從中辨別出文中沒有提及的選項。

解題思路

1. 仔細閱讀：首先細讀相關段落，理解作者討論的主題和細節。

2. 識別選項：將每個選項與文章中的信息進行對照，確認哪些選項是文中提到的。

3. 排除法：找出文中明確提及的選項，然後排除掉，剩下的未被提及選項即為答案。

4. 注意細節：注意選項中的細微差別，有時候答案隱藏在細節之中。

解題攻略

注意題目是問作者「沒有」舉出的原因，可別選到正確的描述了。

選項1 文章中，作者提到了「家庭内の合理化が進んだ」，這可以理解為家務工作變得更加高效，因此，孩子每天花在做家事上的時間減少。這個選項與文章提及的一種可能原因相符。

選項2 文章確實提到了「親が過保護になった」（父母的過度保護）這個觀點，認為這可能是導致日本孩子在家務工作上，花費時間少的原因之一。

選項3 與住房條件有關，認為由於住宅空間狹小，讓孩子做家事反而會造成困擾。這也是文章中提到的一個可能的原因。

選項4 這個選項指出了日本作為一個先進國家的事實，但這並非文章討論的焦點。文章主要是在討論為什麼日本的孩子在家務工作上花的時間少，而不是在比較不同國家的狀況。因此，這個選項並未直接對應到文章中，對孩子做家事時間少的原因的討論。

延伸分類單字

家事／家務

01 しゅげい【手芸】

名 手工藝(刺繡、編織等)

例文

手芸（しゅげい）を習（なら）う。

學習手工藝。

02 つぎめ【継ぎ目】

名 接頭，接繼；家業的繼承人；骨頭的關節

例文

糸（いと）の継（つ）ぎ目（め）。

線的接頭。

延伸慣用語

- **手を拱く** ／置身事外，袖手旁觀
- **さじを投げる** ／拋下調羹（意指放棄）
- **～ふりをする** ／裝作～

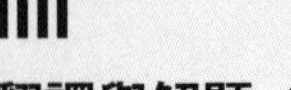

翻譯與解題 ① 【問題 9 — (1)】

Answer **3**

51 ここでいう②価値観とはどのような考え方か。

1 働いて報酬を得るのは当然だという考え方

2 手先を器用にするためには、仕事をするのが一番だという考え方

3 努力し、いい結果を出すことに意義を見いだす考え方

4 良いものを作り出すには、手先が器用である必要があるという考え方

51 這裡所提到的②價值觀是指什麼樣的想法呢？

1 認為工作後得到報酬是天經地義的

2 認為為了讓手指更為靈巧，最好的方式就是做家事

3 認為經過努力得到良好的成果是具有意義的

4 認為想要做出好東西，就必須要有靈巧的手指

題型分析

這道題目屬於「理解推論題」，具體來說，是要求考生根據文中的描述來推斷「②價值觀」指的是哪種思考方式。

解題思路

1. 捕捉關鍵詞：注意到問題中提到的「②價值觀」，這是解題的關鍵。
2. 理解文意：理解文中對於價值觀的描述，特別是與「仕事」相關的部分。
3. 推理匹配：將選項與文中關於價值觀的描述進行匹配，找出最合適的選項。
4. 排除法：對於不符合文中描述的選項進行排除。如只關注於手的靈活性，或偏離了創造價值的核心概念。

解題攻略

選項 1 提到的是認為工作並獲得報酬是理所當然的，這與文章中討論的「価值観」的概念有所差異。文章著重於通過勞動生活學習到的價值觀，而非僅僅關於報酬的預期。

選項 2 提出了工作是讓手變得靈巧的最佳方式的觀點。雖然文章確實提到勞動可以培養手部的靈活性，但這並不完全等同於文中所述的價值觀。

選項 3 完美地反映了文章所傳達的「価值観」的核心理念。文章強調，勞動不僅是體力活動，還包含克服困難並創造價值的過程。這種勞動過程對孩子的價值觀形成有著深遠的影響，使他們學會努力並體會到自己的成就感。

選項 4 雖然討論了手部靈活性與創造良好產品之間的關係，但這個觀點並未直接關聯到文中對「価値観」的討論。文章更多是關注於，勞動經歷如何影響孩子們內在的價值觀，和對工作的看法。

！ 在閱讀考試中，選項和內文的字詞對應、換句話說是很重要的技巧，平時不妨多加練習。

延伸慣用語

- **手が出ない**／無法負擔
- **手が回らない**／忙到無法顧及
- **手に余る**／難以應付
- **手に負えない**／無法控制
- **手がつけられない**／無法處理
- **手を焼く**／感到棘手
- **手に負えない**／難以控制或處理
- **手を引く**／退出
- **目が回る**／頭暈目眩，忙得團團轉

翻譯與解題 ① 【問題 9 －(1)】

Answer **2**

52 子供に仕事をさせることに対する筆者の考えに近いものはどれか。

1 手先が器用になり、将来高い利益を生み出す製品を作れるようになる。

2 手先が器用になるだけでなく、物事に進んで取り組む姿勢を養うことができる。

3 将来の仕事の役に立つように、小さいうちから決まった仕事をさせて訓練する必要がある。

4 子供のころから社会に出して仕事をさせる方が、学習生活にも好影響を与えることができる。

52 針對讓兒童做家事一事，下列何者最接近作者的想法呢？

1 手指會變得靈巧，將來就可以做出高收益的製品。

2 不僅能讓手指變得靈巧，也可以培養其對事物採取積極的態度。

3 為了能在將來的工作派上用場，一定要讓兒童從小就做分內的家事來訓練他。

4 讓兒童從小就出社會工作，可以對學業有好的影響。

題型分析

這道題目屬於「觀點理解題」，要求考生從文中，識別出作者對於「讓孩子做家務」的觀點或態度。

解題思路

1. 理解文意：首先要完整理解作者對於，讓孩子做家務這一行為的看法，包括其可能的好處和目的。

2. 捕捉關鍵信息：在文中尋找能夠體現作者觀點的句子或段落。

3. 對照選項：將每個選項與文中找到的作者的觀點進行對照，看哪一個選項最能準確反映作者的立場。

4. 排除法：排除那些與文中作者觀點不符或關聯不大的選項。如只關注了手的靈活性、過於側重於未來的職業訓練，或對學習生活的影響。

解題攻略

選項1 講述的是孩子透過勞動可以提升手部技能，並能在未來創造高價值的產品。然而，文章更加強調的是勞動對於孩子們價值觀的塑造，以及從中學習到的教育意義，而非直接關聯到將來的經濟利益。

選項2 與文章的核心訊息高度吻合。作者強調，除了提升手部靈活性外，透過勞動還能培養孩子們，積極面對生活與學習的態度。這不僅涵蓋了技能的提升，更重要的是對於積極參與，和面對挑戰的價值觀形成有顯著影響。

選項3 指出從小訓練孩子做決定性的工作是必須的，以使之對將來的職業生涯有所助益。雖然文中提及勞動經歷，能夠轉化為學習與社會生活中的積極性，但並未特別強調如選項中所述的職業訓練必要性。

選項4 則是認為將孩子從小送到社會中勞動，對他們的學習生活會有正面影響。這一點與文章所提倡的，即透過家庭內的勞動體驗，來塑造價值觀和態度有所不同。文章的討論重點是家庭內的勞動，並未提及將孩子送到社會中工作的概念。

這一題問的是作者對於「讓孩子做家事」的看法。像這種選項為開放性作答的題目就要用刪去法來節省時間。

- □ 先進国（せんしんこく） 先進國家
- □ きわだつ 顯著
- □ 過保護（かほご） 過度保護
- □ 手先（てさき） 手指
- □ 養う（やしな） 培養
- □ 生理的（せいりてき） 生理性
- □ 変革（へんかく） 變革，改革
- □ 営み（いとな） 行為
- □ 形成（けいせい） 形成
- □ 原点（げんてん） 原點
- □ 効率（こうりつ） 效率
- □ 報酬（ほうしゅう） 報酬

翻譯與解題 ① 【問題 9 － (1)】

重要文法

【名詞;形容動詞詞幹な;[形容詞・動詞] 普通形】＋だけに。表示原因。表示正因為前項，理所當然地才有比一般程度更深的後項的狀況。

❶ だけに

到底是…、正因為…，所以更加…、由於…，所以特別…

例句 役者（やくしゃ）としての経験（けいけん）が長（なが）いだけに、演技（えんぎ）がとてもうまい。

正因為有長期的演員經驗，所以演技真棒！

【動詞ます形】＋抜く。表示把必須做的事，最後徹底做到最後，含有經過痛苦而完成的意思。

❷ 抜（ぬ）く …做到底

例句 苦（くる）しかったが、ゴールまで走（はし）り抜（ぬ）きました。

雖然很苦，但還是跑完了全程。

小知識大補帖

▶兩個動詞複合為一的動詞

「～抜（ぬ）く」：（動詞（どうし）の連用形（れんようけい）に付（つ）いて）最後（さいご）までやる。

（…完）：（接在動詞連用形後面）做到最後。

■ 選（え）り抜（ぬ）く（精挑細選）

たくさんある中（なか）から選（えら）んで取（と）る。「選（よ）り抜（ぬ）く」ともいう。

從眾多事物當中選出。同「選り抜く」（挑選）。

・当店（とうてん）では、選（え）り抜（ぬ）きの原料（げんりょう）だけを使用（しよう）して、素材（そざい）そのものの味（あじ）を引（ひ）き出（だ）すように調理（ちょうり）してご提供（ていきょう）いたしております。

本店只使用精選材料，在烹調過程當中引出食材本身的風味，提供給各位顧客。

■ 追い抜く（超過；追過）

前にいた者より前に出る。なお、交通用語では、進路を変えないでほかの車の前に出ることを「追い抜き」と言う。

超前原本在前面的人。此外，在交通用語方面，不變換車道就超車的行為稱為「追い抜き」。

・（短距離走の中継で）日下、園田を追い上げています、追い上げています、ああっ、追い抜きました！

（短跑比賽的實況轉播）日下追上了園田！追上了！追上了！啊！追過他了！

■ 出し抜く（趁機搶先、先下手為強；隱瞞）

他人のすきをねらったり、だましたりして、自分が先に何かをする。

趁人之危或是欺騙他人，好讓自己先做些什麼。

・まさか奴が美奈子さんと付き合うなんて、出し抜きやがって。

沒想到那傢伙居然跟美奈子小姐交往，被他搶先一步了！

■ 引き抜く（抽出；拉攏）

引っ張って抜く。また、そこから転じて、ほかのグループに属している者を、そちらから脱退させ、こちらのグループのメンバーにする。

拉拔出來。或是引申為讓原本屬於別的團體的人成為自己人。

・おじいさんとおばあさんと娘と犬と猫とネズミが力を合わせると、とうとう大きなかぶを引き抜くことができました。

爺爺、奶奶、妹妹、小狗、小貓和老鼠同心協力，總算把碩大的蕪菁給拔了出來。

■ 見抜く（看穿、看透）

表面には出てこない本質を知る。

瞭解表面上看不出來的本質。

・（雑誌の記事の見出し）気になる彼の本心を見抜くチェックポイント

（雜誌報導的標題）看穿心上人真心的注意要點

常用的表達關鍵句

＊｛ ｝內也可自行帶入其他詞彙喔！

01 基本上可下結論關鍵句

- ｛月謝１万円前後はかかる｝と思ってよい／｛每月的學費｝可以估算成｛約需花一萬圓左右｝。
- ｛年収が 520 万円以上あれば、2000 万円を 20 年返済で借りても返済可能｝と考えてよい／｛年收若有 520 萬圓以上，｝可以想見｛2000 萬圓分期 20 年還清的貸款是有可能的｝。
- ｛株はここからは大きな崩れはない｝と見てよい／可以相信｛股票接下來不會有大崩盤的現象｝。
- ｛参加者全体にとって有益である｝と判断できる／可斷定｛對所有參加人員來說都有甜頭可吃｝。

02 提示結論關鍵句

- ｛試験の結果は 85%、つまり合格｝ということだ／｛考試結果答對率為 85%，也就是說｝結果是｛合格了｝。
- かくして、｛新しい結婚生活が始まった｝／就這樣，｛開始了嶄新的婚姻生活｝。
- ｛日本の成長率は 1.5%｝という結論に達する／可引出｛日本的成長率為 1.5%｝的結論。
- ｛太郎は日本人ではない｝という結論が得られる／可以得出｛太郎不是日本人｝的結論。
- ｛ついに事実は結びついた全貌｝が明らかになった／｛這一連結最終｝明白了｛事實的完整全貌｝。
- ｛1 年間の子どもたちの成長｝がうかがえる／可以看出｛這一年裡孩子們成長的軌跡｝。
- ｛美容と健康には｝かなり広い関心がある／｛美容跟健康｝是大家最關心的話題，並廣為流行。
- ｛このことは偶然による｝ところが大きい／｛這件事｝有很大機率｛是偶然發生的｝。

情境記單字

▸情境	▸▸▸單字	
家事（かじ） 家務	□ オーダーメイド【(和) order ＋ made】	訂做的貨，訂做的西服
	□ 仕上がり（しあがり）	做完，完成；（迎接比賽）做好準備
	□ 塵（ちり）	灰塵，垃圾；微小，微不足道；少許，絲毫；世俗，塵世；污點，骯髒
	□ ドライクリーニング【dry cleaning】	乾洗
	□ 汚れ（よごれ）	污穢，污物，骯髒之處
	□ 破損（はそん）	破損，損壞
	□ 刺繡（ししゅう）	刺繡
	□ 互い違い（たがいちがい）	交互，交錯，交替
	□ 絡む（からむ）	纏在…上；糾纏，無理取鬧，找碴；密切相關，緊密糾纏
	□ 織る（おる）	織；編
	□ すすぐ	（用水）刷，洗滌；漱口
	□ 繕う（つくろう）	修補，修繕；修飾，裝飾，擺；掩飾，遮掩
	□ 濯ぐ（ゆすぐ）	洗滌，刷洗，洗濯；漱
	□ あつらえる	點，訂做
	□ 仕立てる（したてる）	縫紉，製作（衣服）；培養，訓練；準備，預備；喬裝，裝扮
	□ きちっと	整潔，乾乾淨淨；恰當；準時；好好地
	□ ごしごし	使力的，使勁的

生産、産業（せいさん、さんぎょう） 生產、產業	□ 産物（さんぶつ）	（某地方的）產品，產物，物產；（某種行為的結果所產生的）產物
	□ 加工（かこう）	加工
	□ 産出（さんしゅつ）	生產；出產
	□ 導入（どうにゅう）	引進，引入，輸入；（為了解決懸案）引用（材料、證據）
	□ 値する（あたいする）	值，相當於；值得，有…的價值

翻譯與解題 ① 【問題 9 — (2)】

(2)

私は木花よりも草花を愛する。春の花より秋の花が好きだ。西洋種はあまり好かない。野草を愛する。

家のまわりや山野渓谷を歩き廻って、見つかりしだい手あたり放題に雑草を摘んで来て、机上の壺に投げ入れて、それをしみじみ観賞するのである。
文法詳見 P120

このごろの季節では、蓼、りんどう、コスモス、芒、石蕗、等々何でもよい、何でもよさを持っている。

草は壺に投げ入れたままで、そのままで何ともいえないポーズを表現する。なまじ（注１）**手を入れる**（注２）**と、入れれば入れるほど悪くなる。**

53,54 題 關鍵句

抛入花はほんとうの抛げ入れでなければならない。そこに流派の見方や個人の一手が加えられると、それは抛入でなくて抛挿だ。

54 題 關鍵句

摘んで帰ってその草を壺に抛げ入れる。それだけでも草のいのちは歪められる。私はしばしばやはり「**野におけ**」の嘆息を洩らすのである。

53 題 關鍵句

人間の悩みは尽きない。私は堪えきれない場合にはよく酒を呷ったものである（今でもそういう悪癖がないとはいいきれないが）。酒はごまかす丈で救う力を持っていない。ごまかすことは安易だけれど、さらにまたごまかさなければならなくなる。**そういう場合には諸君よ、山に登りましょう、林に分け入りましょう、野を歩きましょう、水のながれにそうて、私たちの身心がやすまるまで逍遥しましょうよ。**

55 題 關鍵句

（種田山頭火『白い花』）

（注１）なまじ：しなくてもよいことをして、かえって悪い結果を招くようす

（注２）手を入れる：修正する、整える

(2)

我愛草花勝過樹花，喜歡秋花多過春花，對於源自歐美的花卉沒什麼好感，非常喜愛野草。

作者表示自己對野花野草的喜好。

當我在住家附近或是山野溪谷散步時，一看到雜草就順手摘回家，隨意扔進桌上的花壺裡，再細細地玩味觀賞一番。

作者喜歡摘草帶回家觀賞。並舉例這季節有什麼不錯的植物。

以最近的時節來説，水蓼、龍膽、波斯菊、芒草、大吳風草等等，什麼都好，什麼都有它的美。

若是將草枝隨意扔進花壺裡面，它所呈現出來的風姿便是妙不可言。如果硬是（注１）要加工修整（注２），反而越修整越難看。

指出「拋入花」這種插花方式就是要自然地拋入壺中，無為而治。

拋入花的插法必須是隨手扔進去才行。如果加進了流派的風格或是插花者的動手調整，那就不叫拋入，而是拋插了。

摘採回家隨意扔進花壺內。即使只有如此，草枝的生命還是遭到了扭曲。我不時嘆道，畢竟仍該「讓它待在大自然裡最美」。

作者覺得野草還是要長在野外比較好。

人類的煩惱永無止盡。我以前時常在心情無以排解時，把酒一飲而盡（雖然現在也還沒完全戒掉這個壞習慣）。不過，借酒澆愁愁更愁。雖然自我欺騙很容易，但是一旦騙了自己，往後就得一直騙下去才行。諸位若是遇上這種情形，不妨去爬爬山，邁入林間，漫步原野，傍著流水，讓我們的身心得到平靜，自在逍遙吧！

話題轉到煩惱的處理方式。作者認為喝酒不能幫助消除煩惱，建議讀者去大自然舒緩心靈。

（種田山頭火《白花》）

（注１）硬是：做沒必要的事，反而招致不好的結果
（注２）修整：修正、整頓

翻譯與解題 ① 【問題 9 — (2)】

Answer **3**

53 筆者は野草をどのように考えているか。

1 自然の中を歩き廻って好みの野草を探すのは心が安らぐ。

2 わざわざ花屋で花を買わなくとも、野草で十分である。

3 野草は手を加えず、自然のままにしておくのが一番よい。

4 野草は野におくべきなので、観賞し終わったら野に戻すほうがよい。

53 作者對於野草有什麼想法呢？

1 在大自然當中來回走動找尋喜歡的野草，可以讓心靈平靜。

2 不用特地到花店買花，有野草萬事足矣。

3 不要把野草採回來插，最好是任憑它自然生長。

4 野草應該長在野外，所以觀賞過後應該要把它放回野外。

題型分析

這道題目是一個「觀點理解題」，要求考生從文章中識別出作者對於野草的看法或態度。

解題思路

1. 理解全文：首先要全面理解文章的內容，尤其是與作者對野草的態度相關的部分。
2. 識別關鍵信息：在文中尋找直接反映作者對野草看法的句子或描述。
3. 對照選項：將每個選項與文章中的關鍵信息進行對照，找出最能準確反映作者態度的選項。
4. 排除不符：排除那些與文章中作者觀點不相符或關聯不大的選項。

解題攻略

這一題問的是作者對於野草有什麼想法。從段落主旨可以看出，提到作者對於野草的想法是第 6 段，所以不妨從第 6 段找答案。

選項 1 雖作者在文中描述了對野草的摘取和觀賞，但並未特別提及這會給他帶來心靈上的安寧。

選項 2 並未直接反映在文中。作者在散文裡沒有討論購買花卉的行為，他的關注點在於從自然中直接尋找並欣賞野草的美。此選項傾向於對於商業化行為的討論，而非作者所傾向表達的自然與純粹之美的欣賞。

選項 3 的最好不要對野草進行加工，讓其保持自然狀態。這與文中提到的「野におけ」（待在大自然）的嘆息，和「なまじ手を入れると、入れれば入れるほど悪くなる」（過度干預只會破壞其美）完美呼應。

選項 4 提出了一種假設——野草應該被放回自然中。然而，文章中作者並未直接提及這樣的行動。雖然作者表達了對於野草自然狀態的偏愛，但他並沒有明確指出，觀賞後應將野草重新放回自然的具體想法。選項 4 引入了一個未被文本直接支持的觀念。

延伸慣用語

- **足を伸ばす**／前往稍遠的地方
- **足を運ぶ**／親自前往
- **足が棒になる**／走到腿軟
- **足が早い**／行動迅速
- **足を引っ張る**／拖後腿
- **足元を見る**／趁人之危
- **足元にも及ばない**／遠不如對方

翻譯與解題 ① 【問題 9 ー (1)】

Answer **1**

54 野草を室内に飾ることについて、筆者はどのように考えているか。

1 一切の作為を排除した姿にこそもっとも魅力がある。

2 生け花の心得があるならいざ知らず、一般人はただ花を壷に投げ入れればよい。 文法詳見 P120

3 花の組み合わせや壷の中でのバランスなどをあれこれ考えなくても差し支えない。

4 花といえども雑草なので、壷に投げ入れておけばよい。 文法詳見 P120

54 關於把野草插飾在室內，作者有什麼想法呢？

1 屏除所有人為加工的樣貌才是最有魅力的。

2 懂得插花的人另當別論，一般民眾只要把花投入花壺即可。

3 不必去想什麼花卉的搭配或在壺內的協調感沒關係。

4 雖說是花但實際上是雜草，所以只要丟入花壺就好了。

題型分析

這道題目是一個「觀點理解題」，旨在了解作者對於將野草作為室內裝飾的看法。

解題思路

1. 精讀文本：首先需要仔細閱讀文本，特別是與將野草作為室內裝飾相關的部分。

2. 找出關鍵描述：尋找文中直接關於在室內裝飾野草的描述，或作者的具體態度。

3. 比較選項與文本：將每個選項與文本中的關鍵描述相比較，判斷哪個選項最準確地反映了作者的觀點。

4. 運用排除法：排除那些與文本描述不相符或者關聯性較弱的選項。

解題攻略

選項1 直達作者的核心理念。文章中強調了野草在被隨意投入壺中後，所呈現出的自然姿態，以及任何人為的加工，都會破壞其原有的美。這與這一選項的「屏除所有人為加工的樣貌才是最有魅力的」的觀點完美對應，反映了作者對於保持野草原始自然狀態的深切嚮往。

選項2 雖然提到了一般人與懂得插花的人之間的差異，但這並非文章的主要討論點。作者的重點在於強調自然狀態的美，而非探討插花技巧，因此此選項並未直接反映出作者的主旨。

選項3 提出了一種輕鬆的態度，即在將野草作為室內裝飾時，不需要過度考慮花的組合或在壺中的擺放。這個選項觸及了文章中的一個重要觀念——美在於自然與無為。作者透過自己的實踐，展示了將野草隨意投入壺中所呈現的自然美，並提出對這種美的深刻體會。然而，選項 3 將焦點放在了“不需要過分考慮”的方面，這與作者更深層次的訊息，尊重野草的自然姿態，避免任何形式的人為干預略顯偏差。

選項4 則似乎將焦點簡化為對野草的任意處理，即將其視為雜草，隨手投入壺中即可。這種表述失去了作者原文中的細膩情感和對野草美的深刻體會。文章中，作者對野草的欣賞，遠遠超出了將其視作單純的“雜草”，或僅僅是一種隨意的裝飾行為。選項 4 未能捕捉到作者將野草放入壺中時，那份敬意和對自然美的深切感悟，從而忽略了對野草本身價值的肯定。

！ 這一題和「在室內裝飾野草」有關。從段落主旨來看，答案應該就在第 4 段和第 5 段，也就是作者説明「抛入花」的部分。

補充文法

としたら

如果…、如果…的話、假如…的話

（接續）

{名詞だ；形容動詞詞幹だ；[形容詞・動詞] 普通形} ＋としたら

（例文）

毎月（まいつき）100万円（まんえん）をもらえるとしたら、何（なに）に使（つか）いますか。

如果每月都能拿到 100 萬圓，你會用來做什麼？

Answer **2**

55 悩み事があるときは、どうするのがよいと言っているか。

1　体が疲れて悩み事などどうでもいいと思うようになるまで野山を歩くとよい。
2　心と体がゆったりするまで、自然の中を気ままに歩き回るとよい。
3　まず酒を飲んでみて、ごまかすことができなければ、野山を歩くとよい。
4　森林浴をして、植物から出る化学成分に接するとよい。

55 作者在文中提到，有煩惱時可以做什麼呢？

1 可以在山野散步直到身體疲累，覺得那些煩惱都不重要了。
2 可以在大自然中隨意走走，直到身心舒暢為止。
3 首先先試著喝酒，若不能自我欺騙，就去山野散步。
4 可以做森林浴，吸收植物所釋放的化學成分。

題型分析

這道題目屬於「細節理解題」，要求考生從文章中找出作者建議的對應於心煩意亂時的應對方式。

解題思路

1. 關注問題背景：理解問題的背景——有煩惱時可以做什麼呢。
2. 尋找直接表述：在文本中尋找作者直接提到的關於如何應對「悩み事」的建議。
3. 比對選項：將找到的建議與選項進行比對，選出最匹配的答案。
4. 使用排除法：排除與文本描述不符或關聯較弱的選項。

- □ 好く　喜歡，有好感
- □ 渓谷　溪谷
- □ 手あたり放題　順手就…
- □ 摘む　摘，採
- □ 壺　壺器
- □ 観賞　觀賞
- □ 何ともいえない　妙不可言
- □ ポーズ【pose】　風姿
- □ なまじ　硬是
- □ 手を入れる　修整，整頓
- □ 抛入花　原意是抛入花插法（一種自由形式的插花形式）
- □ 流派　流派
- □ 歪める　使歪曲，歪扭
- □ 嘆息を洩らす　嘆息
- □ 尽きる　盡，完

解題攻略

這一題問的是消除煩惱的方法，從段落主旨可以看出這一題對應第７段。

選項１ 帶有一種到達極限後的解脱感，但這並非作者所傳達的核心。文章中的建議不是為了體力的疲憊，而是心靈的寧靜和恢復。這一點與選項１所述「直到身體感到疲勞，覺得煩惱等都無所謂為止」略有出入。

選項２ 似乎與作者的意圖和文章的調性相呼應。通過與自然的親密接觸，讓心靈得到真正的放鬆和安寧，這正是作者想要傳達的。他的建議是一種輕鬆漫步於自然之中，讓身心自然而然地達到一種寧靜狀態，而非透過肉體的勞累來忘卻煩憂。

選項３ 雖提到了酒精的暫時性慰藉，但作者明確指出，這種做法無法真正解決問題，反而可能導致更多的逃避和自我欺騙。因此，這一選項並不代表作者的觀點。

選項４ 引入了森林浴和植物化學成分的概念，雖然這是一種現代人越來越認可的放鬆方式，但在文章中並未提及，因此這一選項並不準確反映作者的建議。

- □ 堪（た）える 忍住，抑制住
- □ 呷（あお）る 一口氣喝下去
- □ 悪癖（あくへき） 壞習慣
- □ ごまかす 欺騙，含糊帶過
- □ 諸君（しょくん） 諸位，各位（主要為男性用語，但對長輩不用）
- □ 逍遥（しょうよう） 自在逍遙
- □ 安（やす）らぐ （心靈）平靜
- □ 手（て）を加（くわ）える 修整，修正
- □ 一切（いっさい） 一切，所有
- □ 作為（さくい） 人為
- □ 排除（はいじょ） 屏除，排除
- □ 心得（こころえ） 知識，經驗
- □ 差（さ）し支（つか）えない 沒關係，無所謂
- □ 気（き）まま 隨意
- □ 森林浴（しんりんよく） 森林浴

翻譯與解題 ① 【問題 9 — (2)】

重要文法

【動詞ます形】＋次第。表示某動作剛一做完，就立即採取下一步的行動。或前項必須先完成，後項才能夠成立。

❶ しだい 馬上…、一…立即、…後立即…

例句 旅行(りょこう)の日程(にってい)がわかりしだい、連絡(れんらく)します。

一知道旅行的行程，就立即通知你。

【[名詞・形容詞・形容動詞・動詞]普通形（の）】＋ならいざ知らず。表示不去談前項的可能性，而著重談後項中的實際問題。後項所提的情況要比前項嚴重或具特殊性。後項的句子多帶有驚訝或情況非常嚴重的內容。

❷ ならいざ知(し)らず

（關於）我不得而知…、另當別論…、（關於）…還情有可原

例句 子供(こども)ならいざ知(し)らず、大(だい)の大人(おとな)までが夢中(むちゅう)になるなんてね。

如果是小孩倒還另當別論，已經是大人了竟然還沉迷其中！

【名詞；[名詞・形容詞・形容動詞・動詞]普通形；形容動詞詞幹】＋といえども。表示逆接轉折。先承認前項是事實，但後項並不因此而成立。也就是一般對於前項這人事物的評價應該是這樣，但後項其實並不然的意思。一般用在正式的場合，前面常和「たとえ、いくら」等相呼應。另外，也含有「～ても、例外なく全て～」的強烈語感。

❸ といえども 即使…也…、雖說…可是…

例句 同(おな)い年(どし)といえども、彼女(かのじょ)はとても落(お)ちついている。

雖說年紀一樣，她卻非常成熟冷靜。

小知識大補帖

▶種田山頭火

1882年（明治15年）- 1940年（昭和15年）。山口県出身。自由律俳句（五・七・五にこだわらずに自由な音律で表現する俳句）のもっとも著名な俳人の一人。曹洞宗で出家得度し、各地を放浪しながら句を詠んだ。本名・種田正一。

1882年（明治15年） - 1940年（昭和15年）。出生於山口縣。是自由律俳句（不拘泥於五、七、五的形式，以自由音律來表現的俳句）當中最著名的詩人之一。皈依曹洞宗剃度出家，流浪各地吟詩作對。本名是種田正一。

▶ウ音便

本問題の引用文に「（水のながれに）そうて」と出てきますが、これは「沿って」のことです。また、問題11第2回の「（いかんと）いうて」も、「言って」のことです。あれ？日本人も動詞の活用を間違えたり、面倒くさくなってやめたりすることがあるのでしょうか。

本大題所引用的文章當中出現了「（水のながれに）そうて」，這其實是指「沿って」。此外，問題11第２回的「（いかんと）いうて」，其實是指「言って」。咦？日本人也會搞錯動詞活用嗎？是不是覺得很麻煩、想放棄日文了呢？

そうではありません。これは二つとも「ウ音便」と言うもので、用言の活用語尾が「う」の音に変化する現象です。現代標準語ではあまり使いませんが、間違いとは言えません。この二つはたまたま音便の結果終止形と同じ形になっただけです。このほかに、問題12第2回の「出会うた」「買うた」「相会うて」も全てウ音便で、「出会った」「買った」「相会って」のことです（ただし「相会って」はあまり言いません）。これらはさらに前の母音とつながって、実際の発音は「でおーた」「こーた」「あいおーて」となります。

事情其實不是你所想的那樣。這兩個都是所謂的「ウ音便」，是用言活用語尾變成「う」的現象。在現代標準語當中雖然很少使用，但並不是不正確。這兩個用法只是剛好與音便的結果終止形同形而已。其餘像是問題12第２回的「出会うた」、「買うた」、「相会うて」，這些也全都是ウ音便，也就是「出会った」、「買った」、「相会って」（不過很少會說「相会って」）。這些用法還與前面的母音結合， 實際上唸成「でおーた」、「こーた」、「あいおーて」。

翻譯與解題 ① 【問題 9 — (2)】

ウ音便は、古文や、現代でも西日本方言では多く使われます。とは言っても、実は N5 レベルで既に皆さんが出会っているウ音便もあります。

ゥ音便在文言文，甚至是日本西半部的現代方言當中經常使用。不過，其實在N5程度時大家就已經有看過ゥ音便了。

「ありがとう」
「謝謝」

ありがたい＋ございます
↓
（連用形になる）
（變成連用形）

ありがたく＋ございます
↓
（ウ音便になる）
（變成ゥ音便）

ありがたう＋ございます
↓
（前の母音とつながって）
（和前面的母音連音）

ありがとう＋ございます

「おはよう」
「早安」

おはやい＋ございます
↓
（連用形（れんようけい）になる）
（變成連用形）

おはやく＋ございます
↓
（ウ音便（おんびん）になる）
（變成ウ音便）

おはやう＋ございます
↓
（前（まえ）の母音（ぼいん）とつながって）
（和前面的母音連音）

おはよう＋ございます

常用的表達關鍵句

＊｛ ｝內也可自行帶入其他詞彙喔！

01 表示提議、建議關鍵句

- ましょう・よう／一起…吧！
- ましょうか／一起…嗎？
- ませんか／不…嗎？
- ～は～より／比…更…。
- たほうがいい・ないほうがいい／最好…。最好不要…。
- たらいいですか／的話可以嗎？
- たらどうですか／的話，怎麼樣呢？
- ばいいですか／的話就好了嗎？
- るといいです／就可以了。

02 表示提議關鍵句

- 次を提言する／提出如下建議。
- 次を提言したい／我想提出如下建議。
- 次を提案する／提議如下。
- 次を提案したい／我想做如下提議。
- 以上を提案する／做上述提議。
- 以上が私の提案である／以上是我的提議。
- 提案する内容は次の通りである／我的提案內容如下。
- 提案する内容は以上に述べた通りである／我的提議，如上所述。

03 表示要求、期待、希望關鍵句

- ｛全ての戦争がこの世界からなくなること｝を切望する／但願｛戰爭能完全從這個世界消失｝。

情境記單字

▸情境	▸▸▸單字	
植物の仲間（しょくぶつのなかま） 植物類	□ 花粉（かふん）	（植）花粉
	□ 球根（きゅうこん）	（植）球根，鱗莖
	□ 茎（くき）	莖；梗；柄；稈
	□ 蕾（つぼみ）	花蕾，花苞；（前途有為而）未成年的人
	□ 棘・刺（とげ・とげ）	（植物的）刺；（扎在身上的）刺；（轉）講話尖酸，話中帶刺
	□ 花びら（はなびら）	花瓣
	□ 梢（こずえ）	樹梢，樹枝
	□ 芝（しば）	（植）（鋪草坪用的）矮草，短草
	□ 樹木（じゅもく）	樹木
	□ 雑木（ぞうき）	雜樹，不成材的樹木
	□ 年輪（ねんりん）	（樹）年輪；技藝經驗；經年累月的歷史
	□ 幹（みき）	樹幹；事物的主要部分
	□ 穂（ほ）	（植）稻穗；（物的）尖端
	□ 苗（なえ）	苗，秧子，稻秧
	□ 藁（わら）	稻草，麥桿
	□ 種（しゅ）	種類；（生物）種；種植；種子

植物関連のことば（しょくぶつかんれんのことば） 植物相關用語	□ 落ち葉（おちば）	落葉
	□ 肥料（ひりょう）	肥料
	□ 品種（ひんしゅ）	種類；（農）品種
	□ 豊作（ほうさく）	豐收
	□ 発芽（はつが）	發芽
	□ 萎びる（しなびる）	枯萎，乾癟
	□ 涸れる・枯れる（かれる・かれる）	（水分）乾涸；（能力、才能等）涸竭；（草木）凋零，枯萎，枯死（木材）乾燥；（修養、藝術等）純熟，老練；（身體等）枯瘦，乾癟，（機能等）衰萎

翻譯與解題 ① 【問題 9 — (3)】

(3)

われわれはふだんそんなに意識しないで、「れる、られる」という助動詞をその場その場に合ったかたちで使いこなしています。そういうふうに「感じられる」とか、そう「思われて」仕方がないというような「自発」の意味で使います。それから、「殺される」、「殴られる」というような「受身」の意味でも使います。また、このキノコは「食べられる」とか、「行かれる」というような「可能」の意味でも使います。さらには、先生が「来られる」というような「尊敬」の意味でも使います。

56 題 關鍵句

このように、われわれは無意識のうちに、「自発」が「受身」であり、「受身」が「可能」または「尊敬」であるというような、そういう微妙な用法を自在に使いこなしているわけですが、そこには、こうした用法をとおして同質の発想があることが示されています。考えてみれば、たしかに、「感じられる」、「思われる」というのは、自分が思うというだけではなくて、それは「自発」の意味でありながら、何かしらそういうふうに「感じられ」、「思われ」るというような、自分がそうさせられているという「受身」の出来事でもあるし、あるいはそういうふうに「感ずることができる」「思うことができる」というような「可能」の意味にもとれるといえばとれるわけです。さらには自分をこえたはたらきが現れ出てくるということで尊敬にもなるというような用法の展開にも考えられます。

57 題 關鍵句

文法詳見 P132

文法詳見 P132

（竹内整一『日本人はなぜ「さようなら」と別れるのか』）

- □ 使いこなす　運用自如
- □ 自発　自發（語法），自然產生
- □ 受身　被動（語法）
- □ キノコ　蕈類，菇類
- □ 無意識　不自覺
- □ 微妙　微妙
- □ 自在　自由自在，自如
- □ 何かしら　什麼，某些
- □ 展開　展開，擴大
- □ 語彙　語彙

(3)

我們平時在沒有特別意識到的狀況下，就能將「れる、られる」這個助動詞因應不同場合所需而運用自如。比方，讓人不禁「覺得」、讓人不由得「認為」，這些都是指「自發」的意思。還有，也能用在「被殺」、「被打」這種「被動」的意思上。此外，亦可指這個蕈類「能吃」、「可以去」這種表示「可能」的意思。甚至還能作為老師「蒞臨」這種「尊敬」的意思。

指出「れる、られる」有 4 種用法：自發、被動、可能、尊敬。

誠如上述，我們在不自覺中，就能像這樣使用這些微妙的語法：「自發」可用「被動」表示，而「被動」含有「可能」或是「尊敬」的意味。不過在這當中，透過這樣的用法，也顯現出其含有同質性的想法。不妨試想，諸如「感到」、「認為」，這些的確不僅指自己這麼想，還含有「自發」的意思，同時意指基於某項事件導致自己「被動」地「察覺」、「判斷」，或者當然也可以當成「不由自主地覺得」、「不由自主地認為」這種「可能」的意思，除了本身的涵義之外，甚至還能擴大解釋為尊敬用法呢。

承接上段，說明每個用法都有其背後的想法，而各個用法之間也都有關聯性。

（竹內整一《日本人為何以「再見」來道別呢》）

Answer **2**

56 その場その場に合ったかたちで使いこなしていますとはどういう意味か。文法詳見 P132

1 場合ごとに違う形に変えて使っているという意味
2 場面ごとに違う意味に解釈しているという意味
3 場面ごとに違う文型として考えているという意味
4 場面ごとに違う語彙として解説しているという意味

56 因應不同場合所需而運用自如是什麼意思呢？

1 在每個場合都變成不同的形式使用的意思
2 在每個場合都解釋成不同意義的意思
3 在每個場合都當成是不同的句型來思考的意思
4 在每個場合都當成是不同的單字來解説的意思

題型分析

這道題目是一個「詞義理解題」，要求考生理解「因應不同場合所需而運用自如」這個表述在文中的具體含義。

解題思路

1. 定義文意：首先理解整個段落的大意，尤其是有關「れる、られる」的用法。
2. 識別關鍵詞：找出描述「れる、られる」用法多樣性的句子，這將是解釋上述表述含義的關鍵。
3. 比較選項：將文中的關鍵信息與各選項進行比較，確定哪一個選項最準確地反映了文中的意思。
4. 運用排除法：排除那些明顯不符合文中描述的選項。

延伸分類單字

言語 / 語言

01 | げんぶん【原文】

名 （未經刪文或翻譯的）原文

例文

原文を翻訳する。

翻譯原文。

02 | ごい【語彙】

名 詞彙，單字

例文

語彙を増やす。

增加單字量。

解題攻略

選項1 似乎在表面上與「その場その場に合ったかたちで使いこなしています」這句話有所呼應，但這一選項聚焦於「形式」的改變，而未能深入到作者試圖傳達的「意義」層面的變化上。因此，雖然表面貼近，卻未觸及核心。

選項2 恰如其分地捕捉了作者的核心意涵。文章通過展示「れる、られる」如何根據不同場合被賦予不同的「意義」，揭示了日本語中這一助動詞豐富的語義層次和使用者的語言靈活性。這一選項深入體現了對場合變化下的「意義」解讀的重視，與作者意圖完美契合。

選項3 和選項１類似，側重於「文型」即「形式」的改變，而這並非作者所重點關注的。文章中「れる、られる」的靈活使用，核心在於其背後的「意義」變化而非僅僅是「形式」或「文型」。

選項4 則因缺乏直接關聯而顯得格格不入。文章的焦點在於如何根據不同的情境靈活運用「れる、られる」來表達不同的「意義」，而非「語彙」的解說。

這一題考的是劃線部分。作者指出我們可以把「れる、られる」依據場合運用自如。現在要來探究這個「依據場合運用自如」的背後原理。

補充文法

ときたら

說到…來、提起…來

（接續）

{名詞}＋ときたら

（例文）

部長（ぶちょう）ときたら朝（あさ）から晩（ばん）までタバコを吸（す）っている。

說到我們部長，一天到晚都在抽煙。

翻譯與解題 ① 【問題 9 — (1)】

Answer **2**

57 「れる、られる」について、この文章で述べている内容と最も合致するのはどれか。

1 それぞれの用法は自然に発生したものである。

2 それぞれの用法には意味的な関連性がある。

3 それぞれの用法は同じ人が考えたものである。

4 それぞれの用法には文法的な共通性がある。

57 關於「れる、られる」，下列何者和這篇文章的內容敘述最為一致呢？

1 每個用法都是自然發生的。

2 每個用法都有意思上的關聯性。

3 每個用法都是同一個人所想的。

4 每個用法都有文法上的共通性。

題型分析

這道題目是一個「內容理解題」，旨在了解考生對於文章中關於「れる、られる」用法描述的理解和把握。

解題思路

1. 細讀相關段落：首先需要仔細閱讀與「れる、られる」相關的段落，理解其各種用法及其含義。

2. 識別主題：找出文章中對於「れる、られる」的主要討論點，即這些助動詞用法的特點和性質。

3. 對照選項：將文章中的主要觀點與選項進行比較，判斷哪個選項最符合文中的描述。

4. 使用排除法：排除那些與文章描述不相符的選項。

解題攻略

選項1 提出了一種自然發生的概念，但這與文章要傳達的核心信息——即這些用法之間存在意義上的聯繫和相互作用——並不完全吻合。文章著重於這些用法如何相互關聯，而非它們的自然形成過程。

選項2 恰到好處地捕捉了文章的精髓。透過細膩的分析，作者展現了「れる、られる」在不同情境下所承載的「自發」、「受身」、「可能」及「尊敬」等多重意義，並指出這些用法背後共享的思維模式。這一選項深刻體現了對於「れる、られる」用法間意義相關性的認識，與作者意圖相契合。

選項3 提出了「れる、られる」的各種用法是由「同一人所創的」。然而，文章中的討論更側重於揭示這些用法之間，在意義上的相互關聯和共享的思維模式，而非特定個體的創造行為。因此未能準確反映文章的核心訊息。

選項4 提到了「文法共通性」的觀點。儘管這個觀點在語言學研究中有其價值，但在本文中，作者的焦點明顯在於探討這些用法如何在意義上相互聯繫，而非僅僅強調它們之間的文法結構共通性。

延伸分類單字

言語／語言

01 ごく【語句】

名 語句，詞句

例文

よく使(つか)う語句(ごく)を登録(とうろく)する。

收錄經常使用的語句。

02 ごげん【語源】

名 語源，詞源

例文

語源(ごげん)を調(しら)べる。

查詢詞彙來源。

03 じたい【字体】

名 字體；字形

例文

字体(じたい)を変(か)える。

變換字體。

延伸慣用語

- **手がかりを探す** ／尋找線索
- **手の内を明かす** ／揭露計劃或意圖
- **手を尽くす** ／盡力而為
- **手が早い** ／動作迅速或做事效率高
- **手が込む** ／製作精細

翻譯與解題 ① 【問題 9 ー (3)】

重要文法

【名詞；形容動詞詞幹な；[形容詞・動詞]普通形】＋だけでなく。表示不只是前項，涉及的範圍更擴大到後項。後項內容是説話人所偏重、重視的。一般用在比較嚴肅的話題上。書面用語。口語用「ただ～だけでなく」。

❶ だけで（は）なく

不只是…、不單是…、不僅僅…

例句 石油（せきゆ）の値上（ねあ）がりは、中東（ちゅうとう）の問題（もんだい）だけでなく世界的（せかいてき）な問題（もんだい）だ。

油價上漲不只是中東國家的問題，也是全球性的課題。

【名詞；形容動詞詞幹；形容詞辭書形；動詞ます形】＋ながら。連接兩個矛盾的事物。表示後項與前項所預想的不同。

❷ ながら

雖然…，但是…、儘管…、明明…卻…

例句 単純（たんじゅん）な物語（ものがたり）ながら、深（ふか）い意味（いみ）が含（ふく）まれているのです。

雖然故事單純，但卻含有深遠的意味。

【名詞】＋とは。前接體言表示定義，前項是主題，後項對這主題的特徵等進行定義。

❸ とは 所謂…

例句 「愛（いと）しい」とは、「かわいく思（おも）うさま」という意味（いみ）です。

所謂的「可愛」，就是「令人覺得憐愛」的意思。

小知識大補帖

▶行かれる？行ける？見れる？見られる？

「れる・られる」の意味は可能・自発・受身・尊敬の四つですので、「行く」の可能としては「行かれる」もあり得ますが、今日では「行ける」を多く使います。五段動詞の可能形は、このように下一段活用に転じた「可能動詞」を使うのが一般的です。

「れる・られる」的意思有可能、自發、被動、尊敬4種，所以「行く」的可能形也有可能是「行かれる」，不過現在比較常使用的是「行ける」。五段動詞的可能形，通常就像這樣轉為下一段活用而使用「可能動詞」。

ということは、「れる・られる」の意味は四つあるとはいっても、「可能」の意味で使うことには制限があることになります。「れる」がつく五段動詞・サ行変格動詞では可能と受身・尊敬で形が違いますが、「られる」がつく上一段動詞・下一段動詞・カ行変格動詞では同じ形になります。

這麼說起來，雖說「れる・られる」有4種意思，但如此一來，在「可能」的意思方面就會有所限制。五段動詞後接「れる」及サ行變格動詞在「可能」的意思上，形態和「被動、尊敬」有所不同，不過上下一段動詞後接「られる」、カ行變格動詞的形態都一樣。

本来「られる」をつけるべき動詞に「れる」をつけて「見れる」「食べれる」「来れる」などという、いわゆる「ら抜き言葉」は、「可能動詞」からの類推で起こったと言われています。確かに、「ら抜き言葉」は可能の意味のときだけ使われており、受身・尊敬の意味のときに「ら」を抜く人はまずいません。「ら抜き言葉」は今のところ非標準だとされていますが、意味を明瞭化する役割があるとも考えられます。

有些動詞原本應該接上「られる」，改為接上「れる」，像是「見れる」、「食べれる」、「来れる」等等，也就是所謂的「ら抜き言葉」（省略ら的動詞），這被認為是從「可能動詞」類推而來的。的確，「ら抜き言葉」只被當成「可能」的意思所使用，沒有人會在「被動、尊敬」這個意思下省略「ら」。現階段「ら抜き言葉」雖然被認為是非標準的表現，但也可以視它為有釐清語意的功能。

常用的表達關鍵句

＊{ } 內也可自行帶入其他詞彙喔！

01 提示句子主題關鍵句

→ {斜面崩壊} って／所謂 { 斜面崩塌 } 就是…。

→ {海抜} というのは {海水面から測った陸地の高さのことです} ／所謂 { 海抜 } 即 { 以海平面為基準而測量出的陸地高度 }。

→ {マイナス記号} については {減算記号として用いる場合には引くと読む} ／關於 { 負號 }，{ 當作減法記號使用時要念作「減」}。

→ {コスト削減} に関しては {一生なくならないテーマではあると思う} ／{ 我想 } 關於 { 降低成本 } 是 { 我們一輩子的課題 }。

02 下結論、總結的關鍵句

→ ここでは {データ} をまとめて {顧客のニーズがわかる} としてある／在此會整合 { 資料 } 以 { 了解顧客的需求 }。

→ ここでは {一例} としてある／在這裡可作為 { 一個實例 }。

→ {今君の状態を} 一口に言うと {億万長者の気分だ} ／{ 將你現在的狀態 } 一言以蔽之就是 { 擁有宛如億萬富翁般的心情 }。

03 表示評價關鍵句

→ とちらかというと {デメリットが多い} ／總而言之，{ 害處多多 }。

→ {この分野の研究} に示唆を与えるものである／{ 這一領域的研究 } 對我們會有所啟發。

→ {経営} に大きな示唆を読み取ることができる／可看到對 { 經營 } 有明顯的啟發。

→ {当時の衣食住生活の実態を知るうえなど} の点できわめて興味深い／{ 了解當時人們的食衣住上的生活真實情況等 } 方面很值得深究。

→ {歴史的変遷} は興味ある課題である／{ 歷史的演變 } 是一個有趣的課題。

→ {最後の証言} は興味深い結論である／{ 最後的證詞 } 是一個頗有意思的結論。

情境記單字

▸情境	▸▸▸單字	
表現（ひょうげん） 表達	□ 体裁（ていさい）	外表，樣式，外貌；體面，體統；（應有的）形式，局面
	□ ニュアンス【（法）nuance】	神韻，語氣；色調，音調；（意義、感情等）微妙差別，（表達上的）細膩
	□ ナンセンス【nonsense】	無意義的，荒謬的，愚蠢的
	□ 沈黙（ちんもく）	沈默，默不作聲，沈寂
	□ 討論（とうろん）	討論
	□ 発言（はつげん）	發言
	□ 告げ口（つげぐち）	嚼舌根，告密，搬弄是非
	□ 伝達（でんたつ）	傳達，轉達
	□ 白状（はくじょう）	坦白，招供，招認，認罪
	□ 何気ない（なにげない）	沒什麼明確目的或意圖而行動的樣子；漫不經心的；無意的
	□ ばれる	（俗）暴露，散露；破裂
	□ 綴る（つづる）	縫上，連綴；裝訂成冊；（文）寫，寫作；拼字，拼音
	□ 問う（とう）	問，打聽；問候；徵詢；做為問題（多用否定形）；追究；問罪
	□ 説く（とく）	說明；說服，勸；宣導，提倡
	□ ねだる	賴著要求；勒索，纏著，強求
	□ 唱える（となえる）	唸，頌；高喊；提倡；提出，聲明；喊價，報價
	□ てんで	（後接否定或消極語）絲毫，完全，根本；（俗）非常，很
	□ どうやら	好歹，好不容易才…；彷彿，大概
	□ 取り急ぎ（とりいそぎ）	（書信用語）急速，立即，趕緊
	□ 何とぞ（なにとぞ）	（文）請；設法，想辦法
	□ 甚だ（はなはだ）	很，甚，非常
	□ ひいては	進而
	□ 何より（なにより）	沒有比這更…；最好

日本語能力試験 ②

Track 12

次の文章を読んで、後の問いに対する答えとして、最も良いものを１・２・３・４から一つ選びなさい。

(1)

長年インタビューをしていて気づいたのは、“聞かれる側の痛み”というものがあることです。①聞く側は、相手の痛みに無関心になりがちです。

おそらく、私も相手の痛みに気づかず、インタビューしながら知らず知らず（注１）相手を苦しめたことがあったと思います。聞く側は、“聞く”という目的だけを主眼にしているので、どうしても相手の痛みに気づきにくいのです。

親が子どもに、教師が生徒にたずねるときも聞かれる側の痛みが忘れられてきたのではないでしょうか。相手の痛みに気づかず傷つけてしまえば、心を閉ざしてしまうかもしれません。それで話が引き出せなくなるだけではなく、②人間不信につながることもあるわけです。逆に、相手の痛みに過敏になりすぎても、肝心な質問ができなくなることもあります。

どちらにしても、質の高いインタビューをするには、相手の痛みに気づかいながら、相手の気持ちにどのように入っていくか、ここにポイントがありそうです。

ニュースキャスターの久米宏さんの鋭い切り込み（注２）方には定評があります。テレビ独特の方法ですが、政治家にグイグイ切り込むことで、相手を慌てさせて本音を引き出しています。もちろん聞く対象によってテクニックは変えなければなりませんが、③どこまで聞けばいいのか、加減しながら行うのが大切なのです。

（久恒啓『伝える力』）

（注１）知らず知らず：意識しないうちに、いつの間にか
（注２）切り込む：刃物で深く切る意から転じて、鋭く問いつめること

50 ①聞く側は、相手の痛みに無関心になりがちと筆者が考える理由は何か。

1 聞く側は、“聞く”という目的を達成するために、相手の痛みに気づかないふりをするから
2 聞く側は、相手の気持ちよりも、自分の知りたい情報を聞き出すことを優先してしまうから
3 相手の痛みを気にしていたら、自分の知りたい情報を聞き出すという目的を達成することができなくなるから
4 相手が苦しもうが苦しむまいが、聞く側にとっては関係のないことだから

51 ②人間不信につながることもあるわけですとはどういうことか。

1 インタビューを受ける人が心を傷つけられてしまうと、周囲の人を信じなくなることもあるということ
2 インタビューをする人が心を閉ざしてしまうと、相手の痛みに気づかず傷つけてしまうこともあるということ
3 インタビューをする人が心を閉ざしてしまうと、インタビューを受ける人が周囲の人を信じなくなることもあるということ
4 インタビューをする側とされる側、双方が相手を信じられなくなることもあるということ

52 ③どこまで聞けばいいのか、加減しながら行うのが大切なのですとあるが、ここで筆者が述べている考えに近いものはどれか。

1 相手の痛みに気づかえば、心に入っていけるので、質の高いインタビューをすることができる。
2 相手を慌てさせてグイグイ切り込んでいけば、インタビューは成功する。
3 質の高いインタビューをしたければ、久米宏の真似をすることである。
4 相手への思いやりを持ちつつも、いかに聞きたいことを追及していくかがインタビューの鍵である。

Track 13

(2)

活動の後には疲労の来るのは当然である。例を筋肉活動にとれば、筋肉が活動するときには、筋肉内で物が消費される。それは主として葡萄糖（ぶどうとう）（注1）である。葡萄糖は筋肉内で燃焼して、水と炭酸瓦斯（がす）とになり、その燃焼によって生ずる勢力（注2）が即（すなわ）ち筋肉の活動力となるのである。勿論（もちろん）葡萄糖が不足すれば、脂肪や蛋白質（たんぱくしつ）が勢力源となることもある。

筋肉そのものは活動するときに、自身消耗することは極力（きょくりょく）避けているが、しかし幾分かは消耗がある。飛行機の発動機（注3）はガソリンを消費して活動するのであるが、それが活動するときには、発動機そのものも幾分磨滅（まめつ）する。筋肉は発動機でガソリンは葡萄糖に該当する。

筋肉の活動するとき葡萄糖が燃えて生ずる水や炭酸瓦斯は、筋肉活動には邪魔になるものであるから、直ちに血液によって運び去られる。又、筋肉そのものの老廃物も同様である。

すべて筋肉活動の結果、筋肉内にできて、筋肉活動の邪魔になるものを、一般に疲労素と総称する。この疲労素はできるに従って血流で運び去られるのであるが、一小部分は筋肉内に残るので、あまり続けて筋肉が活動すると、筋肉に疲労素が蓄積して、筋肉の働きは鈍くなってくる。筋肉をしばらく休息させると、疲労素は運び去られて、筋肉は快復するのである。

（正木不如丘『健康を釣る』）

（注１）葡萄糖：生命活動のエネルギー源となる糖の一種
（注２）勢力：ここでは「エネルギー」のこと
（注３）発動機：エンジン

53 葡萄糖の役割として、本文に合致するのはどれか。

1 摂取すると、疲労快復に役立つ。
2 筋肉に必要な水と炭酸ガスになる。
3 筋肉活動に必要な勢力となる。
4 筋肉の消耗を防ぐことができるのは、葡萄糖だけである。

54 筋肉は発動機でガソリンは葡萄糖に該当すると言えるのはなぜか。

1 エネルギーを消費する機関とエネルギー源という関係が類似しており、機関そのものも多少は傷むという点も共通するから
2 エネルギー源と、それを疲労素に変える機関であることが類似しており、機関自体はそのまま維持されるという点も共通するから
3 ガソリンと葡萄糖はいずれも、発動機と筋肉にとってほかに代替のきかないエネルギー源であることが類似しているから
4 エネルギーを使って活動する機関と、エネルギーの供給源であるという関係が類似しており、機関そのものが傷んでもかまわないという点も共通するから

55 筋肉と疲労素の関係として、本文に合致しないものはどれか。

1 血液の流れは、筋肉内の疲労素を取り去るのに役立つ。

2 筋肉を続けて使い過ぎると、疲労素がたまるので筋肉痛になる。

3 血液の流れがよければ、疲労素が筋肉内にいっさいたまらないわけではない。

4 筋肉を使った結果、筋肉の中に生ずる水と炭酸ガスは、疲労素の一種である。

Track 14

(3)

①新製品の開発は、顧客ターゲット抜きには考えられない。つまり、誰に販売するかということである。「膳（ぜん）」の開発コンセプトが「和食に合うウイスキー」だとして、では、それを誰に売るのか、あるいは、飲んでもらうのか。それはまさしく開発戦略の基本だ。

「晩酌（ばんしゃく）というか、食中酒として提案するわけですから、主として既婚の男性、もっといえば、家庭で日常的に晩酌習慣のある人が対象として考えられるわけです。年齢でいうと、三十代と四十代ということになりますね」と奥水はいう。

かといって、奥水自身が開発した「白角」など、同社にはすでに食中酒がある。それらを晩酌で楽しんでいる人たちが、「膳」に乗り換える（注1）というパターンでは、②市場創造につながらない。その点については、どう考えたのだろうか。

彼は、晩酌にビールを傾けている（注2）人に、いきなりウイスキーを飲んでもらうのは、少し無理があるし、距離があると思った。③彼がターゲットにしたのは、むしろ晩酌に焼酎を傾けている層だ。

「たとえば、晩酌は焼酎、寝る前はウイスキーをたしなむといった人であれば、焼酎と同じ蒸留酒のウイスキーでも、こんなおいしい食中酒がありますよ、と提案をするなら受け入れられるのではないか、と考えたんですね。」

（片山修『サントリーの嗅覚』）

（注１）乗り換える：乗っていた乗り物を降りて別の乗り物に乗る意味から転じて、今までの考えや習慣などを捨ててほかのものに換えること

（注２）傾ける：杯を傾けるところから、酒を飲む意

56 ①新製品の開発は、顧客ターゲット抜きには考えられないとはどういうことか。

1 新製品の開発で最も重要なのは、商品のコンセプトだということ

2 新製品を開発する前に、顧客を増やす努力をすることが先決だということ

3 特定の層に限定して新製品を開発することが、売り上げを増やすよい方法だということ

4 誰に対して販売するかを明確にして開発することが、開発戦略の基本だということ

57 ②市場創造につながらないとはどういうことか。

1 晩酌習慣がある人はその習慣を決して変えようとはしないということ

2 食中酒ばかり開発していては、新しい顧客を獲得することができないということ

3 日常的に晩酌習慣がある人が増加するわけではないということ

4 ある会社の酒を飲んでいる人が、その酒をやめて同社の別の酒を飲むようになっても意味がないということ

58 ③彼がターゲットにしたのは、むしろ晩酌に焼酎を傾けている層だとあるが、彼の考えに近いものはどれか。

1 寝る前に焼酎を飲むより、ウイスキーを飲むほうが一般的だろう。

2 寝る前にウイスキーを飲む習慣がある人には、受け入れられるだろう。

3 晩酌に焼酎を飲む習慣がある人より、ビールを飲む習慣がある人のほうが多いだろう。

4 焼酎を飲む習慣がある人にとって、焼酎と同じ製法でできているウイスキーは受け入れやすいだろう。

翻譯與解題 ② 【問題 9 ー (1)】

次の文章を読んで、後の問いに対する答えとして、最も良いものを1・2・3・4から一つ選びなさい。

(1)

長年インタビューをしていて気づいたのは、“聞かれる側の痛み”というものがあることです。①聞く側は、相手の痛みに無関心になりがちです。

おそらく、私も相手の痛みに気づかず、インタビューしながら知らず知らず（注1）相手を苦しめたことがあったと思います。**聞く側は、“聞く”という目的だけを主眼にしているので、どうしても相手の痛みに気づきにくいのです。**

50 題 關鍵句

親が子どもに、教師が生徒にたずねるときも聞かれる側の痛みが忘れられてきたのではないでしょうか。**相手の痛みに気づかず傷つけてしまえば、心を閉ざしてしまうかもしれません。それで話が引き出せなくなるだけではなく、②人間不信につながることもあるわけです。**逆に、相手の痛みに過敏になりすぎても、肝心な質問ができなくなることもあります。

51 題 關鍵句

どちらにしても、質の高いインタビューをするには、相手の痛みに気づかいながら、相手の気持ちにどのように入っていくか、ここにポイントがありそうです。

ニュースキャスターの久米宏さんの鋭い切り込み（注2）方には定評があります。テレビ独特の方法ですが、政治家にグイグイ切り込むことで、相手を慌てさせて本音を引き出しています。もちろん聞く対象によってテクニックは変えなければなりませんが、③**どこまで聞けばいいのか、加減しながら行うのが大切なのです。**

52 題 關鍵句

（久恒啓一『伝える力』）

（注1）知らず知らず：意識しないうちに、いつの間にか
（注2）切り込む：刃物で深く切る意から転じて、鋭く問いつめること

請閱讀下列(1)～(3)的文章，請從每題所給的 4 個選項（ 1 ・ 2 ・ 3 ・ 4 ）當中，選出最佳答案。

(1)

由長年的訪談經驗中，我發現到一點，那就是有所謂的「被訪者的痛楚」，而①採訪方不大會關心對方的痛楚。

作者指出採訪者不容易察覺到受訪者的痛楚。

恐怕我也曾經沒察覺對方的痛楚，在不自覺中（注１）進行訪談，造成了對方的痛苦。由於採訪方只把重點放在「提問」這個目標上，所以很難發現到對方的痛楚。

承上段，其理由是採訪者只把重點放在詢問上。

當父母在詢問小孩、或老師在詢問學生時，是否也是忘了被問者的痛楚呢？要是沒留意到對方的痛楚，不小心傷害了他們，可能會使他們把心靈封閉起來。如此一來，不僅什麼都問不出來，②有時甚至會導致他們無法再相信其他人。相反地，假如過度考量對方的痛楚，有時將會造成無法問到關鍵。

點出無視受訪者痛楚可能會讓對方封閉心靈。相對的，太過在意對方的痛楚也會影響訪談。

不管是哪一種情形，若想做一場出色的訪談，關鍵恐怕在於如何在察覺到對方痛楚之下，深入對方的心情。

出色訪談的重點就是要留意對方的痛楚並進入對方的心情。

新聞主播久米宏先生犀利的追問（注２）方式廣受好評。當然，這是電視節目的獨特手法，藉由積極追問政治家，讓對方慌了陣腳，而引出他們的真心話。當然，依據受訪對象的不同，技巧也必須要改變，不過③重要的是，在採訪時必須看情形調整詢問的深度。

話題轉到久米宏的訪談技巧。並指出訪談中最重要的就是詢問的尺度拿捏。

（久恒啟《傳達的力量》）

（注１）不自覺中：沒有意識的時候、不知不覺間
（注２）切入：以刀刃深深地切開，引申為犀利地逼問

翻譯與解題 ② 【問題 9－(1)】

Answer **2**

50 ①聞く側は、相手の痛みに無関心になりがちと筆者が考える理由は何か。

1 聞く側は、“聞く”という目的を達成するために、相手の痛みに気づかないふりをするから

2 聞く側は、相手の気持ちよりも、自分の知りたい情報を聞き出すことを優先してしまうから

3 相手の痛みを気にしていたら、自分の知りたい情報を聞き出すという目的を達成することができなくなるから

4 相手が苦しもうが苦しむまいが、聞く側にとっては関係のないことだから

文法詳見 P154

50 作者認為①採訪方不大會關心對方的痛楚的理由是什麼呢？

1 因為採訪這一方為了達成「提問」這個目的，會裝作沒注意到對方的痛楚

2 因為比起對方的心情，採訪方以問出自己想知道的資訊為優先

3 因為若是在意對方的痛楚，就沒辦法達成問出自己所需資訊的目的

4 因為不管對方痛不痛苦，對於採訪方來説都不關自己的事

題型分析

這道題目是一個「推理理解題」，旨在理解作者對於「容易導致採訪方不大會關注對方的痛楚」的看法。

解題思路

1. 重讀相關段落：首先要仔細閱讀與問題直接相關的段落，即關於採訪方的態度的部分。

2. 識別作者觀點：找出文中關於採訪方的態度及其原因的描述。

3. 匹配選項：將文中的描述與選項進行匹配，找出最貼切地反映作者觀點的答案。

4. 排除法應用：排除那些與文中描述不符，或關聯較弱的選項。

解題攻略

選項１ 提到聽方為了達成“聽”的目的，可能會假裝沒有注意到對方的痛苦。然而，文章中的論點並非是聽方故意忽視對方的痛苦，而是因為過於專注於聽的目的本身，從而難以察覺到對方的痛苦。

選項２ 直接對應文章中的核心論述，即因為聽方過於專注於達成“聽”這一目標，往往會忽略對方的感受。這一選項精確捕捉了文章想要傳達的信息：聽方之所以可能不關心對方的痛苦，是因為他們優先考慮的是獲取想要的信息。

選項３ 說明了如果聽方過度關注對方的痛苦，可能會阻礙達到其“聽”的目的。這個理由在文中沒有直接被提及。文章討論的是採訪方因專注於“聽”的目標而忽略了對方痛苦，而非採訪方因擔心加重對方痛苦而無法達成其目標。

選項４ 暗示了對方是否痛苦對採訪方而言是無關緊要的。這與文章的說法不符，文章指出採訪方往往因為過於專注於“聽”的目的，而非故意忽視對方的痛苦，這與選項４的含義存在本質區別。

> ! 這一題問的是劃線部分的理由，可以特別留意「ので」、「から」、「ため」等語詞出現的地方。

補充文法

かどうか

是否…、…與否

接續

{名詞；形容動詞詞幹；[形容詞・動詞]普通形}＋かどうか

例文

明日(あすは)晴れるかどうか、天(てん)気予報(きよほう)はなんて言(い)ってた？

氣象預報對明天是不是晴天，是怎麼說的？

翻譯與解題 ① 【問題 9 — (1)】

Answer **1**

51 ②人間不信につながることもあるわけですとはどういうことか。

1 インタビューを受ける人が心を傷つけられてしまうと、周囲の人を信じなくなることもあるということ

2 インタビューをする人が心を閉ざしてしまうと、相手の痛みに気づかず傷つけてしまうこともあるということ

3 インタビューをする人が心を閉ざしてしまうと、インタビューを受ける人が周囲の人を信じなくなることもあるということ

4 インタビューをする側とされる側、双方が相手を信じられなくなることもあるということ

51 ②有時甚至會導致他們無法再相信其他人是指什麼呢？

1 一旦受訪者的心靈受傷，就有可能會不再相信周遭的人

2 一旦採訪者封閉心靈，就有可能會沒注意到對方的痛楚而傷害對方

3 一旦採訪者封閉心靈，採訪者就有可能不再相信周遭的人

4 採訪者和受訪者都有可能會變得不信任彼此

題型分析

這道題目是一個「含義理解題」，要求考生理解「人間不信につながることもある」這一表述在文中的具體含義。

解題思路

1. 精讀相關句子：仔細閱讀提到「人間不信につながることもあるわけです」這一表述的相關段落。
2. 明確含義：確定這一表述指的是哪一方面的不信任他人——是指採訪者還是受訪者引起的不信任他人，或是雙方的不信任他人。
3. 對比選項：將文中的描述與4個選項進行對比，找出最貼切地反映文意的答案。
4. 排除不符：排除那些明顯與文中描述不符合的選項。

解題攻略

選項1 正確地反映了文章中討論的主題，即當採訪者未能充分關注受訪者的情感需求時，可能會無意中造成對方心理上的傷害，從而導致受訪者對周圍人產生不信任的心態。這種心理機制在文章中被描述為，採訪過程中忽略受訪者的痛苦可能導致的一種負面後果。

選項2 錯誤地將問題的焦點放在了採訪者身上，而文章中討論的是受訪者因被忽視的痛苦而可能閉鎖心房，進而對人產生不信任。

選項3 的表述同樣有誤，它混淆了採訪者與受訪者的角色及其心理反應，文章的核心在於採訪過程中，忽略受訪者的痛苦可能造成的負面影響。

選項4 提出了一種可能性，即採訪過程中雙方可能都會因為信任問題而受到影響，但文章主要討論的是採訪者，未能關注到受訪者痛苦，而導致受訪者心理受創，和對人產生不信任，而非雙方同時受到影響。

延伸分類單字

驚き、恐れ／驚懼、害怕

01 | おそれいる【恐れ入る】

自五 真對不起；非常感激；佩服，認輸；感到意外；吃不消，為難

例文

恐（おそ）れ入（い）ります。

不好意思。

02 | おそれ【恐れ】

名 害怕，恐懼；擔心，擔憂，疑慮

例文

失敗（しっぱい）の恐（おそ）れがある。

恐怕會失敗。

延伸慣用語

- **底をつく**／用盡、見底
- **台無しになる**／完全毀掉
- **手を切る**／斷絕關係

- □ 無関心（むかんしん） 不關心，不感興趣
- □ 知（し）らず知（し）らず 不知不覺
- □ 主眼（しゅがん） 重點，主要目標
- □ 心（こころ）を閉（と）ざす 封閉心靈
- □ 人間不信（にんげんふしん） 不信任他人
- □ 過敏（かびん） 敏感，過敏
- □ 肝心（かんじん） 重要，緊要
- □ 気（き）づかう 擔心；關懷
- □ 切（き）り込（こ）む 追問，逼問
- □ 定評（ていひょう） 廣受好評
- □ グイグイ 有力地（進行…）
- □ 本音（ほんね） 真心話
- □ テクニック【technic】 技巧

翻譯與解題 ② 【問題 9 －(1)】

Answer **4**

52 ③どこまで聞けばいいのか、加減しながら行うのが大切なのですとあるが、ここで筆者が述べている考えに近いものはどれか。

1 相手の痛みに気づかえば、心に入っていけるので、質の高いインタビューをすることができる。

2 相手を慌てさせてグイグイ切り込んでいけば、インタビューは成功する。

3 質の高いインタビューをしたければ、久米宏の真似をすることである。

4 相手への思いやりを持ちつつも、いかに聞きたいことを追及していくかがインタビューの鍵である。

文法詳見 P154

52 文中提到③重要的是，在採訪時必須看情形調整詢問的深度，下列何者和此處作者所闡述的想法最為接近？

1 只要留意對方的痛楚就能深入對方的心，可以完成出色的訪談。

2 讓對方慌了陣腳再積極地逼問，訪談就能成功。

3 如果想要有出色的訪談，就要模仿久米宏。

4 如何在體貼對方的情況下，追問出想知道的事情，這就是訪談的關鍵所在。

題型分析

這道題目屬於「觀點理解題」，要求考生從文中抽取作者對於進行高質量訪問的觀點或建議。

解題思路

1. 理解上下文：首先要完整理解文中提及的「どこまで聞けばいいのか、加減しながら行うのが大切」這一句子的上下文含義。

2. 關鍵信息識別：確定上述表述與作者整體觀點之間的關聯，特別是關於進行訪問時的態度和方法。

3. 選項比較：將文中的關鍵思想，與4個選項進行比較，確定哪個選項最接近作者的主張。

4. 排除法應用：排除那些明顯不符或與文中描述相去甚遠的選項。如強調了感知痛苦的重要性，或強調了積極追問的態度等。

解題攻略

選項1 儘管強調了對受訪者痛苦的察覺，但它忽略了訪談中追問的必要性，因此不完全符合筆者的主張。

選項2 過於強調積極逼問的技巧，忽視了對受訪者感受的重視，因而與筆者想要傳達的平衡思想不符。

選項3 僅提及了模仿久米宏的採訪風格，而未能全面反映文章中提到的對受訪者的關懷，與問題追問之間的平衡，這不足以概括筆者的整體觀點。

選項4 是最貼近文章中筆者想要傳達的想法。這選項明確地反映了筆者認為進行質量高的訪談時，需要同時兼顧對受訪者的關懷與追求訪談目的的決心。這種平衡手法，不僅顯示了對受訪者的尊重，也能有效達成訪談的目標。

延伸分類單字

心／心、內心

01 | こころがける【心掛ける】

他一 留心，注意，記在心裡

例文

健康(けんこう)を心掛(こころが)ける。

注意健康。

心地善良。

02 | こころづかい【心遣い】

名 關照，關心，照料

例文

温(あたた)かい心遣(こころづか)い。

熱情關照。

補充文法

とともに

與…同時，也…

接續

{名詞；動詞辭書形}＋とともに

例文

雷(かみなり)の音(おと)とともに、大粒(おおつぶ)の雨(あめ)が降(ふ)ってきた。

隨著打雷聲，落下了豆大的雨滴。

もんだい8
もんだい9
もんだい10
もんだい11
もんだい12
もんだい13

重要文法

【動詞意向形】+うが+【動詞辭書形；動詞否定形（去ない）】+まいが。表示逆接假定條件。這句型利用了同一動詞的肯定跟否定的意向形，表示無論前面的情況是不是這樣，後面都是會成立的，是不會受前面約束的。

❶ うが～まいが

不管是…不是…、不管…不…

例句 あなたが信じようが信じまいが、私の気持ちは変わらない。

你相信也好，不相信也罷，我的心意絕對不會改變。

【動詞ます形】+つつ（も）。「つつ」是表示同一主體，在進行某一動作的同時，也進行另一個動作；跟「も」連在一起，表示連接兩個相反的事物。

❷ つつ（も） 一邊…一邊…；儘管…、雖然…

例句 やらなければならないと思いつつ、今日もできなかった。

儘管知道得要做，但今天還是沒做。

小知識大補帖

▶與【愛恨、爭鬥】相關的單字

單字	例句
愛惜（あいせき） 愛惜	父（ちち）の愛惜（あいせき）していた本（ほん）。 父親所愛惜的書籍。
自惚（うぬぼれ） 自戀	自惚（うぬぼれ）の強（つよ）い男（おとこ）は嫌（きら）いだ。 我討厭有自戀狂的男人。
厭世（えんせい） 厭世	彼女（かのじょ）は最近（さいきん）、厭世的（えんせいてき）になっている。 她最近有些厭世。
顧（かえり）みる 關心；照顧	彼（かれ）は家庭（かてい）を顧（かえり）みる余裕（よゆう）がない。 他沒有多餘的力氣去照顧家庭。

きょうげき 挟撃 夾擊	前後から敵に挟撃された。 被敵人前後夾擊。
けんお 嫌悪 嫌惡	一人よがりの夫に激しい嫌悪を感じた。 我對自以為是的丈夫感到萬分厭惡。
こうお 好悪 好惡	彼は何に対しても好悪が激しい。 他不管對什麼都好惡分明。
しこう 嗜好 嗜好；喜好	そのワインは彼の嗜好に合った。 那瓶紅酒很合他的喜好。
ぞうお 憎悪 憎惡；憎恨	戦争を憎悪する。 我憎恨戰爭。
ちょうろう 嘲弄 嘲弄	凡庸な作家を嘲弄する。 嘲弄沒天分的作家。
とが 咎める 怪罪	他人の失敗を咎める。 怪罪他人的失敗。
はんもん 煩悶 煩悶	恋愛問題で煩悶する。 因戀愛問題而煩悶。
ふんぬ 憤怒 憤怒	憤怒に満ちた顔。 臉上充滿憤怒。
もんちゃく 悶着 爭執；糾紛	この事件から一悶着起きた。 因為這個事件引起糾紛。
らいさん 礼賛 讚揚；歌頌	先人の業績を礼賛する。 歌頌先人的豐功偉業。

常用的表達關鍵句

＊｛　｝內也可自行帶入其他詞彙喔！

01 表示斷言、肯定、否定關鍵句

→ ｛基本を確実に身につけさせる｝ことが大切だ／｛牢牢實實地打好基礎｝是很重要的。

→ ｛これらの偏見は薄まることはあっても｝決してなくなることはありません／｛這樣的偏見縱然變得少一點，也｝絕不會消失。

→ ｛ライブ視聴が今後も減少する｝と言い切る／可以斷言｛今後現場觀看將會減少｝。

→ ｛売り上げ｝はさらに増加する／會再增加｛營業額｝。

02 引起思考關鍵句

→ ｛より深く理解することに役立つのか｝考えてみる価値はある／｛是否有助於更深入的理解這點｝值得深思。

→ ｛人が過労によって死に至ってしまうという状況｝を問題として取り上げてみよう／把｛人們因過勞而致死的這種狀況｝作為問題提出來吧！

→ ｛からだにいいこと｝を考えてみよう／思考一下｛對身體有益的事物｝吧。

→ ｛意味や意図｝を考察してみよう／考察看看｛意思跟意圖｝吧！

→ ｛東京都の新たな感染者の数｝について明らかにしてみよう／試著弄清楚｛東京都最新的感染人數｝吧！

→ ｛もう少し、未来について｝検討してみよう／｛再略微針對未來的趨勢｝討論一下吧！

03 要求作出判斷關鍵句

→ 本文では｛次のどれ｝に近いですか／本文最接近｛以下何者｝呢？

→ ｛コストを顧客に負担させるの｝は正しいだろうか／｛讓顧客負擔成本｝是正確的嗎？

→ ｛そうした指摘｝は事実だろうか／｛那樣的指摘｝是事實嗎？

情境記單字

▸情境	▸▸▸單字	
悲しみ、苦しみ（かなしみ、くるしみ） 悲傷、痛苦	□ 圧力（あつりょく）	（理）壓力；制伏力
	□ 痛い目（いため）	痛苦的經驗
	□ 愚痴（ぐち）	（無用的，於事無補的）牢騷，抱怨
	□ 台無し（だいなし）	弄壞，毀損，糟蹋，完蛋
	□ 悩み（なやみ）	煩惱，苦惱，痛苦；病，患病
	□ うつろ	空，空心，空洞；空虛，發呆
	□ 孤独（こどく）	孤獨，孤單
	□ 悲惨（ひさん）	悲慘，悽慘
	□ 憂鬱（ゆううつ）	憂鬱，鬱悶；愁悶
	□ 孤立（こりつ）	孤立
	□ 絶望（ぜつぼう）	絕望，無望
	□ 戸惑い（とまどい）	困惑，不知所措
	□ 苦（く）	苦（味）；痛苦；苦惱；辛苦
	□ 難（なん）	困難；災，苦難；責難，問難
	□ 心細い（こころぼそい）	因為沒有依靠而感到不安；沒有把握
	□ 切ない（せつない）	因傷心或眷戀而心中煩悶；難受；苦惱，苦悶
	□ 情けない（なさけない）	無情，沒有仁慈心；可憐，悲慘；可恥，令人遺憾
	□ 悩ましい（なやましい）	因疾病或心中有苦處而難過，難受；特指性慾受刺激而情緒不安定；煩惱，惱
	□ はかない	不確定，不可靠，渺茫；易變的，無法長久的，無常
	□ 空しい・虚しい（むなしい）	沒有內容，空的，空洞的；付出努力卻無成果，徒然的，無效的（名詞形為「空しさ」）
	□ 脆い（もろい）	易碎的，容易壞的，脆的；容易動感情的，心軟，感情脆弱；容易屈服，軟弱，窩囊
	□ 痛切（つうせつ）	痛切，深切，迫切
	□ 落ち込む（おちこむ）	掉進，陷入；下陷；（成績、行情）下跌；得到，落到手裡
	□ 傷付く（きずつく）	受傷，負傷；弄出瑕疵，缺陷，毛病（威信、名聲等）遭受損害或敗壞，（精神）受到創傷

(2)

活動の後には疲労の来るのは当然である。例を筋肉活動にとれば、筋肉が活動するときには、筋肉内で物が消費される。それは主として葡萄糖（注１）である。**葡萄糖は筋肉内で燃焼して、水と炭酸瓦斯とになり、その燃焼によって生ずる勢力**（注２）**が即ち筋肉の活動力となるのである。勿論葡萄糖が不足すれば、脂肪や蛋白質が勢力源となることもある。**

53 題 關鍵句

54 題 關鍵句

筋肉そのものは活動するときに、自身消耗することは極力避けているが、しかし幾分かは消耗がある。飛行機の発動機（注３）**はガソリンを消費して活動するのであるが、それが活動するときには、発動機そのものも幾分磨滅する。筋肉は発動機でガソリンは葡萄糖に該当する。**

54 題 關鍵句

筋肉の活動するとき葡萄糖が燃えて生ずる水や炭酸瓦斯は、筋肉活動には邪魔になるものであるから、直ちに血液によって運び去られる。又、筋肉そのものの老廃物も同様である。

すべて筋肉活動の結果、筋肉内にできて、筋肉活動の邪魔になるものを、一般に疲労素と総称する。この疲労素はできるに従って血流で運び去られるのであるが、一小部分は筋肉内に残るので、あまり続けて筋肉が活動すると、筋肉に疲労素が蓄積して、筋肉の働きは鈍くなってくる。筋肉をしばらく休息させると、疲労素は運び去られて、筋肉は快復するのである。

55 題 關鍵句

└文法詳見 P166

（正木不如丘『健康を釣る』）

（注１）葡萄糖：生命活動のエネルギー源となる糖の一種
（注２）勢力：ここでは「エネルギー」のこと
（注３）発動機：エンジン

(2)

活動過後感到疲勞是理所當然的。以肌肉活動為例，當肌肉活動時，肌肉的內部會消耗物質，這些物質主要是葡萄糖（注１）。葡萄糖在肌肉內部燃燒，變成水和二氧化碳，透過這個燃燒反應而產生的力量（注２），亦即所謂的肌肉活動力。當然，如果葡萄糖不足，脂肪和蛋白質就會成為力量的來源。

> 說明肌肉的能量來源主要是燃燒葡萄糖。

肌肉本身在活動時會極力避免自我消耗，但還是有一小部分會被消耗掉。比如飛機的發動機（注3）是靠消耗汽油來運作的，當它在運作時，發動機本身也會有部分磨損。肌肉就相當於發動機，而汽油就相當於葡萄糖。

> 指出肌肉活動時難免會消耗肌肉本身。

肌肉活動時燃燒葡萄糖所產生的水和二氧化碳會干擾肌肉的活動，所以會立刻透過血液運送出去。另外，肌肉的老廢物質也是一樣。

> 肌肉活動會燃燒葡萄糖，該產物會影響肌肉活動，所以會立刻透過血液運送出去。

所有肌肉活動的產物，也就是在肌肉內部生成，會干擾肌肉活動的東西，一般統稱為疲勞物質。這種疲勞物質在形成之後雖會藉由血液運送出去，不過有一小部分會留在肌肉內部；一旦長時間持續運動肌肉，疲勞物質會累積在肌肉裡，肌肉的效能就會變得遲鈍。讓肌肉暫時休息之後，疲勞物質會被運送出去，肌肉就恢復正常了。

> 承上段，這種產物（疲勞物質）會有一小部分留在肌肉內造成影響，若讓肌肉休息一陣子就又可以恢復正常。

（正木不如丘《促進健康》）

（注１）葡萄糖：作為生命活動能量來源的一種糖類
（注２）力量：這裡是指「能量」
（注３）發動機：引擎

翻譯與解題 ② 【問題 9 — (2)】

Answer **3**

53 葡萄糖(ぶどうとう)の役割(やくわり)として、本文(ほんぶん)に合致(がっち)するのはどれか。

1 摂取(せっしゅ)すると、疲労快復(ひろうかいふく)に役立(やくだ)つ。
2 筋肉(きんにく)に必要(ひつよう)な水(みず)と炭酸(たんさん)ガスになる。
3 筋肉活動(きんにくかつどう)に必要(ひつよう)な勢力(せいりょく)となる。
4 筋肉(きんにく)の消耗(しょうもう)を防(ふせ)ぐことができるのは、葡萄糖(ぶどうとう)だけである。

53 下列何者和原文提到的葡萄糖的作用最為一致？

1 一攝取就能幫助消除疲勞。
2 能成為肌肉必需的水和二氧化碳。
3 能成為肌肉活動必需的力量。
4 只有葡萄糖能防止肌肉的耗損。

題型分析

這道題目屬於「細節理解題」，要求考生從文中準確把握葡萄糖在肌肉活動中的作用和角色。

解題思路

1. 仔細閱讀：特別關注文中提及葡萄糖作用的部分，理解其在肌肉活動中的具體功能。

2. 識別關鍵信息：找出描述葡萄糖作用的關鍵句子，這將幫助確定正確答案。

3. 比對選項：將每個選項與文中關於葡萄糖的描述進行比對，找出最合適的答案。

4. 排除不符：排除那些明顯不符合文中描述的選項。

解題攻略

選項1 似乎提供了一種直覺上的好處——葡萄糖有助於疲勞恢復。然而，這一點雖然在生理學上有其合理性，卻未直接反映在文章的討論範疇內，即葡萄糖作為肌肉活動能量來源的具體作用。

選項2 將焦點放在了葡萄糖燃燒產物——水和二氧化碳上。雖然這些產物確實是葡萄糖燃燒的直接結果，但文章強調這些產物對於肌肉活動來說是副產物，需要被迅速清除，以避免對肌肉活動造成干擾，而非葡萄糖的主要作用。

選項3 恰如其分地捕捉了文章的核心信息。通過對葡萄糖在肌肉內燃燒過程的解析，文章明確指出了葡萄糖燃燒所產生的能量是支撐肌肉活動的關鍵。這一選項精確地反映了葡萄糖作為肌肉活動力的主要來源，符合文章所傳達的科學原理。

選項4 提出了葡萄糖在防止肌肉耗損方面的獨特作用。儘管葡萄糖對於肌肉活動至關重要，文章中並未直接討論葡萄糖能否單獨防止肌肉的耗損。事實上，文章指出肌肉在活動時自身會有所耗損，但這一過程並未被描述為可以通過葡萄糖攝取來完全避免。

！這一題問的是葡萄糖的作用。從段落主旨中可以發現，答案就在第一段當中。

延伸分類單字

スポーツ / 體育運動

01 | どうじょう【道場】

名 道場，修行的地方；教授武藝的場所，練武場

例文

柔道(じゅうどう)の道場(どうじょう)が建設(けんせつ)された。

修建柔道的道場。

02 | どひょう【土俵】

名 (相撲)比賽場，摔角場；緊要關頭

例文

土俵(どひょう)に上(あ)がる。

(相撲選手)上場。

延伸慣用語

- **息が詰まる** ／感到窒息
- **鼻を鳴らす** ／大聲呼吸，打鼾
- **鼻が利く** ／直覺敏銳，洞察力強
- **鼻が高い** ／非常自豪
- **鼻にかける** ／洋洋得意，驕傲

翻譯與解題 ① 【問題 9 — (1)】

Answer **1**

54 筋肉は発動機でガソリンは葡萄糖に該当すると言えるのはなぜか。

1 エネルギーを消費する機関とエネルギー源という関係が類似しており、機関そのものも多少は傷むという点も共通するから

2 エネルギー源と、それを疲労素に変える機関であることが類似しており、機関自体はそのまま維持されるという点も共通するから

3 ガソリンと葡萄糖はいずれも、発動機と筋肉にとってほかに代替のきかないエネルギー源であることが類似しているから

4 エネルギーを使って活動する機関と、エネルギーの供給源であるという関係が類似しており、機関そのものが傷んでもかまわないという点も共通するから

54 為什麼可以説肌肉就相當於發動機，而汽油就相當於葡萄糖呢？

1 因為消耗能源的構造和能量來源的關係很類似，構造或多或少都會稍有損害這點也雷同

2 因為能量來源和把能量來源變成疲勞物質的構造相似，構造本身可以維持原貌這點也雷同

3 因為汽油和葡萄糖對發動機和肌肉來説都是不可取代的能量來源，這點很類似

4 因為使用能量進行活動的構造和能量供給源的關係很類似，構造本身即使稍有損害也無妨這點也雷同

題型分析

這道題目是一個「比較理解題」，要求考生理解為什麼可以將肌肉比作發動機，而將葡萄糖比作汽油的原因。

解題思路

1. 重讀相關比較：特別關注文中將肌肉與發動機、葡萄糖與汽油進行比較的部分。

2. 關鍵比較點識別：確定文中提到的比較點，特別是相似之處和作用。

3. 選項對比文意：將每個選項與文中的比較理由進行對照，找出最符合文中描述的答案。

4. 排除不相符：排除那些與文中描述不相符，或不完全符合比較理由的選項。

解題攻略

選項1 精確地反映了文章中對於肌肉和發動機之間類比的描述。文中明示了肌肉在活動時消耗葡萄糖產生能量，與飛機發動機消耗汽油以驅動的過程相似，兩者均在此過程中會遭受一定程度的耗損，從而建立起一個明晰的類比關係。

選項2 未能正確捕捉文中論點。文章指出，雖然活動過程中會產生疲勞物質，但這不代表機構（肌肉或發動機）能完全保持不變，反而都會有所耗損。

選項3 忽略了文章中提到的能量來源可被替代的事實。實際上，文章中提及在葡萄糖不足時，脂肪和蛋白質也能作為能量來源，顯示了能量來源的多樣性。

選項4 則錯誤地假設了肌肉或發動機在活動時耗損是可接受的，而文章實際上是指出肌肉和發動機在避免自我耗損的同時，仍難免會有所耗損。

這一題用「なぜ」來詢問劃線部分的理由。劃線部分在第２段最後一句，不妨從這個段落找出答案。

延伸分類單字

スポーツ / 體育運動

01 | またがる【跨がる】

自五 (分開兩腿)騎，跨；跨越，橫跨

例文

馬(うま)にまたがる。

騎馬。

延伸慣用語

- **肩で風を切る** ／趾高氣揚，自大
- **胸を張る** ／挺胸，自豪或有信心地
- **顔を合わせる** ／面對面見面
- **顔を立てる** ／給面子
- **顔が利く** ／有面子，有影響力
- **顔に泥を塗る** ／使人丟臉

□ ガソリン　汽油
□ エネルギー　能源；精力，力氣
□ 維持(いじ)　維持，維護
□ 筋肉(きんにく)　肌肉，筋肉
□ 共通(きょうつう)　共同

翻譯與解題 ② 【問題 9 − (2)】

Answer **2**

55 筋肉と疲労素の関係として、本文に合致しないものはどれか。

1 血液の流れは、筋肉内の疲労素を取り去るのに役立つ。

2 筋肉を続けて使い過ぎると、疲労素がたまるので筋肉痛になる。

3 血液の流れがよければ、疲労素が筋肉内にいっさいたまらないわけではない。

4 筋肉を使った結果、筋肉の中に生ずる水と炭酸ガスは、疲労素の一種である。

55 關於肌肉和疲勞物質的關係，下列何者和原文不吻合呢？

1 血液的流動可以幫助除去肌肉內部的疲勞物質。

2 過度持續使用肌肉，就會堆積疲勞物質而造成肌肉疼痛。

3 並不是説只要血液流動順暢，疲勞物質就完全不會堆積在肌肉內部。

4 使用肌肉後的產物，也就是在肌肉當中產生的水和二氧化碳，都屬於疲勞物質。

題型分析

這道題目是一個「不合內容理解題」，旨在識別哪一個選項的描述與文中對肌肉和疲勞素關係的描述不相匹配。

解題思路

1. 仔細閱讀：特別注意文中關於肌肉和疲勞素關係的描述。
2. 識別核心信息：找出文中對於疲勞素的產生、影響以及消除方式的關鍵描述。
3. 檢查選項：將每個選項與文中的描述進行對比，確認哪個選項的描述與文中提及的信息不匹配。
4. 排除相符：排除那些明顯與文中描述相匹配的選項，找出不符合的那一個。

- □ 疲労（ひろう） 疲勞，疲乏
- □ 葡萄糖（ぶどうとう） 葡萄糖
- □ 燃焼（ねんしょう） 燃燒
- □ 炭酸瓦斯（たんさんガス） 二氧化碳
- □ 生ずる（しょうずる） 產生
- □ 脂肪（しぼう） 脂肪
- □ 蛋白質（たんぱくしつ） 蛋白質
- □ 消耗（しょうもう） 消耗，耗費
- □ 極力（きょくりょく） 極力，盡可能
- □ 磨滅（まめつ） 磨損

解題攻略

選項 1 直接對應文章中提到的概念，表明血液流動有助於將肌肉中的疲勞物質清除，這與原文的描述是一致的。因此，這個選項並非「不合」原文的描述。

選項 2 則未在原文中直接提及。原文著重於說明疲勞物質累積會影響肌肉的功能，但並未將疲勞物質直接與肌肉痛這一具體症狀相連接，因此這是一個不符合原文描述的選項。這是正確答案。

選項 3 亦與原文相吻合，因為文章確實指出，即便血液流動將一部分疲勞物質運走，但仍有小部分會在肌肉中殘留。

選項 4 也正確反映了原文中對於疲勞物質定義的描述，說明在肌肉活動過程中，產生的水和二氧化碳被視為疲勞物質的一部分。

這一題要特別留意問題問的是「不吻合」，可別選到正確的敘述了！問題聚焦在肌肉和疲勞物質的關係，從段落主旨可以看出答案就在最後一段。

延伸慣用語

- **筋肉を鍛える** ／鍛煉肌肉
- **筋肉痛になる** ／感到肌肉疼痛
- **筋肉の強化を目指す** ／以強化肌肉為目標

□ 該当（がいとう） 相當，符合
□ 老廃物（ろうはいぶつ） 老廢物質
□ 総称（そうしょう） 統稱
□ 蓄積（ちくせき） 累積
□ 摂取（せっしゅ） 攝取
□ 類似（るいじ） 類似，相似
□ 傷む（いたむ） 損壞
□ 代替（だいたい） 取代

翻譯與解題 ② 【問題 9 −(2)】

重要文法

【動詞辭書形】＋にしたがって。前面接表示人、規則、指示等的名詞，表示按照、依照的意思。

❶ にしたがって／にしたがい

依照…、按照…、隨著…

例句 収入の増加にしたがって、暮らしが楽になる。

隨著收入的增加，生活也寬裕多了。

小知識大補帖

▶【接續詞】是什麼呢？——用來連接兩個短語或句子的語詞

例：だから→今日は快晴だ。だから、ピクニックに行こう。

例：所以→今天天氣晴朗。所以野餐去吧！

作用	用法	單字
順接 順接	A（原因、理由）→B（結果、結論） A（原因、理由）→B（結果、結論）	それで、そこで、だから、 因而　於是　所以 すると、したがって 結果　因此
逆接 逆接	A←→B（逆） A←→B（相反）	だが、けれども、しかし、 但　可是　然而 ところが、だけど… 但是　不過
説明、補足 說明、補充	A←B（説明、補足） A←B（說明、補充）	つまり、すなわち、なぜなら、 即是　也就是說　原因是 ただし、もっとも… 可是　話雖如此
添加 添加	A＋B（付け加える） A＋B（附加）	そして、それに、 還有　再加上 しかも、なお… 而且　又
並立 並立	A、B（並べる） A、B（排列）	また、および、ならびに 另外　以及　及

転換 轉換	A→B（話題を変える） A→B（轉換話題）	さて、ところで、では、 且說　可是　那麼 ときに… 是說
対比、 選択 對比、選擇	A、B（どちらかを選ぶ） A、B（從中擇一）	それとも、あるいは、 還是　或者 または、もしくは… 抑或是　或

常用的表達關鍵句

＊｛ ｝內也可自行帶入其他詞彙喔！

01 表示當然關鍵句

→｛十分に論争をし、それに勝った人が当選するという、民主主義の原点｝とでもいうべき／｛經過充分的辯論，最後贏的人當選的作法｝可是說｛民主主義的源頭｝。

→｛人は労働に対する報酬を得るの｝が当然である／｛人們付出勞力｝當然｛就該得到報酬｝。

→｛明日、家賃を払わ｝なければならない／｛明天｝必須｛支付房租｝。

→｛今日、電話し｝なくてはならない／｛今天｝一定要｛撥打電話｝。

→｛8時に出たそうですから、9時前に着く｝はずである／｛因為8點出發｝按理應當將｛於9點前抵達｝。

→｛問題を解決するために、地球規模で考える｝べきである／｛為了解決問題｝，應當｛以全球的規模來思考｝。

→｛都市計画の内容を改善していく｝べきものである／應當｛要逐一改善都市計畫的內容｝。

→｛利己的な行動をする｝べきではない／不應該｛做出自私利己的行為｝。

→｛災害に役立つ｝ものである／應當可以｛在遇災中派上用場｝。

→｛人が嫌がるようなことを言ったりしたりする｝ものではない／不可｛做出造成對方嫌惡與厭惡的言行舉止｝。

→｛とても大切な書類なので、間違え｝てはならない／｛這份文件非常重要｝，不可｛出差錯｝。

→｛手紙の宛名を赤字で書い｝てはいけない／｛信件的收件人姓名及住址｝不可以｛用紅筆書寫｝。

→当然｛そうなる｝はずである／照理當然會｛變成那樣｝。

→｛夜長時間のスマホ操作は目に悪い｝にきまっている／｛晚上長時間使用手機｝一定是｛很傷眼睛的｝。

→｛バスでは食事をしてはいけない｝ことになっている／｛巴士上｝規定｛不可飲食｝。

情境記單字

▸情境	▸▸▸單字	
体(からだ)の器官(きかん)の働(はたら)き 身體器官功能	□ いびき	鼾聲
	□ 感触(かんしょく)	觸感，觸覺；（外界給予的）感觸，感受
	□ 屎尿(しにょう)	屎尿，大小便
	□ 大便(だいべん)	大便，糞便
	□ 尿(にょう)	尿，小便
	□ 左利(ひだりき)き	左撇子；愛好喝酒的人
	□ 貧血(ひんけつ)	（醫）貧血
	□ 脈(みゃく)	脈，血管；脈搏；（山脈、礦脈、葉脈等）脈；（表面上看不出的）關連
	□ 煙(けむ)たい	煙氣嗆人，煙霧瀰漫；（因為自己理虧覺得對方）難以親近，使人不舒服

体調(たいちょう)、体質(たいしつ) 身體狀況、體質	□ 過労(かろう)	勞累過度
	□ 不振(ふしん)	（成績）不好，不興旺，蕭條，（形勢）不利
	□ 不調(ふちょう)	（談判等）破裂，失敗；不順利，萎靡
	□ うたた寝(ね)	打瞌睡，假寐
	□ 全快(ぜんかい)	痊癒，病全好
	□ 一眠(ひとねむ)り	睡一會兒，打個盹
	□ 疲労(ひろう)	疲勞，疲乏
	□ 便秘(べんぴ)	便秘，大便不通
	□ ふらふら	蹣跚，搖晃；（心情）遊蕩不定，悠悠蕩蕩；恍惚，神不守己；蹓躂
	□ 増進(ぞうしん)	（體力，能力）增進，增加
	□ 蓄積(ちくせき)	積蓄，積累，儲蓄，儲備
	□ だるい	因生病或疲勞而身子沉重不想動；懶；酸
	□ デリケート【delicate】	微妙；纖弱；纖細，敏感；美味，鮮美；精緻，精密
	□ むくむ	浮腫，虛腫

翻譯與解題 ② 【問題 9－(3)】

(3)

①新製品の開発は、顧客ターゲット抜きには考えられない。つまり、誰に販売するかということである。 「膳」の開発コンセプトが「和食に合うウイスキー」だとして、では、それを誰に売るのか、あるいは、飲んでもらうのか。それはまさしく開発戦略の基本だ。

└文法詳見 P178

56 題 關鍵句

「晩酌というか、食中酒として提案するわけですから、主として既婚の男性、もっといえば、家庭で日常的に晩酌習慣のある人が対象として考えられるわけです。年齢でいうと、三十代と四十代ということになりますね」と奥水はいう。

かといって、奥水自身が開発した「白角」など、同社にはすでに食中酒がある。それらを晩酌で楽しんでいる人たちが、「膳」に乗り換える（注１）というパターンでは、②市場創造につながらない。 その点については、どう考えたのだろうか。

57 題 關鍵句

彼は、晩酌にビールを傾けている（注２）人に、いきなりウイスキーを飲んでもらうのは、少し無理があるし、距離があると思った。③彼がターゲットにしたのは、むしろ晩酌に焼酎を傾けている層だ。

「たとえば、晩酌は焼酎、寝る前はウイスキーをたしなむといった人であれば、**焼酎と同じ蒸留酒のウイスキーでも、こんなおいしい食中酒がありますよ**、と提案をするなら受け入れられるのではないか、と考えたんですね。」

58 題 關鍵句

（片山修『サントリーの嗅覚』）

（注１）乗り換える：乗っていた乗り物を降りて別の乗り物に乗る意味から転じて、今までの考えや習慣などを捨ててほかのものに換えること

（注２）傾ける：杯を傾けるところから、酒を飲む意味

(3)

①新產品的開發必須考慮到客群。也就是說，要販售給誰。「膳」的開發概念是「適合日式料理的威士忌」，那麼，要將它賣給誰呢？或是說，想請誰來喝呢？這的確就是開發戰略的基本。

「提案的概念是晚餐時喝的酒，或者說是餐中酒，所以主要是針對已婚男性，進一步來說，亦即以平時在家有晚上喝酒習慣的人為對象」，奧水如是說。

雖說如此，但該公司已經有餐中酒的產品了，像是奧水親自開發的「白角」等等。即使讓這些在晚餐享受品酒之樂的客群，改變習慣換成（注1）喝「膳」，這樣的銷售模式②無法開拓市場客源。關於這點，他有什麼看法呢？

他認為，若要原本晚上往杯裡倒（注2）啤酒的人，突然改喝威士忌，不但有些勉強，也不太容易接受。③於是他將客群鎖定為在晚餐喝燒酒的族群。

「我的想法是，若是向原本晚餐喝燒酒、睡前愛好威士忌的人提議『和燒酒同為蒸餾酒的威士忌，也出了一支好喝的餐中酒喔！』也許他們比較容易接受。」

（片山修《三多利的嗅覺》）

（注1）改換：從原本搭成的交通工具下來，換搭別的交通工具。從這個意思引申為捨棄以往的想法和習慣，培養其他的想法和習慣

（注2）倒：從傾注酒杯的概念，引申為飲酒之意

直接破題點明新產品的開發一定要想到販售的對象。

借由開發者奧水的一番話帶出「膳」這支威士忌的販售對象。

借由開發者奧水的一番話帶出「膳」這支威士忌的販售對象。

承上段，作者點出客群設定的疑點。

進一步說明奧水是如何鎖定客群的。

翻譯與解題 ② 【問題 9 ─ (3)】

Answer **4**

56 ①新製品の開発は、顧客ターゲット抜きには考えられないとはどういうことか。

1 新製品の開発で最も重要なのは、商品のコンセプトだということ

2 新製品を開発する前に、顧客を増やす努力をすることが先決だということ

3 特定の層に限定して新製品を開発することが、売り上げを増やすよい方法だということ

4 誰に対して販売するかを明確にして開発することが、開発戦略の基本だということ

56 ①新產品的開發必須考慮到客群指的是什麼呢？

1 開發新產品最重要的就是商品的概念

2 開發新產品之前的先決條件就是要努力增加顧客

3 鎖定特定族群再開發新產品，才是提升業績的好方法

4 弄清楚要賣給誰再來開發，是開發戰略的基礎步驟

題型分析

這道題目是一個「內容理解題」，要求考生從文中抽取關於新產品開發與顧客目標之間關係的描述。

解題思路

1. 理解文意：仔細閱讀文中關於新產品開發的策略，和考慮顧客目標的部分。

2. 識別核心觀點：確定文中關於「新產品開發必須考慮目標顧客群」這一觀點的描述。

3. 匹配選項：將文中的核心觀點與4個選項進行匹配，找出最符合文意的答案。

4. 排除不符：排除那些與文中描述不相符的選項。

解題攻略

選項 1 將重點放在了產品概念的重要性上。雖然產品概念對於開發過程至關重要，但根據文章的脈絡，單獨強調產品概念，而不提及對目標顧客群的考量，並未能完全捕捉到文章想要傳達的核心訊息。

選項 2 提出了在開發新產品前先增加顧客的觀點。這一觀點雖然在某些商業策略中可能有效，但並非文章所強調的重點，文章更多著重於產品開發過程中對目標客群的識別與定位。

選項 3 雖然文中討論了目標顧客群的概念，特別提到針對有在晚餐喝燒酒習慣的已婚男性，但文章的焦點在於說明定位顧客群的重要性，並非直接聲明這是提升銷售的好方法。

選項 4 直接與文章開頭的陳述相呼應，凸顯了在產品開發階段確定“誰是購買者”這一基本問題的重要性。這不僅是開發戰略的基礎，也是整個市場策略成功的關鍵。

延伸分類單字

生產、產業 / 生產、產業

01 | かくしん【革新】

名・他サ 革新

例文

技術革新（ぎじゅつかくしん）を支（ささ）える。

支持技術革新。

02 | かこう【加工】

名・他サ 加工

例文

食品（しょくひん）を加工（かこう）する。

加工食品。

延伸慣用語

- **口に合う** ／符合口味，喜歡
- **肝に銘じる** ／銘記於心
- **胸に刻む** ／銘記於心
- **息が合う** ／默契十足
- **目が高い** ／擁有挑剔或高標準的品味

□ 抜（ぬ）き　省去，除去，取掉，拔出
□ 先決（せんけつ）　先決，首先決定，首先解決
□ 開発（かいはつ）　開發，創辦，開創
□ 売（う）り上げ　銷售額，營業額
□ 明確（めいかく）　明確
□ 基本（きほん）　基本，基礎

翻譯與解題 ① 【問題 9 －(1)】

Answer **4**

57 ②市場創造につながらないとはどういうことか。

1 晩酌習慣がある人はその習慣を決して変えようとはしないということ

2 食中酒ばかり開発していては、新しい顧客を獲得することができないということ

3 日常的に晩酌習慣がある人が増加するわけではないということ

4 ある会社の酒を飲んでいる人が、その酒をやめて同社の別の酒を飲むようになっても意味がないということ

57 ②無法開拓市場客源指的是什麼呢？

1 有在晚餐喝酒習慣的人絕對不會改變這種習慣的

2 只專注開發餐中酒是無法獲得新顧客的

3 平時有在晚餐喝酒習慣的人並不會增加

4 固定喝某家公司旗下的某支酒的人，即使不喝這支酒而改喝同一家公司的另一支酒，也沒有實質上的意義

題型分析

這道題目是一個「含義理解題」，旨在解釋「市場創造につながらない」在文中的具體含義。

解題思路

1. 重點段落回顧：關注提到「市場創造につながらない」這一表述的段落，理解其上下文。

2. 關鍵信息識別：找出關於市場創造與新製品開發關係的核心描述。

3. 選項對照：將4個選項與文中的關鍵信息相對照，確認哪個選項最符合「市場創造につながらない」的情況。

4. 排除法應用：排除那些與文中關鍵信息相符或相關度較低的選項。

解題攻略

在這篇文章中，透過對新產品開發策略的探討，作者深入剖析了如何在既有市場中創造新需求的重要性。通過提出具體的案例——即開發符合和食風味的威士忌「膳」，文章展示了如何透過精確定位來吸引不同消費者群體的策略。基於此，我們來細緻審視各選項：

選項1 提到了消費者不願改變其晚餐飲酒習慣的觀點。雖然人們的飲食習慣可能具有一定的穩定性，但文章的核心在於探討，如何通過新產品開發來吸引和轉變消費者的習慣，而非習慣本身的不可變性。

選項2 關注於僅僅開發餐中酒不能吸引新客群的觀點。這一選項未能直接反映文章中對市場創造的討論，即透過開發針對特定消費者需求的產品來擴大市場。

選項3 表達了日常晚餐飲酒習慣的人群，不會因為新產品的開發而增加的觀點。這一觀點雖然在某種程度上是合理的，但它未能捕捉到文章中關於如何透過新產品，來吸引原本可能不選擇威士忌，作為餐中酒的消費者的討論。

選項4 恰如其分地體現了文章的核心訊息。它指出，將已有的餐中酒消費者轉移到同一家公司的另一款食中酒產品上，並不能真正擴大市場或創造新的需求。這一選項直接反映了文章中提出的挑戰，即如何透過新產品開發來創造市場，而不僅僅是在現有消費者基礎上做文章。

延伸慣用語

- **目を奪う** ／引人注目，吸引眼球
- **目を皿のようにする** ／細心觀察，仔細查看
- **目を光らせる** ／密切注視
- **目をつける** ／留意，注意
- **目をかける** ／特別照顧或關照
- **目を配る** ／留心觀察，注意分配
- **目を見張る** ／因驚訝或注目而睜大眼睛
- **目を丸くする** ／非常驚訝或吃驚
- **顔色をうかがう** ／觀察臉色，討好

Answer **4**

58 ③彼がターゲットにしたのは、むしろ晩酌に焼酎を傾けている層だとあるが、彼の考えに近いものはどれか。

1 寝る前に焼酎を飲むより、ウイスキーを飲むほうが一般的だろう。

2 寝る前にウイスキーを飲む習慣がある人には、受け入れられるだろう。

3 晩酌に焼酎を飲む習慣がある人より、ビールを飲む習慣がある人のほうが多いだろう。

4 焼酎を飲む習慣がある人にとって、焼酎と同じ製法でできているウイスキーは受け入れやすいだろう。

58 文中提到③於是他將客群鎖定為在晚餐喝燒酒的族群，下列何者和他的想法最為相近？

1 比起睡前喝燒酒，喝威士忌比較常見吧？

2 有睡前喝威士忌習慣的人應該會接受吧？

3 比起晚餐習慣喝燒酒的人，喝啤酒的人比較多吧？

4 對於習慣喝燒酒的人來說，和燒酒製法相同的威士忌比較容易被接受吧？

題型分析

這道題目是一個「觀點理解題」，旨在理解作者對於目標消費者層選擇的理由。

解題思路

1. 關注目標層描述：仔細閱讀提及目標消費者層的描述，即針對已經有晚酌時飲用燒酎習慣的消費者群體。

2. 識別作者策略：找出文中關於為什麼選擇此類人群作為目標的理由。

3. 選項比較：將文中關於選擇目標層的理由與選項進行比較，選出最符合作者考慮的答案。

4. 排除不符：排除那些與文中策略或理由不相匹配的選項。

解題攻略

選項 1 提出了關於晚上飲用燒酒與威士忌普及度的假設，但這並非文章所強調的重點。文章的核心在於如何將新產品「膳」，介紹給已習慣於晚餐時飲用燒酒的消費者，而非比較燒酒與威士忌的普及度。

選項 2 涉及了對於已有晚上飲用威士忌習慣的人群的考慮，儘管這個群體可能對「膳」持開放態度，但文章更多地是關注於原本飲用燒酒的消費者，試圖將他們轉變為「膳」的消費者。

選項 3 討論了飲用燒酒與啤酒習慣的普及度，這與文章的討論方向——即如何針對特定消費者群體推廣「膳」——並無直接相關。

選項 4 精確地捕捉了文章的關鍵訊息。它指出，對於已經有晚餐時飲用燒酒習慣的消費者來說，將「膳」這款同樣採用蒸餾法生產的威士忌介紹給他們，可能會是一個更容易被接受的選擇。這一選項不僅直接響應了文章對目標客群的精確定位，也體現了在產品推廣策略中，對消費者習慣的深刻理解。

解題關鍵在最後一段，這一段是奧水針對客群設定的進一步解釋，也就是針對劃線部分的說明。

- □ 顧客（こきゃく） 顧客，主顧
- □ ターゲット【target】 目標，標的
- □ コンセプト【concept】 概念
- □ まさしく 的確，確實
- □ 戦略（せんりゃく） 戰略
- □ 晩酌（ばんしゃく） 晚飯時喝的酒；晚飯時飲酒
- □ 既婚（きこん） 已婚
- □ かといって 雖說如此
- □ 乗り換える（のりかえる） 改換
- □ 焼酎（しょうちゅう） 燒酒
- □ たしなむ 愛好
- □ 蒸留（じょうりゅう） 蒸餾
- □ 先決（せんけつ） 首先決定，首先要解決
- □ 限定（げんてい） 限定，限制（範圍等）
- □ 獲得（かくとく） 取得
- □ 製法（せいほう） 製造方式

重要文法

【名詞】+抜きには。表示「如果沒有…，就做不到…」。相當於「～なしでは、なしには」。

❶ 抜きには　如果沒有…、沒有…的話

例句 この商談は、社長抜きにはできないよ。

這個洽談沒有社長是不行的。

小知識大補帖

▶【呼應副詞】是什麼呢？—— 有固定的說法

呼應	用法	副詞	例句
ような 一般	【たとえ】と呼応する 和【比喻】呼應	まるで 簡直	まるで夢のような出来事だった。 簡直就像是美夢一般的事。
		ちょうど 宛如	ちょうど雪のような白さだ。 宛如雪一樣的白。
ない 不	【打ち消し】と呼応する 和【否定】呼應	とうてい 怎麼也…	とうてい自分が悪いとは思えない。 我怎麼也不覺得是自己的錯。
		少しも 一點也…	少しも私のことを考えてくれない。 一點也不為我想想。
		決して 絕對	決して君のことを裏切らない。 我絕對不會背叛你的。

ないだろう、まい 不…吧、沒有…吧	【打ち消し推量】と呼応する 和【否定推測】呼應	まさか 該不會…	まさか宿題はないだろう。 該不會有作業吧？
か 呢	【疑問、反語】と呼応する 和【疑問、反語】呼應	なぜ 為何	なぜ牛乳を飲まないのか。 為何你不喝牛奶呢？
う 吧	【推量】と呼応する 和【推測】相互呼應	たぶん 大概	たぶん宿題は出ないだろう。 大概不會出作業吧？
ても、たら 就算、如果	【仮定】と呼応する 和【假定】相互呼應	たとえ 即使	たとえ負けても泣くな。 即使輸了也不要哭！
		もし 如果	もし勝っていたら大泣きしただろう。 如果贏了我會大哭。
ください 請	【願望】と呼応する 和【願望】相互呼應	どうか 請…	どうか願いをかなえてください。 請實現我的願望。
		ぜひ 務必	ぜひご覧ください。 請務必過目。

常用的表達關鍵句

＊｛ ｝內也可自行帶入其他詞彙喔！

01 表示假設關鍵句

- 次のように考えられはしないだろうか／不能做如下的假設嗎？
- 次の仮説を立てることが出来る／可以做如下的假定。
- 次が成り立つかもしれない／或許以下的假設可以成立。
- 以上がここで成り立てられる仮説である／以上是我們在此成立的假設。
- 以上のように考えることができないだろうか／如上的思考無法成立嗎？
- 以上のことを確かめてみる必要がある／有必要確認上述事情。
- 以上の仮説を確かめてみたい／我想確認上述假設。
- 以上の仮説が成り立つかもしれない／以上假設或許可以成立。
- 以上の仮説を検証してみたい／希望就上述假設作出驗證。
- ｛アンケート｝から立てられる仮説は次のものである／根據｛問卷調查結果｝可提出的假設具體如下。
- ｛それが引き金になる｝というのがここで立てられる仮説である／我們在這裡提出的假定就是｛那是引發事件的導火線｝。
- ｛もう少し議論してから進めるべき｝ではないだろうか／不是｛應該要再稍微謹慎討論後再進行｝嗎？
- ｛やはり有名大学は有利｝ではないかと考えた／我們考慮可能｛知名大學還是較為有利｝吧。
- ｛その融資が必要だ｝ということを確かめてみる必要がある／有必要加以查實｛那項貸款的必要性｝。
- ｛世の中にまだ通用するのか｝ということを確かめてみたい／希望能確認｛在這社會上是否還通用｝一事。
- ｛立ち飲みダイエット｝が成り立つかもしれない／｛站著喝的減肥法｝或許可以成立。

情境記單字

▸情境	▸▸▸單字	
そんとく **損得** 損益	□ **赤字**（あかじ）	赤字，入不敷出；（校稿時寫的）紅字，校正的字
	□ **黒字**（くろじ）	黑色的字；（經）盈餘，賺錢
	□ **業績**（ぎょうせき）	（工作、事業等）成就，業績
	□ **金利**（きんり）	利息；利率
	□ **収益**（しゅうえき）	收益
	□ **取り分**（とりぶん）	應得的份額
	□ **利潤**（りじゅん）	利潤，紅利
	□ **利息**（りそく）	利息
	□ **享受**（きょうじゅ）	享受；享有
	□ **値引き**（ねびき）	打折，減價
	□ **弁償**（べんしょう）	賠償
	□ **損なう**（そこなう）	損壞，破損；傷害妨害（健康、感情等）；損傷，死傷；（接在其他動詞連用形下）沒成功，失敗，錯誤；失掉時機，耽誤；差一點，險些
けいざい **経済** 經濟	□ **財政**（ざいせい）	財政；（個人）經濟情況
	□ **市場**（しじょう）	菜市場，集市；銷路，銷售範圍，市場；交易所
	□ **下火**（したび）	火勢漸弱，火將熄滅；（流行，勢力的）衰退；底火
	□ **生計**（せいけい）	謀生，生計，生活
	□ **相場**（そうば）	行情，市價；投機買賣，買空賣空；常例，老規矩；評價
	□ **動向**（どうこう）	（社會、人心等）動向，趨勢
	□ **バブル【bubble】**	泡泡，泡沫；泡沫經濟的簡稱
	□ **好況**（こうきょう）	（經）繁榮，景氣，興旺
	□ **不況**（ふきょう）	（經）不景氣，蕭條
	□ **営む**（いとなむ）	舉辦，從事；經營；準備；建造
	□ **見積もる**（みつもる）	估計

▶ 家事

子どもがいない間に部屋を片付けよう。
趁小孩不在時收拾打掃家裡吧。

いくらなんでもこんなに汚れた部屋はひどい。
再怎麼講，這麼髒的房間實在太說不過去了。

毎日掃除機をかけますか。
每天都用吸塵器清掃嗎？

週に１度はお風呂をきれいに磨きます。
每星期掃一次浴室，把它刷得乾乾淨淨。

天気がいいので窓拭きをしましょう。
天氣很好，我們來擦窗戶吧。

朝は掃除や洗濯などで忙しい。
早上又是打掃又是洗衣的，非常忙碌。

洗濯機、何で動かないんだ。
為什麼洗衣機不會動呢？

電気が入ってないんじゃない。
你根本沒插插頭啊！

雨(あめ)が降(ふ)っていて3日間(みっかかん)も洗濯(せんたく)ができなかった。
雨一直下個不停，已經連續 3 天沒辦法洗衣服了。

他(ほか)に洗(あら)うものはありますか。
還有沒有要洗的東西？

この染(し)みはもう落(お)ちないと思(おも)うよ。
我想這塊污漬應該洗不掉了吧。

白(しろ)い服(ふく)と色物(いろもの)の服(ふく)は分(わ)けて洗濯(せんたく)します。
我會把白色衣物和有顏色的衣物分開來洗。

ちゃんと脱水(だっすい)しないと、乾(かわ)きが悪(わる)いですよ。
如果不好好脫水的話，就不容易乾哦！

そのセーターはドライクリーニングに出(だ)します。
那件毛衣要送去乾洗。

ついでに運動靴(うんどうぐつ)も洗(あら)っておきましょう。
也順便洗一下運動鞋吧。

シーツが汚(きたな)くなったから取(と)り換(か)えましょう。
床單都髒了，換條新的吧。

ごみを集(あつ)めよう。
把垃圾集中起來吧。

新聞やペットボトルは廃品回収に出します。
把報紙和寶特瓶拿出去資源回收。

台所から料理を運んでテーブルに並べました。
從廚房裡端出菜餚放到餐桌上。

食事が終わったらお皿を台所に持っていってください。
吃完飯後請將碗盤拿到廚房。

お皿を落として割ってしまいました。
我不小心把盤子摔破了。

私の部屋に棚を作ってくれました。
他在我的房間裡幫我做了一個置物架。

お風呂場をリフォームしたいです。
我想要改裝浴室。

ワイシャンのアイロンがけは面倒です。
熨燙衣服是件麻煩的事。

応接間の電球を取り換えてください。
請更換客廳裡的燈泡。

讀完包含抽象性與論理性的社論或評論等，約1000字左右的文章，測驗是否能夠掌握全文想表達的想法或意見。

理解內容／長文

考前要注意的事

作答流程 & 答題技巧

閱讀說明

先仔細閱讀考題說明

閱讀問題與內容

預估有 4 題

1 考試時建議先看提問及選項，再看文章。

2 提問一般用「～とは、どういう意味か？」（所謂…，是什麼意思呢？）、文章中的某詞彙的意思「□に入る言葉はどれか」（□要填入哪個字呢？）、作者的想法或文章內容「筆者が一番言いたいことはどんなことか」（作者最想說的是哪一件事？）的表達方式。

3 解題關鍵就在仔細閱讀有畫線及填空的句子的前後文，這裡經常會出現提示。

4 多次出現的詞彙，換句話說的表現方式也都是重點！表達作者的觀點、目的、主張的地方，常出現「べきだ、のではないか、とよい」等表現方式。

答題

選出正確答案

日本語能力試験（にほんごのうりょくしけん） ①

Track 15

次の文章を読んで、後の問いに対する答えとして最もよいものを、1・2・3・4から一つ選びなさい。

二十五年ほど前、高等学校の理科の教科内容が改定され、「理科Ⅰ」という教科が設立されることになった。ある教科書会社での教科書作りに協力しなければならない事情ができた。「理科Ⅰ」というのは、「物化生地」つまり物理学・化学・生物学・地学の四教科にこだわらずに、理科の全体像を掴（つか）むことを目的に考案された教科で、高等学校に進学した一年生の生徒すべてに課せられるものということだった。

理科全体と言っても、「理科Ⅰ」で扱うべきものとして、やはり上の四教科に関連した項目が、指導要領のなかで文部省（注）によって指定されている。たまたま私は物理学に関連する「慣性」という概念の説明の部分を受け持つことになった。私は次のような原案を造った。

「物体はいろいろな運動状態にあります。静止している、あるいは運動している。慣性というのは、そうした物体の持つ性質であって、外から力が加わらない限り、今の運動状態を続けようとする性質のことを言います」

大学の先生方を集めた編集委員会は通ったこの文章が、①社内の審査で引っかかった。「これではだめです」「どこがだめですか」「それがお判りになりませんか。それでは②理科教育の本質がわかっていないことになりますよ」そんなやり取りがあった。それでも私は判らなかった。読者は上の文章のどこが「だめ」かお判りですか。

会社の担当者の説明はこうだった。最後の文章の実質上の主語は「物体」である。それが受けている動詞は「続けようとする」である。そのなかの「う」というのは意志を表す助動詞である。「物体」が「意志」を持つ、というのはともすれば子供たちが抱きがちな非科学的な考え方で、理科教育の目的の一つは、そうした非科学的な考え方を子供たちの頭から追い出すことにある。上の文章は、その目的に真っ向から反している。そういうわけで問題の個所は「今の運動状態を続ける傾向を持つ」と修正されたのであった。

このエピソードに「科学」という知的営みの自己規定が最も鮮明に表現されている。つまり、科学とは、この世界に起こる現象の説明や記述から、「こころ」に関する用語を徹底的に排除する知的活動なのである。言い換えれば、「この世界のなかに起こるすべての現象を、ものの振舞(ふるま)いとして記述し説明しようとする」活動こそ科学なのである。

(村上陽一郎『科学の現在を問う』)

(注) 文部省：現在の文部科学省の前身となった省庁の一つ

58 筆者の原案が①社内の審査で引っかかったのはなぜか。

1 筆者の頭の中も実は非科学的だったから
2 筆者の記述が子供たちの誤解を招きかねないと思われたから
3 この説明では子供たちには難しすぎるから
4 筆者は会社の担当者がいう理科教育の目的に真っ向から反対したから

59 ここでいう②理科教育の本質の一つは何か。

1 子供たちが「物化生地」の四教科をバランスよく学び、理科の全体像を掴むこと
2 子供たちに「物化生地」の四教科の枠組みを超えた理科を学ばせること
3 子供たちが持っている自然界に対する誤った認識を正すこと
4 非科学的な考えを持った子供を学校から追い出すこと

60 最終段落にある「科学」の定義に一番近いものはどれか。

1 この世界に起こる現象や出来事は神によるのではないと証明すること
2 この世界に起こる現象や出来事を人間の力で解明すること
3 この世界に起こる現象や出来事を物質の働きとして説明すること
4 この世界に起こる現象や出来事を実験によって検証すること

翻譯與解題 ①

次の文章を読んで、後の問いに対する答えとして最もよいものを、1・2・3・4から一つ選びなさい。

二十五年ほど前、高等学校の理科の教科内容が改定され、「理科Ｉ」という教科が設立されることになった。ある教科書会社での教科書作りに協力しなければならない事情ができた。「理科Ｉ」というのは、「物化生地」つまり物理学・化学・生物学・地学の四教科にこだわらずに、理科の全体像を掴むことを目的に考案された教科で、高等学校に進学した一年生の生徒すべてに課せられるものということだった。

理科全体と言っても、「理科Ｉ」で扱うべきものとして、やはり上の四教科に関連した項目が、指導要領のなかで文部省(注)によって指定されている。たまたま私は物理学に関連する「慣性」という概念の説明の部分を受け持つことになった。私は次のような原案を造った。

「物体はいろいろな運動状態にあります。静止している、あるいは運動している。慣性というのは、そうした物体の持つ性質であって、外から力が加わらない限り、今の運動状態を続けようとする性質のことを言います」。

└文法詳見 P200

大学の先生方を集めた編集委員会は通ったこの文章が、①社内の審査で引っかかった。「これではだめです」「どこがだめですか」「それがお判りになりませんか。それでは②理科教育の本質がわかっていないことになりますよ」そんなやり取りがあった。それでも私は判らなかった。読者は上の文章のどこが「だめ」かお判りですか。

請閱讀下列文章，並從每題所給的 4 個選項（1・2・3・4）當中，選出最佳答案。

大約在 25 年前，高級中學的理科教材內容做了重新審定，制訂了「理科Ｉ」這門科目。出於某些緣由，我不得不協助某家教科書出版社製作教科書。所謂的「理科Ｉ」，就是物理、化學、生物、地球科學這 4 門課不分科授課，而是重新設計一門能夠縱覽理科全貌的整合性科目，並且規定升上高級中學一年級的所有學生都要修課。

高中理科設立「理科Ｉ」的目的是幫助學生掌握理科全貌。

理科的全貌這句話看似簡要，但文部省（注）仍在指導要領裡訂定了「理科Ｉ」應當授課的內容，亦即上述四門課程的相關科目。我恰巧負責解釋物理學裡的「慣性」概念。以下是我當初寫的原始教案：

指導要領關於「理科Ｉ」的內容是由文部省規定的。作者在一家出版社寫教科書時負責「慣性」的說明。

「物體處於各式各樣的運動狀態，比如靜止不動，或是正在運動。所謂的慣性，就是指物體的相關特性，亦即只要物體不受到外力，就能去維持現在的運動狀態。」

承上段，引用該說明的內容。

由幾位大學教授組成的編輯委員會審核通過了這段敘述，卻①在出版社社內部的審查中被打了回票。「不能這樣寫」、「哪裡不對了？」、「您不明白嗎？那麼表示您不了解②理科教育的本質喔」——我和出版社有了上述的對話。儘管如此，我還是不懂。讀者們知道上面那段敘述到底哪裡「不對」嗎？

承上段，這段內容卻遭到退稿。

翻譯與解題 ①

　会社の担当者の説明はこうだった。最後の文章の実質上の主語は「物体」である。それが受けている動詞は「続けようとする」である。そのなかの**「う」というのは意志を表す助動詞である。「物体」が「意志」を持つ、というのはともすれば子供たちが抱きがちな非科学的な考え方で、理科教育の目的の一つは、そうした非科学的な考え方を子供たちの頭から追い出すことにある。**上の文章は、その目的に真っ向から反している。そういうわけで問題の個所は「今の運動状態を続ける傾向を持つ」と修正されたのであった。

58題 關鍵句

59題 關鍵句

　このエピソードに「科学」という知的営みの自己規定が最も鮮明に表現されている。**つまり、科学とは、この世界に起こる現象の説明や記述から、「こころ」に関する用語を徹底的に排除する知的活動なのである。言い換えれば、「この世界のなかに起こるすべての現象を、ものの振舞いとして記述し説明しようとする」活動こそ科学なのである。**

60題 關鍵句

（村上陽一郎『科学の現在を問う』）

（注）文部省：現在の文部科学省の前身となった省庁の一つ

- □ 改定　重新審定（法律等）
- □ 設立　設立（新制度等）
- □ こだわる　拘泥
- □ 全体像　全貌
- □ 掴む　掌握
- □ 考案　設計
- □ 課す　受（教育等）義務
- □ 指導要領　指導要領
- □ 概念　概念
- □ 受け持つ　擔負責任
- □ 原案　草案
- □ 物体　物體
- □ 静止　靜止
- □ 審査　審査
- □ 引っかかる　受阻，卡關
- □ 本質　本質
- □ 実質　實質
- □ ともすれば　或許，說不定

出版社承辦人員的說明如下：最後一句實際上的主語是「物體」，其動詞是「去維持」。這當中的「去」是表示意志的助動詞。「物體」擁有「意志」，這是孩子們容易發生的非科學性思考方式，而理科教育的目的之一，就是要將這種非科學性的思考方式趕出孩子們的腦袋之外。上面的敘述則和這個目的背道而馳。因此，有問題的部分最後被修正為「就有維持現在的運動狀態的傾向」。

> 退稿的理由是原文敘述有非科學性思考，恐怕會誤導學生，有違理科教育的設立目的所以需要修正。

這段插曲最能鮮明地展現「科學」這個知識行為的自我定義。也就是說，科學即是一種知識性活動，從針對世間現象的說明或記述當中，徹底排除和「心靈」相關的用語。換句話說，「將世上發生的所有現象，都當成是事物的舉動，進而予以記述說明」的活動，才是真正的科學。

> 結論。作者表示科學是將所有現象都解釋為事物的作用的一門學問。

（村上陽一郎《試問今日的科學》）

（注）文部省：省廳之一，現今文部科學省的前身

- □ 真っ向（まっこう）から　全面地，根本地
- □ エピソード【episode】　插曲，小故事
- □ 規定（きてい）　規則；定義
- □ 鮮明（せんめい）　鮮明
- □ 徹底的（てっていてき）　徹底
- □ 振舞（ふるま）い　舉動，舉止
- □ 誤解（ごかい）を招（まね）く　招來誤解
- □ 枠組（わくぐ）み　框架，結構
- □ 認識（にんしき）　認識，理解
- □ 正（ただ）す　糾正
- □ 検証（けんしょう）　驗證

Answer **2**

58 筆者の原案が①<u>社内の審査で引っかかった</u>のはなぜか。

1 筆者の頭の中も実は非科学的だったから
2 筆者の記述が子供たちの誤解を招きかねないと思われたから
└文法詳見 P200
3 この説明では子供たちには難しすぎるから
4 筆者は会社の担当者がいう理科教育の目的に真っ向から反対したから

58 作者的原始教案為什麼會①<u>在出版社社內部的審查中被打了回票</u>呢？

1 因為作者的頭腦其實也是非科學性的
2 因為作者的敘述被認為容易造成孩子們的誤解
3 因為這個說明對孩子們而言太困難了
4 因為作者徹底反對出版社承辦人所說的理科教育目的

題型分析

這道題目是一個「原因理解題」，要求考生從文中抽取筆者原始教案，在社內審查中遭到挑戰的原因。

解題思路

1. 精讀相關部分：仔細閱讀提到原始教案引起問題的段落。
2. 識別問題點：找出具體是哪一部分的描述導致了審查中的問題。
3. 匹配選項：將文中指出的問題原因，與4個選項進行比對，選出最符合文中說明的答案。
4. 排除不相關：排除那些與文中指出的問題原因不相關，或不直接導致問題的選項。

延伸分類單字

文書、出版物 / 文章文書、出版物

01 | うつし【写し】

他五 拍照，攝影；抄本，摹本，複製品

例文

住民票の写しを持参する。

帶上戶籍謄本影本。

02 | うわがき【上書き】

名 寫在（信件等）上（的文字）；（電腦用語）數據覆蓋

例文

荷物の上書きを確かめる。

核對貨物上的收件人姓名及地址。

解題攻略

選項1 提出了一種可能性，即作者自身的思考方式可能受到非科學的影響。然而，文章的核心並非在於質疑作者的科學理解能力，而是在於如何通過文字準確地傳達科學概念，避免造成誤解。

選項2 直接反映了文章中提出的主要問題，即筆者的描述方式可能導致孩子們產生物體具有意志這一非科學的誤解。這一點核心體現了科學教育的挑戰之一：如何以科學的方式表達概念，同時避免非科學的人格化解釋。

選項3 談到了關於教材難易度的考量，儘管確保教育內容適合學生的認知水準是重要的，但在本文的脈絡中，這不是導致筆者的原始教案被批評的原因。

選項4 關注於筆者是否直接反對了出版社承辦人，提出的理科教育目標。然而，文章中的批評焦點在於，筆者的表達方式可能不符合科學教育的精神，而非筆者對教育目標的直接反對。

這一題考的是劃線部分的原因。從段落主旨來看，關於這部分的解釋是在第5段，可以從這個段落找出答案。

補充文法

かねる

難以…、不能…、不便…

（接續）

{動詞ます形}＋かねる

（例文）

その案（あん）には、賛成（さんせい）しかねます。

那個案子我無法贊成。

Answer 3

59 ここでいう②理科教育の本質の一つは何か。

1 子供たちが「物化生地」の四教科をバランスよく学び、理科の全体像を掴むこと

2 子供たちに「物化生地」の四教科の枠組みを超えた理科を学ばせること

3 子供たちが持っている自然界に対する誤った認識を正すこと

4 非科学的な考えを持った子供を学校から追い出すこ

59 這裡所說的②理科教育的本質之一是什麼呢？

1 讓孩子們均衡地學習「物化生地」4 個科目，掌握理科的全貌

2 讓孩子們學習超越「物化生地」4 個科目框架的理科

3 糾正孩子們對自然界抱持的不正確認識

4 將抱持非科學性思考的孩子從學校趕出去

題型分析

這道題目是一個「概念理解題」，要求考生從文中確定理科教育的本質之一是什麼。

解題思路

1. **理解文意：**特別關注提及理科教育本質的部分，了解其重點目標或理念。
2. **識別關鍵描述：**找出文中直接或間接說明理科教育本質的句子。
3. **選項對照：**將文中的關鍵信息與選項進行對照，選出最符合文意的答案。
4. **排除不符：**排除與文中描述不相匹配的選項。

延伸分類單字

教育、学習 / 教育、學習

01 | いくせい【育成】

名・他サ 培養，培育，扶植，扶育

例文

エンジニアを育成する。

培育工程師。

02 | がくせつ【学説】

名 學說

例文

学説を立てる。

建立學說。

解題攻略

選項1 談到了孩子們均衡學習物理、化學、生物、地理4門科學的重要性。儘管這是科學教育的一部分，文章的重點在於如何準確傳達科學概念，避免非科學的理解，而非學習的均衡性。

選項2 提到了超越4門基本科學學科架構的學習，這與“理科Ⅰ”的開發初衷相關，旨在提供一個全面理解科學的平台。然而，這不直接對應到文章討論的科學教育的本質問題。

選項3 直接反映了文章的核心訊息，即科學教育的一個關鍵目標是糾正孩子們的非科學思考方式。這一點在文中通過“慣性”概念的説明，被誤解為物體具有意志這一例子中得到了充分體現。

選項4 提出了一個極端的解決非科學思考方式的方法，即將持有這種思考方式的孩子從學校中排除。這與科學教育旨在，通過教育改變思考方式的目的相去甚遠，並不符合文章所述的理科教育的本質。

這一題問的是劃線部分的內容。為了節省時間，可以用刪去法來作答。

延伸慣用語

- **疑問に思う** ／感到疑惑
- **頭を抱える** ／感到困惑或焦慮
- **揚げ足を取る** ／抓住小錯誤不放
- **足を洗う** ／改邪歸正，停止某種不良行為
- **気が遠くなる** ／感到遙不可及，極度驚訝或疲憊
- **目を背ける** ／故意避開視線，不去看某些事物
- **腰を折る** ／中斷進行中的事，或使人氣餒

翻譯與解題 ①

Answer **3**

60 最終段落(さいしゅうだんらく)にある「科学(かがく)」の定義(ていぎ)に一番近(いちばんちか)いものはどれか。

1 この世界(せかい)に起(お)こる現象(げんしょう)や出来事(できごと)は神(かみ)によるのではないと証明(しょうめい)すること
2 この世界(せかい)に起(お)こる現象(げんしょう)や出来事(できごと)を人間(にんげん)の力(ちから)で解明(かいめい)すること
3 この世界(せかい)に起(お)こる現象(げんしょう)や出来事(できごと)を物質(ぶっしつ)の働(はたら)きとして説明(せつめい)すること
4 この世界(せかい)に起(お)こる現象(げんしょう)や出来事(できごと)を実験(じっけん)によって検証(けんしょう)すること

60 下列何者和最後一段的「科學」定義最為相近？

1 證明世上發生的現象或事件都不是由神創造的
2 以人類的力量解釋世上發生的現象或事件
3 以物質的作用說明世上發生的現象或事件
4 透過實驗來驗證世上發生的現象或事件

題型分析

道題目是一個「定義理解題」，旨在理解文中提到的「科学」的定義。

解題思路

1. 回顧最終段落：仔細閱讀最終段落中關於「科学」定義的描述。
2. 抽取核心定義：識別出描述「科学」本質或定義的關鍵句子。
3. 比較選項與定義：將選項與文中的「科学」定義進行對比，確定哪個選項最貼近文中的說明。
4. 排除不匹配：排除那些與文中定義不相匹配的選項。如偏離了文中對科學活動的核心描述，或缺乏文中強調的從描述中排除「心」的要素。

- □ 根拠(こんきょ) 根據
- □ 根底(こんてい) 根底，基礎
- □ 根本(こんぽん) 根本，根源，基礎
- □ 真相(しんそう) （事件的）真相
- □ 直感(ちょっかん) 直覺；直接觀察到
- □ 断言(だんげん) 斷言，斷定，肯定
- □ 断然(だんぜん) 斷然；顯然；堅決
- □ 模索(もさく) 摸索；探尋
- □ 論理(ろんり) 邏輯；道理，規律
- □ 察(さっ)する 推測，觀察，判斷
- □ 錯誤(さくご) 錯誤
- □ 改訂(かいてい) 修訂

解題攻略

這一題考的是科學定義。題目已經提示了「最後一段」，所以可以從文章的最後一段找線索、再用刪去法作答。

選項1 將科學定義為證明世界現象不是由神所造。這個觀點雖然觸及了科學與宗教間的某些歷史辯論，但並不貼切地反映文章中所描述的科學定義。

選項2 強調了人類解釋世界現象的能力。雖然科學確實依賴於人類的智慧和方法，但這個選項沒有捕捉到科學活動中，排除非科學思考方式的核心目的。

選項3 準確地概括了文章中對科學的描述，即科學是試圖以物質行為的方式來說明和記述這個世界上的各種現象。這與文章最後一段中的闡述完全相符，強調了科學企圖用完全去人化的方式來理解自然界。

選項4 聚焦於科學通過實驗來檢驗世界現象的做法。儘管實驗是科學研究的一個重要方面，但這並不全面地體現了文章對科學的定義，特別是在去除非科學思考的語境中。

□ 概念（がいねん）（哲）概念；概念的理解
□ 概説（がいせつ） 概説，概述，概論
□ 箇条書き（かじょうがき） 逐條地寫，列舉
□ コメント【comment】解說，評語，註釋
□ 読者（どくしゃ） 讀者
□ 盲点（もうてん）（眼球中的）盲點；漏洞
□ ごもっとも 對，正確，肯定
□ 見地（けんち） 觀點，立場；勘查土地

重要文法

【動詞否定形】+ないかぎり。表示只要某狀態不發生變化，結果就不會有變化。含有如果狀態發生變化了，結果也會有變化的可能性。

❶ ない限り 除非…，否則就…、只要不…，就…

例句 しっかり練習しないかぎり、優勝はできません。

要是沒紮實做練習，就沒辦法獲勝。

【動詞ます形】+かねない。「かねない」是接尾詞「かねる」的否定形。表示有這種可能性或危險性。有時用在主體道德意識薄弱，或自我克制能力差等原因，而有可能做出異於常人的某種事情。一般用在負面的評價。

❷ かねない

很可能…、也許會…、說不定將會…

例句 あんなにスピードを出しては事故も起こしかねない。

開那麼快，很可能會發生事故。

小知識大補帖

▶ **一個漢字的サ行變格動詞**

動　詞	意　思
愛する	愛、喜愛
応じる／応ずる	接受；答應；按照
害する	有害；危害；殺害
感じる／感ずる	感覺；反應
禁じる／禁ずる	禁止；控制
察する	推察；體諒
称する	稱為
信じる／信ずる	相信
煎じる／煎ずる	煎；熬；煮
託する	託付；藉口；寄託

達する	到達；完成
罰する	責罰、處分；判罪
反する	違反；反對
封じる／封ずる	封；封鎖
訳する	翻譯；解釋
略する	省略；攻取
論じる／論ずる	討論；論述

漢字２字の名詞は、「する」を付けてサ行変格動詞にすることができるものが多くありますが、漢字１字に「する」が付くサ行変格動詞は数が限られています。これらの中で、「する」なしで漢字１字だけで名詞として使えるものは多くありません。

有很多由兩個漢字所組成的名詞，可以在後面接上「する」，變成サ行變格動詞。不過由一個漢字接上「する」的サ行變格動詞卻為數不多。在這些動詞當中，拿掉「する」後還能當成名詞來使用的一字漢字也很少。

漢字１字のサ行変格動詞のうち、「愛する」「訳する」など一部の動詞は、活用が五段活用的に変化しています。また、「する」のはずが「しる」に変化し、両方使われている場合もあります。そういった動詞では、一般に「～しる」の形の方が口語的で、「～する」の形の方が文語的なのですが、「～しる」は一般に活用が上一段化しています。

在一個漢字的サ行變格動詞當中，有一部分的動詞，像是「愛する」、「訳する」等，其活用類似於五段動詞的變化。此外，有時候「する」會變成「しる」，或是兩者皆可。像這樣的動詞，通常「～しる」的形式偏向口語，「～する」的形式則是用於文章體，而「～しる」一般來說活用是上一段化。

日本語の動詞の活用は、昔はもっと種類が多く、変格活用する動詞もたくさんありましたが、だんだん単純化してきました。それを考えると、いつかサ行変格動詞がなくなるということも、あるのかもしれませんね。

過去的日語動詞活用種類更多。以前雖然有很多變格活用動詞，但已逐漸簡化。由此看來，サ行變格動詞或許某一天也會消失呢！

常用的表達關鍵句

＊{ } 內也可自行帶入其他詞彙喔！

01 下定義關鍵句

→ {5G} とは {「第 5 世代移動通信システム」のことです} ／所謂 { 5G } 指的是 { 第 5 代行動通訊網路 }。

→ {ダルマ} というのは／所謂的 { 達摩 }。

→ {あれこれと必要のない心配をすること} を {杞憂} という／ { 為各種不必要的事擔憂 } 就叫做 { 杞人憂天 }。

→ {夏時間} は {以下の} のように定義される／ { 夏令時間 } 的定義 { 如下 }。

→ {現像} というものは／所謂的 { 顯影 }。

02 表示換個說法關鍵句

→ {父の姉の娘} つまり {わたしのいとこが美人で悩んでいます} ／ { 爸爸的姊姊的女兒 } 也就是 { 我的表姊，人長得太美了，真叫人憂心 }。

→ {イルカは、母乳を子どもに与える} すなわち {イルカは哺乳類なのだ} ／ { 海豚會以母乳餵食孩子 } 亦即 { 海豚是哺乳類 }。

→ {串 3 本は} 言い換えれば {団子 12 個一気食いだ} ／ { 3 串 } 也就是說 { 一口氣吃了 12 個糯米糰子 }。

→ {君のいない生活は} 言ってみれば {ミルクを入れないコーヒーだ} ／ { 沒有你的生活 } 可以說是 { 沒有加牛奶的黑咖啡 }。

→ {彼は自分の都合ばかり優先して、他人の都合を考えない} 要するに {自己中心的だ} ／ { 他總是不顧他人，以自己方便為優先 } 簡而言之 { 就是很自我中心的人 }。

→ {怒りっぽい人もいれば泣き虫な人もいる} 要は {色々な人間がいるということです} ／ { 有人愛生氣，也有人愛哭 } 總而言之 { 一種米養百種人，各式各樣的人都有 }。

→ {妻は丸顔の目がぱっちり} 一言で言うと {可愛い} ／ { 妻子有一張圓臉和一雙大眼睛 } 一言以蔽之就是 { 很可愛 }。

情境記單字

▸情境	▸▸▸單字	
物(もの)、物質(ぶっしつ) 物、物質	□ 分子(ぶんし)	(理・化・數)分子；…份子
	□ 化合(かごう)	(化)化合
	□ 沸騰(ふっとう)	沸騰；群情激昂，情緒高漲
	□ 飽和(ほうわ)	(理)飽和；最大限度，極限
	□ 酸化(さんか)	(化)氧化
	□ 結晶(けっしょう)	結晶；(事物的)成果，結晶
	□ 中和(ちゅうわ)	中正溫和；(理，化)中和，平衡
	□ 沈澱(ちんでん)	沈澱
	□ 結合(けつごう)	結合；黏接
	□ 合成(ごうせい)	(由兩種以上的東西合成)合成(一個東西)；(化)(元素或化合物)合成(化合物)
	□ 蒸留(じょうりゅう)	蒸餾

エネルギー、燃料(ねんりょう) 能源、燃料	□ 原爆(げんばく)	原子彈
	□ 原油(げんゆ)	原油
	□ ソーラーシステム【solar system】	太陽系；太陽能發電設備
	□ 動力(どうりょく)	動力，原動力
	□ 良質(りょうしつ)	質量良好，上等
	□ 作用(さよう)	作用；起作用
	□ 点火(てんか)	點火
	□ 燃焼(ねんしょう)	燃燒；竭盡全力
	□ 反射(はんしゃ)	(光、電波等)折射，反射；(生理上的)反射(機能)
	□ 爆破(ばくは)	爆破，炸毀
	□ 放射(ほうしゃ)	放射，輻射
	□ 放出(ほうしゅつ)	放出，排出，噴出；(政府)發放，投放

日本語能力試験 ②

Track 16

次の文章を読んで、後の問いに対する答えとして、最も良いものを１・２・３・４から一つ選びなさい。

江戸っ子だから「恨みっこ、なし！」で育ったが、一度だけ（何の恨みもないのに）①世間がねたましく（注１）狂いそうになったことがある。

今から19年前の91年11月７日の朝。脳卒中（のうそっちゅう）（注２）で倒れ三日三晩の昏睡から、やっと目覚めた。

何が起こったのか？　家族が勢ぞろいしている理由が分からない。右半身まひ、言語障害でしゃべれないことにも気づかなかった。

１週間ぐらいたって、やっと②「ただならぬ事態」に気づく。何もしゃべれない姿を見た知人は病室を出ると「ヤツもこれでおしまいだ」とつぶやいた。上司からは「サンデー毎日の編集長を辞めてもらう！」と通告された。

会社もクビになるのか？坂道を転げ落ちたような気分だった。

せめて話せたら……せめて、車椅子で会社に行ければ……泣いた。周囲の「五体満足の姿」がねたましく思えた。生きる目的も、夢もなくなった。

職場で「下」になる。親戚の中でも「下」になってしまう。収入も「下」？「下」という価値観にとらわれた。

多分、うつ病（注3）にかかったのだろう。③一時は自殺まで考えた。

まあ、監獄に入ったり、重病になったりすれば、狂いそうになってもおかしくないが……国が「下」の症候群になると始末が悪い。経済で中国に抜かれ、外交戦略は世界から無視され、借金地獄の国家財政、人口も減る……高度成長を成し遂げた「豊かなはずの日本人」（特に組織の歯車として闘った企業戦士）が「これまで、俺は何をしていたのか？」という虚脱感に襲われる。

目的も夢もなくなった「下の国」？今、日本はそんな気分なのだろう。

日本の近代化を描いた司馬遼太郎さんの「坂の上の雲」が一大ブームになっている。でも、これも「下の国」症候群の裏返しではないのか？

日清・日露戦争を連戦連勝して「坂」を上り詰めた明治の日本人を人々は羨望する。個人より国が大事な明治だから！と素直に評価し、その裏側で「これからの日本は？」と悲観する。

でも、歴史は登山と下山の繰り返し。第二次世界大戦の敗戦で「下」に落ちた日本は戦後、経済大国になったじゃないか。

「下の国」症候群はうつ病の一種だろう。慌てて、歴史ドラマのナショナリズムに逃げ込むことはない。しばらくは……坂の「下」の雲も良い眺めではないか？

（『牧太郎の大きな声では言えないが…：坂の「下」の雲』）

（注１）ねたましい：うらやましくて憎らしい
（注２）脳卒中：脳の血管障害により、急に倒れ、運動や言語などが不自由になる症状
（注３）うつ病：精神病の一つで、絶望感・不安などにとらわれる

59 ①世間がねたましく狂いそうになったことがあるとあるが、なぜそうなったのか。

1 江戸っ子なので、恨みたくても特定の相手を恨むことはできないから
2 坂道を転げ落ちたせいで脳卒中になり、倒れたから
3 不運に遭(あ)ったのは自分だけで、ほかの人は今まで通りピンピンして元気だから
4 職場でも、親戚の中でも、収入も、「下」になったから

60 ここでの②「ただならぬ事態」とはどんなことだと考えられるか。

1 体が動かない上、周囲の人にも見捨てられてしまったこと
2 世間がねたましく狂いそうな状態にあること
3 体が不自由になり、仕事も今まで通りにはできそうにないこと
4 脳卒中で倒れて、回復の見込みがないと医者に言われたこと

61 ③一時は自殺まで考えたのはなぜか。

1 重病になるのは、監獄に入っているようなものだと思ったから

2 何においても自分は人より「下」の立場にあるという考え方にとらわれたから

3 たとえ生きる目的や夢があっても、実現することはできないと考えたから

4 日本が「下」の国になってしまい、虚脱感に襲われたから

62 筆者の考え方に最も近いのはどれか。

1 明治時代のように、個人より国家を大事にしなければ、国家は成長を続けることができない。

2 戦後の日本が成長できなかったのは、ナショナリズムがなかったせいである。

3 歴史の流れからすると、「下の国」になった日本がもう一度輝かしい時代を取り戻すのは困難だ。

4 一国の歴史には起伏があるから、停滞している日本の現状を悲観しすぎる必要はない。

翻譯與解題 ②

次の文章を読んで、後の問いに対する答えとして、最も良いものを1・2・3・4から一つ選びなさい。

江戸っ子だから「恨みっこ、なし！」で育ったが、一度だけ（何の恨みもないのに）①世間がねたましく（注1）狂いそうになったことがある。

今から19年前の91年11月7日の朝。脳卒中（注2）で倒れ三日三晩の昏睡から、やっと目覚めた。

何が起こったのか？家族が勢ぞろいしている理由が分からない。**右半身まひ、言語障害でしゃべれないことにも気づかなかった。**

60題
關鍵句

1週間ぐらいたって、やっと②「ただならぬ事態」に気づく。何もしゃべれない姿を見た知人は病室を出ると「ヤツもこれでおしまいだ」とつぶやいた。上司からは「サンデー毎日の編集長を辞めてもらう！」と通告された。

会社もクビになるのか？　坂道を転げ落ちたような気分だった。

せめて話せたら……せめて、車椅子で会社に行ければ……泣いた。**周囲の「五体満足の姿」がねたましく思えた。生きる目的も、夢もなくなった。**

59題
關鍵句

職場で「下」になる。親戚の中でも「下」になってしまう。収入も「下」？「下」という価値観にとらわれた。

61題
關鍵句

多分、うつ病（注3）にかかったのだろう。③一時は自殺まで考えた。

まあ、監獄に入ったり、重病になったりすれば、狂いそうになってもおかしくないが……国が「下」の症候群になると始末が悪い。経済で中国に抜かれ、外交戦略は世界から無視され、借金地獄の国家財政、人口も減る……高度成長を成し

請閱讀下列文章，並從每題所給的4個選項（1・2・3・4）當中，選出最佳答案。

我是個道地的江戶人，從小就被灌輸「不能怨恨別人！」的觀念，不過只有一次（分明沒什麼仇）曾經①憤世嫉俗（注1）得快要發瘋的經驗。

作者指出自己曾一度憤世嫉俗到快發瘋的地步。

事情發生在距今19年前，1991年11月7日的早上。我因腦溢血（注2）而病倒，昏睡了3天3夜才終於醒來。

到底發生什麼事了？我不明白為何全家人都湊在我的面前。連自己右半身癱瘓、語言障礙導致無法説話這些狀況都沒發現。

大概過了一個禮拜，我終於發現到②「事態非同小可」。前來探病的親友看到我沒辦法開口説話的樣子，在離開病房後嘟噥著「那傢伙已經完了」；上司則是告知我「你離開SUNDAY每日的總編位置吧！」

連公司都要炒我魷魚嗎？我的心情就像是從坡道上滾落下去一樣。

我哭了……若是至少能説話就好了……如果至少能坐輪椅上班就好了……。我開始恨起周遭人「四肢健全的模樣」。我失去了人生的目標和夢想。

我在職場上掉到「下位」，在親友戚中也掉到「下位」，連收入都變成「下位」了嗎？我陷入「下位」的價值觀當中。

承接上一段。憤世嫉俗的原因是因為他突然腦溢血，跌落人生谷底的他覺得自己什麼都居下位，嫉妒他人，萬念俱灰，甚至還想尋死。

我猜當時大概得了憂鬱症（注3）吧？③有段時間甚至還產生了自殺的念頭。

這也難怪，當人們入監服刑或是身患重症的時候，幾乎要發瘋也不是什麼奇怪的事。……不過，假如國家罹患了「下位」症候群，可就難以收拾了。日本在

話題轉到國家上，作者指出如果國家也陷入這種「下位」的悲觀想法就不妙了。

遂げた「豊かなはずの日本人」（特に組織の歯車として闘った企業戦士）が「これまで、俺は何をしていたのか？」という虚脱感に襲われる。

目的も夢もなくなった「下の国」？今、日本はそんな気分なのだろう。

日本の近代化を描いた司馬遼太郎さんの「坂の上の雲」が一大ブームになっている。でも、これも「下の国」症候群の裏返しではないのか？

日清・日露戦争を連戦連勝して「坂」を上り詰めた明治の日本人を人々は羨望する。個人より国が大事な明治だから！と素直に評価し、その裏側で「これからの日本は？」と悲観する。

でも、歴史は登山と下山の繰り返し。第二次世界大戦の敗戦で「下」に落ちた日本は戦後、経済大国になったじゃないか。

「下の国」症候群はうつ病の一種だろう。慌てて、歴史ドラマのナショナリズムに逃げ込むことはない。しばらくは……坂の「下」の雲も良い眺めではないか？

62題關鍵句

（『牧太郎の大きな声では言えないが…：坂の「下」の雲』）

（注１）ねたましい：うらやましくて憎らしい
（注２）脳卒中：脳の血管障害により、急に倒れ、運動や言語などが不自由になる症状
（注３）うつ病：精神病の一つで、絶望感・不安などにとらわれる

- □ 江戸っ子　在江戸（現東京）土生土長的人
- □ ねたましい　感到嫉妒
- □ 脳卒中　腦溢血
- □ 昏睡　昏睡
- □ 勢ぞろい　齊聚一堂
- □ まひ　癱瘓，麻痺
- □ 言語障害　語言障礙
- □ ただならぬ　不尋常的，非一般的
- □ つぶやく　嘟噥，嘀咕
- □ 通告　告知
- □ 五体満足　四肢健全
- □ うつ病　憂鬱症
- □ 監獄　監獄
- □ 症候群　症候群
- □ 始末が悪い　難以處理
- □ 成し遂げる　完成
- □ 歯車　齒輪
- □ 虚脱感に襲われる　虚脱感襲來

經濟上被中國超越，在外交戰略上又被國際忽視，國家財政陷入欠債地獄，人口也日漸減少……。曾經達成經濟高度成長而「應該很富裕的日本人」（特別是身為組織的螺絲釘而奮鬥不懈的企業戰士）如今遭到「長久以來，我到底做了些什麼？」的無力感重重打擊。

失去目標和夢想的「下位國」？現在的日本就是這種心情吧。

近來，司馬遼太郎先生描寫日本近代化的《坂上之雲》正在狂銷熱賣。不過，反過來説，這不也是「下位國」症候群嗎？

以暢銷書「坂上之雲」一書點出日本人既羨慕明治時期的光輝，又擔憂日本的未來。

現代人個個羨慕明治時期的日本人在日清與日俄戰爭中連戰連勝，攀上「坡道」的榮光，並且由衷讚嘆：「畢竟那是國家比個人更重要的明治時期哪！」但一方面他們又感到悲觀：「那麼，往後的日本該何去何從呢？」。

不過，歷史就是反覆的爬山和下山。日本在第二次世界大戰中戰敗而掉到「下位」，在戰爭結束候不是成了經濟大國嗎？

「下位國」症候群算是一種憂鬱症吧？大家犯不著慌慌張張地逃進歷史劇的民族主義當中。讓我們暫且欣賞……坡道「下方」的雲朵，也挺賞心悦目呀，不是嗎？

歷史必有興衰起落，作者以此勉勵讀者不用為了國家走下坡一事而心慌。

（《牧太郎的悄悄話……：坡道「下方」的雲朵》）

（注１）憤世嫉俗：痛恨社會世態
（注２）腦溢血：由腦部的血管障礙所引起的症狀，會突然倒下，無法自由運動、説話等等
（注３）憂鬱症：精神疾病的一種，會陷於絕望感、不安等等

□ ブーム【boom】 風潮，熱潮
□ 裏返し（うらがえし） 反過來，表裡相反
□ 上り詰める（のぼりつめる） 爬到頂峰
□ 羨望（けんぼう） 羨慕
□ 悲観（ひかん） 悲觀
□ ナショナリズム【nationalism】 民族主義，國家主義
□ ピンピン 健壯貌
□ 見捨てる（みすてる） 棄而不顧
□ 見込み（みこみ） 希望，可能性
□ とらわれる 被俘，被逮捕
□ 輝かしい（かがやかしい） 輝煌，光輝
□ 起伏（きふく） 盛衰，起落
□ 停滞（ていたい） 停滯，停頓

Answer **3**

59 ①世間がねたましく狂いそうになったことがあるとあるが、なぜそうなったのか。

1 江戸っ子なので、恨みたくても特定の相手を恨むことはできないから
2 坂道を転げ落ちたせいで脳卒中になり、倒れたから
3 不運に遭ったのは自分だけで、ほかの人は今まで通りピンピンして元気だから
4 職場でも、親戚の中でも、収入も、「下」になったから

59 文中提到①憤世嫉俗得快要發瘋的經驗，為什麼會變成這樣呢？

1 因為是道地的江戶人，即使想怨恨也無法怨恨特定的對象
2 因為從坡道上滾下，造成腦溢血而病倒
3 因為遭受不幸的只有自己，其他人都和以往一樣活得好好的
4 因為在職場上、在親戚中，以及收入，全都變成「下位」

題型分析

這道題目是一個「原因推斷題」，要求考生從文中確定為何筆者會感到世間對他來說變得嫉妒並瘋狂。

解題思路

1. **精讀相關描述：**關注描述筆者為何感到世間令其嫉妒瘋狂的段落。
2. **確定原因：**找出文中明確提及導致筆者感到嫉妒瘋狂的原因。
3. **選項對照：**將4個選項與文中的原因進行比較，選出最符合原因的答案。
4. **排除不相關：**排除那些與文中提及原因不相關的選項。

延伸分類單字

意志 / 意志

01 いと【意図】

名・他サ 心意，主意，企圖，打算

例文

意図を隠す。

隱瞞企圖。

02 しゅどう【主導】

名・他サ 主導；主動

例文

主導性を発揮する。

發揮主導性。

解題攻略

選項1 探討了道地江戶人的心理特徵，即使在遭遇不幸時也不輕易抱持怨恨之心。然而，文章的焦點在於個人因自身的困境而感到的絕望和對周圍人群的羨慕和嫉妒，而非對特定對象的恨意。

選項2 提到了腦溢血中風和身體下坡的比喻，但文章中描述的「狂いそうになった」（快要發瘋）原因，並非直接因為腦溢血中風本身，而是因為由此導致的身心狀態和社會地位的變化。

選項3 直接反映了文章的核心情感。作者因病變成無法言語、半身不遂的狀態下，對於周圍人的健康狀態感到羨慕和嫉妒，正是引起他「ねたましく狂いそうになった」（憤世嫉俗）的原因。

選項4 雖然確實觸及了作者在職場、家庭及經濟方面感到自己“下降”的心理，但這並非導致作者“狂いそうになった”直接原因。文中的核心在於作者對健康狀態的絕望，而非純粹的社會地位或經濟收入的比較。

這一題考的是劃線部分的原因，劃線部分在第一段。第一段很短，主要是用劃線部分這句話當開頭引出下面的話題。所以可以從這一段之後的內容來找答案。

延伸慣用語

- **八つ当たりをする** ／發泄怒氣
- **口が悪い** ／説話刻薄
- **腹が立つ** ／感到生氣或憤怒
- **目には目を** ／以牙還牙，以眼還眼
- **大きな顔をする** ／擺出大人物的樣子
- **鼻で笑う** ／輕視或不屑一顧

Answer 3

60 ここでの②「ただならぬ事態」とはどんなことだと考えられるか。

1 体が動かない上、周囲の人にも見捨てられてしまったこと
文法詳見 P220

2 世間がねたましく狂いそうな状態にあること

3 体が不自由になり、仕事も今まで通りにはできそうにないこと

4 脳卒中で倒れて、回復の見込みがないと医者に言われたこと

60 文中提到②「事態非同小可」可以想見是哪種事態呢？

1 不僅身體動不了，還被周遭的人棄而不顧

2 處於憤世嫉俗而快要發瘋的狀態

3 手腳變得不方便，也無法像以往一樣工作

4 因腦溢血而病倒，醫生告知無法康復

題型分析

這道題目是一個「狀態推斷題」，要求考生從文中確定「ただならぬ事態」（事態非同小可）指的是什麼情況。

解題思路

1. **理解文意**：專注於文中提及「ただならぬ事態」的部分，了解其上下文。
2. **確定狀態**：找出文中關於這一「狀態」的描述或暗示。
3. **選項比對**：將文中描述的情況與選項進行對照，選出最符合的解釋。
4. **排除不相關**：排除那些與文中描述的狀態不相匹配的選項。

解題攻略

選項1 側重於人際關係的疏遠，但文章中更多強調的是作者對自己身體狀況和職業前景的認識。

選項2 雖然觸及了作者因身體狀況，而對世間的嫉妒和不滿，但這並非「ただならぬ事態」（事態非同小可）直接的描述，而是由該情況引發的心理狀態。

選項3 準確地捕捉了文章中描述的「ただならぬ事態」的本質，即作者在經歷腦溢血中風後，面臨的手腳不便以及職業生涯的不確定性。這段描述不僅涵蓋了作者身體的癱瘓和語言障礙，還間接提到了職業上的挑戰和未來的不確定性。

選項4 提出了一個具體的醫學判斷，即回復無望的診斷，這在文章中並未明確提及，因此與「ただならぬ事態」的描述不匹配。

補充文法

うえで（の）

在…之後、…以後…、之後（再）…

（接續）

{名詞の；動詞た形}＋上で（の）

（例文）

土地を買った上で、建てる家を設計しましょう。

買了土地以後，再來設計房子吧。

 2

61 ③一時は自殺まで考えたのはなぜか。

1 重病になるのは、監獄に入っているようなものだと思ったから
2 何においても自分は人より「下」の立場にあるという考え方にとらわれたから
3 たとえ生きる目的や夢があっても、実現することはできないと考えたから
4 日本が「下」の国になってしまい、虚脱感に襲われたから

61 為什麼作者③有段時間甚至還產生了自殺的念頭呢？

1 因為覺得罹患重病就像是入監服刑一樣
2 因為對任何事情的思考模式都是自己比別人居於「下位」
3 因為覺得就算有人生的目標和夢想，也無法實現
4 因為日本變成「下位」國家，受到無力感的重重打擊

題型分析

這道題目是一個「原因理解題」，要求考生確定為何筆者一度考慮到了自殺。

解題思路

1. **回顧相關描述**：專注於文中提及筆者考慮自殺的部分，了解其上下文。
2. **識別原因**：找出文中直接或間接指出筆者考慮自殺的原因。
3. **選項比對**：將文中描述的原因與選項進行對比，選出最符合的原因。
4. **排除不相關**：排除那些與文中指出原因不相關的選項。

延伸分類單字

意志 / 意志

01 | いし【意思】

名 意思，想法，打算

例文

意思が通じる。

互相了解對方的意思。

02 | いどむ【挑む】

自他五 挑戰；找碴；打破紀錄，征服；挑逗，調情

例文

試合に挑む。

挑戰比賽。

解題攻略

選項1 提到的罹患重病與監獄的比喻，雖然在文章中被提及，但並非導致作者考慮自殺的直接原因。這個比喻更多是用來說明，遭遇重大不幸時人們可能會感到的困惑和無助。

選項2 準確反映了文章中描述的原因，即作者由於覺得自己在各方面都處於「下」的地位，這種感受導致了他對生活失去了希望。這種心理狀態是作者一度考慮自殺的主要原因，反映了當個人感覺自己在社會中的地位大幅下降時可能會產生的絕望感。

選項3 的描述並不完全準確，因為文章指出作者是因為完全失去了生活的目標和夢想，而非因為認為即使有目標和夢想也無法實現。

選項4 關注於國家層面的問題，雖然文章末尾有提及日本作為一個國家的處境，但這並非導致作者個人考慮自殺的原因。選項4更多涉及到文章中對社會和國家狀態的廣泛思考，而非作者個人的心理危機。

延伸慣用語

- **目に余る**／難以忍受，過分
- **気が重い**／感到沉重，心情沉悶
- **気に磨る**／放在心上，擔憂
- **気が気でない**／極度擔心，不安
- **気が引ける**／感到不好意思，有所顧忌
- **手に汗握る**／非常緊張或激動
- **腰が低い**／態度謙卑
- **腰が重い**／行動遲緩，不爽快
- **胸騒ぎをする**／預感不妙，不安的預感

 4

62 筆者の考え方に最も近いのはどれか。

1 明治時代のように、個人より国家を大事にしなければ、国家は成長を続けることができない。

2 戦後の日本が成長できなかったのは、ナショナリズムがなかったせいである。

3 歴史の流れからすると、「下の国」になった日本がもう一度輝かしい時代を取り戻すのは困難だ。

4 一国の歴史には起伏があるから、停滞している日本の現状を悲観しすぎる必要はない。

62 下列何者最接近作者想法？

1 如果不像明治時代一樣，比起個人更以國家為重，國家就無法持續成長。

2 戰後日本之所以無法成長，一切歸咎於缺乏民族主義。

3 從歷史的演變來看，成為「下位國」的日本要再挽回光輝時代是很困難的。

4 一個國家的歷史有盛有衰，所以沒必要對於日本停滯的現狀感到悲觀。

題型分析

這道題目是一個「觀點理解題」，要求考生從文中抽取筆者的觀點，並確定哪一個選項最接近筆者的想法。

解題思路

1. 整體理解：全面理解文中關於日本歷史、現狀以及筆者對此的看法。

2. 確定觀點：識別文中關於日本歷史的起伏、現狀評價及未來展望的關鍵描述。

3. 選項對照：將筆者的觀點與選項進行比較，找出最貼近筆者觀點的選項。

4. 排除法運用：排除與筆者描述的日本歷史觀和對當下評價不匹配的選項。

解題攻略

選項 1 不正確地反映了作者的觀點。文中確實提到了人們對明治時代的羨慕，以及那一代人將國家利益看得比個人更重要的情況，但作者本人並未表達認為這是日本現階段所必需的態度或方法。作者的討論更多是在反思日本當下的處境以及歷史的循環性，而不是提倡回到將國家利益置於個人之上的國家主義觀念。

選項 2 也不符合作者的觀點。事實上，作者在文中指出，即使在第二次世界大戰後日本成為了經濟大國，這說明了即便是在經歷了戰敗這樣的「下」階段後，日本仍然能夠實現顯著的成長和發展。作者沒有提到民族主義的缺失作為阻礙成長的因素。

選項 3 這一選項太過悲觀，與作者在文末提出的觀點不符。作者透過歷史的例子來說明，即使在達到低谷之後，國家也有機會再次上升，成為經濟大國。作者並沒有表達出一種對日本未來充滿絕望的態度，反而是提出一種更加平衡和有希望的視角來看待歷史和未來。

選項 4 最貼近作者的想法。文章中，作者透過歷史的觀點，提出了日本經歷起伏波動是正常且自然的歷史過程。特別是在討論到日本經濟和國際地位感受到壓力的情況下，作者提醒讀者，歷史是由起伏構成的，並暗示在逆境中也能找到積極的面向。

這一題問的是作者的想法，像這種詢問看法、意見的題目，為了節省時間，建議用刪去法作答。

延伸慣用語

- **長い目で見る**／從長遠角度來看待事情
- **根回しをする**／做好預備工作
- **腹が座る**／鎮定自若，有勇有謀
- **背水の陣**／背水一戰，形容處於絕境的奮戰
- **手を広げる**／擴大業務或活動範圍
- **手足となる**／成為助手或工具

重要文法

【名詞の；形容動詞詞幹な；［形容詞・動詞］普通形】＋上（に）。表示追加、補充同類的內容。也就是在本來就有的某種情況之外，另外還有比前面更甚的情況。

❶ 上（うえ）（に）

…而且…、不僅…，而且…、在…之上，又…

例句 この部屋（へや）は、眺（なが）めがいい上（うえ）に清潔（せいけつ）です。

這房子不僅景觀好，而且很乾淨。

小知識大補帖

▶【複合語】是什麼呢？──由幾個單字結合而成的語詞。

複合語（名詞）	單字組合	詞　性
山桜（やまざくら） 山櫻	山（やま）＋桜（さくら）	名詞＋名詞
消（け）しゴム 橡皮擦	消（け）す＋ゴム	動詞＋名詞
高値（たかね） 高價	高（たか）い＋値（ね）	形容詞＋名詞
人々（ひとびと） 人們	人（ひと）＋人（ひと）	同じ名詞を重ねる 重複同樣的名詞
竹（たけ）の子（こ） 竹筍	竹（たけ）＋の＋子（こ）	名詞＋助詞＋名詞
物語（ものがたり） 故事	物（もの）＋語（かた）る	名詞＋動詞
受（う）け取（と）り 收下	受（う）ける＋取（と）る	動詞＋動詞
遠（とお）まわり 繞道	遠（とお）い＋まわる	形容詞＋動詞

あしばや 足早 腳步快	あし　はや 足＋早い	名詞＋形容詞
とおあさ 遠浅 （海灘）平淺	とお　あさ 遠い＋浅い	形容詞＋形容詞

複合語（動詞）	單字組合	詞 性
ものがた 物語る 講、表明	もの　かた 物＋語る	名詞＋動詞
べんきょう 勉強する 讀書、用功	べんきょう 勉強＋する	名詞＋動詞
な　だ 投げ出す 扔出、拋棄	な　だ 投げる＋出す	動詞＋動詞
ちか よ 近寄る 靠近	ちか　よ 近い＋寄る	形容詞＋動詞

複合語（形容詞）	單字組合	詞 性
さけくさ 酒臭い 帶酒氣味的	さけ　くさ 酒＋臭い	名詞＋形容詞
ね ぐる 寝苦しい 難以入睡的	ね　くる 寝る＋苦しい	動詞＋形容詞
いた 痛がゆい 又痛又癢的	いた 痛い＋かゆい	形容詞＋形容詞
かるがる 軽々しい 草率的	かる　かる 軽い＋軽い	同じ形容詞を重ねる 重複同樣的形容詞

常用的表達關鍵句

＊{ } 內也可自行帶入其他詞彙喔！

01 表示引用關鍵句

→ {台北の医療観光もお薦めだ} と言います／說：「{ 台北的醫療旅遊也值得推薦 }」。

→ {早く話そう}（命令形）と言います・{もう食べるな}（禁止）と言います／說：「{ 快點講！}」、說：「{ 別再吃了！}」。

→ {この先もずっと幸せであります} ようにと言います／說要 { 永遠幸福 }。

→ {日本の少子化は深刻な問題だ} と言われている／據說 { 少子化在日本已是嚴重問題 }。

→ 一般に {そのほうが競争力がある} と言われている／一般據說 { 那樣較有競爭力 }。

→ {その映画が本当に面白い} と聞いている／聽說{ 那部電影真的是妙趣橫生 }。

→ {彼は} は次のように述べる／ { 他的 } 說法如下。

→ {今度} は次のとおりに述べる／ { 這次 } 將進行如下敘述。

→ {これ以上休業する理由} は {ない} と述べている／說：「{ 沒有理由再繼續歇業下去了 }」。

→ {視察を行ったこと} は次のことを明らかにした／ { 透過進行視察 } 弄清楚了如下事項。

→ {したがって私} の結論はこうである／ { 因此我 } 的結論如下。

→ {作品} の解釈はこうである／ { 作品 } 的說明如下。

→ {別の観点から考えて、同業者} の説を引用する／{ 從另一個觀點切入，並 } 引用 { 同行 } 的說法。

→ {『広辞苑』} によると {目的} という {言葉の定義は} ／根據 {《廣辭苑》的註解，「目的」一詞的定義是… }。

→ {当時の事情に詳しいもの} によると {よくある手法} とのことである／聽 { 熟知當地事物的人 } 說，這是 { 極為慣用的手法 }。

→ {最新} の情報では、次のようである／ { 最新 } 的情報如下。

情境記單字

▸情境	▸▸▸單字	
意志（いし） 意志	□ 諦め（あきら）	斷念，死心，達觀，想得開
	□ 祈り（いの）	祈禱，禱告
	□ 意欲（いよく）	意志，熱情
	□ 志（こころざし）	志願，志向，意圖；厚意，盛情；表達心意的禮物；略表心意
	□ 根気（こんき）	耐性，毅力，精力
	□ 好調（こうちょう）	順利，情況良好
	□ 寄与（きよ）	貢獻，奉獻，有助於…
	□ 向上（こうじょう）	向上，進步，提高
	□ 辛抱（しんぼう）	忍耐，忍受；（在同一處）耐，耐心工作
	□ 激励（げきれい）	激勵，鼓勵，鞭策
	□ 決行（けっこう）	斷然實行，決定實行
	□ 実践（じっせん）	實踐，自己實行
	□ 主導（しゅどう）	主導；主動
	□ 疎か（おろそ）	將該做的事放置不管的樣子；忽略；草率
	□ 精一杯（せいいっぱい）	竭盡全力
	□ 挑む（いど）	挑戰；找碴；打破紀錄，征服；挑逗，調情
	□ 凌ぐ（しの）	忍耐，忍受，抵禦；躲避，排除；闖過，擺脱，應付，冒著；凌駕，超過

地位（ちい） 地位職稱	□ ポジション【position】	地位，職位；（棒）守備位置
	□ 出世（しゅっせ）	下凡；出家，入佛門；出生；出息，成功，發跡
	□ 濫用（らんよう）	濫用，亂用
	□ 階級（かいきゅう）	（軍隊）級別；階級；（身份的）等級；階層
	□ 等級（とうきゅう）	等級，等位
	□ 同等（どうとう）	同等（級）；同樣資格，相等

▶ 情緒

このテレビ、すごく面白いよ。
這個電視節目非常好笑哦！

笑いすぎておなかが痛い。
笑得太激動了，肚子好痛。

今日は楽しい１日でした。
今天真是開心的一天。

彼女はいつもテンションが高いね。
她總是情緒高昂啊。

田宮さんは親切で明るい人なので、一緒にいるととても楽しいです。
田宮先生既親切又開朗，所以和他相處非常愉快。

感謝の気持ちでいっぱいです。
滿懷感激之情。

マーチを聞くと気持ちが明るくなる。
只要聆聽進行曲，心情就會變得豁然開朗。

みんなノリノリでお祭りの準備をしています。
大家正興高采烈地準備祭典。

この子、今日はご機嫌斜めみたい。
這孩子今天好像不太高興。

このところちょっと落ち込み気味です。
近來情緒有點低落。

今日はあまり気分が乗りません。
今天的心情不太好。

今さらどうしようもできません。
事到如今已經無法補救了。

何もすることがなくてつまらない。
無所事事，真是無聊透頂。

残念な結果に終わりましたが、後悔はありません。
儘管結果不如人意，但是沒有後悔。

仕事はうまくいかないし、妻はうるさいし、何もかもいやになった。
工作不順利，妻子又嘮叨，所有的一切快把我逼瘋了。

理由もなく怒られて、本当に腹立たしい。
毫無來由地被人發洩怒氣，真令我火冒三丈。

私は感情が表に出やすいです。

我很容易把喜怒哀樂寫在臉上。

どうしてそんなに不貞腐れているのですか。

為什麼要那麼不高興呢？

閱讀二、三篇約 600 字的文章，測驗能否將文章進行比較整合，並理解內容。主要是以報章雜誌的專欄、投稿、評論等為主題的簡單文章。

綜合理解

考前要注意的事

作答流程 & 答題技巧

閱讀說明：先仔細閱讀考題說明

閱讀問題與內容：

預估有 3 題

1. 考試時先閱讀提問跟選項，這樣就可以知道什麼地方要仔細閱讀。再看文章並猜想主題，一邊閱讀文章的時候，一邊留意提問要問的內容（共同點或相異點等）。
2. 提問一般是，比較兩篇以上文章的「共同點」及「相異點」，例如「～ＡとＢの観点はどのようなものか。」（…Ａ、Ｂ的觀點為何？）、「ＡとＢのどちらにも書かれている內容はどれか。」（Ａ、Ｂ都有寫到的內容是哪個？）
3. 由於考驗的是整合、比較能力，平常可以多看不同報紙，針對相同主題論述的專欄、評論文。

答題：選出正確答案

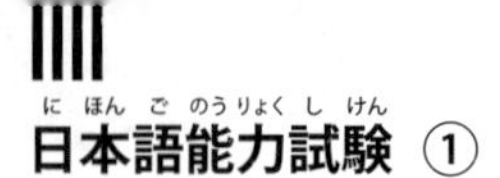

Track 17

次のAとBは、若者の問題に対する意見である。後の問いに対する答えとして最もよいものを、1・2・3・4から一つ選びなさい。

A

近年、フリーター・ニート・引きこもりといった言葉をよく耳にするようになった。「きちんとした大人」たちから見れば、彼らは単なる「落ちこぼれ」あるいは「迷惑者」にしか見えないかもしれない。しかし、彼らの生きる時代はかつての高度経済成長期とは違うのだ。長引く不況で雇用が不安定になるなど、今の大人世代が若かったころとは違う先の見えない世の中で、彼らは彼らなりにもがいている。中には、インターネットでかつてない新しいタイプの事業を興して（注1）、少なからぬ収入を得る人も現れるなど、新しい動きもある。彼らが今後どのような地平を切り開いて（注2）ゆくのか、もうしばらく見守ってみようではないか。

B

このごろ、定職に就こうとしない、また、働けるのに働こうとせず、自分の世界に閉じこもって社会との関わりを持とうとしない、そんな「困った若者」たちが増えている。彼らは、いい歳をしてまともな収入もなく、親のすねをかじって（注3）生きている。大学出や、中には大学院を出ている者も相当多い。このままでは、日本の未来はどうなるのか。それでなくても少子高齢化により、今後の税収は減るし、老人の年金や介護など、問題は山積みなのだ。彼らが「きちんとした大人」になって社会の構成員としての責任を果たせるように、行政は彼らの自立を支援するべきだ。また、もっと若い年齢層、たとえば中学生・高校生についても、将来の就労意欲を育むよう、教育改革を急ぐ必要がある。

（注１）興す：新しく始める
（注２）地平を切り開く：ほかの人達の知らない世界を開拓する
（注３）親のすねをかじる：親に養ってもらう、親に生活するための金を出してもらう

61 ＡとＢに共通するテーマは何か。

1 若者への就業教育の重要性
2 きちんとした大人とは
3 大人から若者への意見
4 定職のない若者たち

62 ＡとＢの論点はどのようなものか。

1 Ａは、若者の問題を社会の変化と関連付けて捉え、若者に好意的な意見を述べている。Ｂは、社会の行く先を憂(うれ)えて、若者を変えるべきだと述べている。
2 Ａは、若者は今後新たな世界を築いていくに違いないと期待を述べている。Ｂは、若者がこのように非社会的になったのは教育が悪いと行政を批判している。
3 Ａは、問題のある若者もいずれは彼らなりの生き方を確立するに違いないと述べている。Ｂは、教育をよくすれば、将来社会の役に立ちたいという若者の意欲を育てることができると提言している。
4 Ａは、フリーター・ニート・引きこもりを相手にする必要はないと述べている。Ｂは、若者に自立するよう勧め、大人は彼らを支えるべきだと述べている。

63　ＡとＢはどのような関係にあるか。

1　Ｂは、Ａに賛同する意見を述べている。

2　Ｂは、Ａとは反対の意見を述べている。

3　Ｂは、Ａについての補足意見となっている。

4　Ｂは、Ａに対して懐疑的な意見を述べている。

翻譯與解題 ①

次のAとBは、若者の問題に対する意見である。後の問いに対する答えとして最もよいものを、1・2・3・4から一つ選びなさい。

A

近年、フリーター・ニート・引きこもりといった言葉をよく耳にするようになった。「きちんとした大人」たちから見れば、彼らは単なる「落ちこぼれ」あるいは「迷惑者」にしか見えないかもしれない。しかし、彼らの生きる時代はかつての高度経済成長期とは違うのだ。長引く不況で雇用が不安定になるなど、今の大人世代が若かったころとは違う先の見えない世の中で、彼らは彼らなりにもがいている。中には、インターネットでかつてない新しいタイプの事業を興して（注1）、少なからぬ収入を得る人も現れるなど、新しい動きもある。**彼らが今後どのような地平を切り開いて（注2）ゆくのか、もうしばらく見守ってみようではないか。**

└文法詳見 P240
└文法詳見 P240

61,63 題 關鍵句

62,63 題 關鍵句

B

このごろ、定職に就こうとしない、また、働けるのに働こうとせず、自分の世界に閉じこもって社会との関わりを持とうとしない、そんな「困った若者」たちが増えている。彼らは、いい歳をしてまともな収入もなく、親のすねをかじって（注3）生きている。大学出や、中には大学院を出ている者も相当多い。このままでは、日本の未来はどうなるのか。それでなくても少子高齢化により、今後の税収は減るし、老人の年金や介護など、問題は山積みなのだ。**彼らが「きちんとした大人」になって社会の構成員としての責任を果たせるように、行政は彼らの自立を支援するべきだ。**また、もっと若い年齢層、たとえば中学生・高校生についても、将来の就労意欲を育むよう、教育改革を急ぐ必要がある。

61,63 題 關鍵句

62,63 題 關鍵句

（注1）興す：新しく始める
（注2）地平を切り開く：ほかの人達の知らない世界を開拓する
（注3）親のすねをかじる：親に養ってもらう、親に生活するための金を出してもらう

下列的Ａ和Ｂ分別是針對年輕人問題的意見。請閱讀這Ａ和Ｂ這兩篇文章，並從每題所給的４個選項（１・２・３・４）當中，選出最佳答案。

A

近年來，時常可以聽到飛特族、尼特族、繭居族等名詞。從「獨立自主的大人」們的角度來看，或許這些人不管怎麼看都只是「不長進」或是「包袱」。但是，這些人生長的時代和以前的高度經濟成長期是不同的。長期的經濟不景氣，造成工作環境不安定等等，社會看不到未來，和現在的大人這一輩年輕時期有所不同，這些人也用他們自己的方式在掙扎。其中也有人開創（注１）網路這種過去所沒有的新類型事業，還進帳不少，像這樣有了新的動向。這些人今後將如何開闢一條新路（注２）前進呢？不妨讓我們再花點時間關注看看吧。

這一大題題目當中會有兩篇同一主題、不同觀點的文章，考驗考生是否能先各別理解再進一步比較。所以要掌握每篇文章的主旨，然後找出它們之間的異同。

Ａ的大意是飛特族、尼特族、繭居族等年輕族群之所以會沒有固定工作，是受到景氣、社會的影響。但年輕人當中也是有些人努力地開創新事業，未來值得期待。給予年輕人正面鼓勵。

B

最近，不找份穩定的工作，還好手好腳的也不去工作，只關在自己的世界裡不想和外界有所聯繫，像這樣的「令人困擾的年輕人」變多了。這些人都一把年紀了卻沒有像樣的收入，靠著啃老（注３）來過活。其中有不少人是大學畢業，甚至是研究所畢業的。再這樣下去，日本的未來會變得如何呢？就算沒有這一現象，也會因為少子高齡化的影響，今後的稅收將減少，再加上老人年金和看護等等，問題如山高。為了讓這些人成為「獨立自主的大人」並善盡身為社會上的一份子的責任，行政方面應該支援他們的自立才對。此外，對於更年輕的年齡層，像是國中生、高中生，也有必要趕緊實施教育改革來培養他們將來的就業意願。

從「働けるのに働こうとせず」、「いい歳をしてまともな収入もなく」這些用詞就可以發現Ｂ對於年輕族群則是抱持批判的角度。一方面作者也擔心年輕人將來也會成為社會問題，提倡社會應該要幫助他們，甚至是教育改革。

（注１）開創：全新開始

（注２）開闢一條新路：開拓不為人知的世界

（注３）啃老：讓父母養，要父母給生活費

翻譯與解題 ①

Answer **4**

61 AとBに共通(きょうつう)するテーマは何(なに)か。

1 若者(わかもの)への就業教育(しゅうぎょうきょういく)の重要性(じゅうようせい)
2 きちんとした大人(おとな)とは
3 大人(おとな)から若者(わかもの)への意見(いけん)
4 定職(ていしょく)のない若者(わかもの)たち

61 A和B共通的主題是什麼？

1 向年輕人闡述職場教育的重要性
2 何謂獨立自主的成年人
3 大人給年輕人的意見
4 沒有固定職業的年輕人們

題型分析

這道題目是一個「共通主題識別題」，旨在從兩個不同觀點中抽取共通的主題。

解題思路

1. 理解兩個觀點：全面理解A和B兩個觀點分別表達了什麼。
2. 識別共通點：找出A和B觀點中共同討論的主題或問題。
3. 選項對照：將文中的共通點與4個選項進行比較，選出最能反映兩個觀點共通主題的選項。
4. 排除不相關：排除那些只與一方觀點相關或與共通主題不匹配的選項。

- □ 出勤(しゅっきん) 出門上班
- □ オフィス【office】 工作室
- □ パート 兼差
- □ 派遣先(はけんさき) 派遣的任職公司
- □ 就職先(しゅうしょくさき) 工作
- □ 貯金(ちょきん) 儲蓄
- □ 副収入(ふくしゅうにゅう) 額外收入
- □ まかない 員工餐
- □ 交通費(こうつうひ) 交通費
- □ 時給(じきゅう) 時薪
- □ 日給(にっきゅう) 日薪
- □ 収入(しゅうにゅう) 收入
- □ 待遇(たいぐう) 待遇
- □ 福利厚生(ふくりこうせい) 福利項目與健康保障
- □ 非正規(ひせいき) 非正式
- □ 求人情報(きゅうじんじょうほう) 徵人廣告
- □ 短期(たんき) 短期
- □ シフト【shift】 班表
- □ 泊(と)まり込(こ)み 住宿打工
- □ 未経験者(みけいけんしゃ) 無經驗者

解題攻略

選項 1 不正確，因為這個話題僅在Ｂ文中提及，並且不是兩篇文章的主要共同主題。Ａ文主要討論的是在當前困難的經濟環境下，一些年輕人如何試圖找到自己的生存方式，並沒有特別強調就業教育的重要性。

選項 2 也不正確，因為雖然兩篇文章都提到了「きちんとした大人」（獨立自主的成年人）這個概念，但這不是文章的共同主題。Ａ文和Ｂ文討論的焦點主要是針對當前社會中存在的無固定職業的年輕人群體，而不是探討什麼構成了一個「獨立自主的成年人」。

選項 3 同樣不正確，因為這兩篇文章其實更多是關於對現狀的描述與分析，而非直接的意見或建議。特別是Ａ文中，更多地是對現象的觀察和對未來可能性的期待，而不僅僅是對年輕人的直接意見或建議。

選項 4 為正確。這是因為無論是Ａ文還是Ｂ文，都集中討論了現代社會中無固定職業或不願就業的年輕人問題，這個問題成為了兩篇文章共同的主題。Ａ文從一個較為理解和期待的角度出發，而Ｂ文則從社會責任和教育改革的需要角度提出問題，但兩者都圍繞著「定職のない若者たち」（無固定職業的年輕人）這個核心話題展開。

！ 這一題問的是Ａ、Ｂ的共通主題。不管是Ａ還是Ｂ，都在文章的第一句話就帶出主題，並一直針對這個主題寫下去。

延伸分類單字

仕事、職場 / 工作、職場

01 | あっせん【斡旋】

名・他サ 幫助；關照；居中調解，斡旋；介紹

例文

就職（しゅうしょく）の斡旋（あっせん）を頼（たの）む。

請求幫助找工作。

02 | いっきょに【一挙に】

副 一下子；一次

例文

問題（もんだい）を一挙（いっきょ）に解決（かいけつ）する。

一口氣解決問題。

Answer 1

62 AとBの論点はどのようなものか。

1 Aは、若者の問題を社会の変化と関連付けて捉え、若者に好意的な意見を述べている。Bは、社会の行く先を憂えて、若者を変えるべきだと述べている。

2 Aは、若者は今後新たな世界を築いていくに違いないと期待を述べている。Bは、若者がこのように非社会的になったのは教育が悪いと行政を批判している。

3 Aは、問題のある若者もいずれは彼らなりの生き方を確立するに違いないと述べている。Bは、教育をよくすれば、将来社会の役に立ちたいという若者の意欲を育てることができると提言している。

4 Aは、フリーター・ニート・引きこもりを相手にする必要はないと述べている。Bは、若者に自立するよう勧め、大人は彼らを支えるべきだと述べている。

62 A和B的觀點為以下何者呢？

1 A認為年輕人的問題和社會變化具有相關性，表達對年輕人的善意。B擔憂社會未來的演變，表示應該要改變年輕人。

2 A表達對今後的年輕人必將打造出一個新世界的期待。B批判政府行政機關，認為年輕人之所以會變成如此無法適應社會，都是教育的錯。

3 A認為每個有問題的年輕人，日後肯定都會用自己的方式來確立生存之道。B提議只要改善教育，就能培育年輕人未來想對社會盡一份心力的意願。

4 A表示沒有必要將飛特族、尼特族、繭居族當一回事。B奉勸年輕人要獨立自主，並表示大人應該要支援他們。

解題攻略

選項1 最符合A與B的論點。A從社會環境的變化出發，對於現象持有理解與同情的態度，並對未來保持一種正面期待的立場。而B對於年輕人的問題表達了擔憂，認為政府應該提供支援來幫助他們自立，同時指出需要對教育進行改革，以提高年輕人的就業動機。

這一題問的是A、B的論點，所以要掌握A和B的觀點各是什麼。為了節省時間，可以用刪去法來作答。

選項2 的錯誤之處在於它誤解了A與B的論點。A文中對於未來的展望是較為開放與觀望的，沒有明確表示對年輕人將建立新世界的確定期待。同時，B文中對於教育的提及並不是以批判現有教育制度為主，而是強調改革教育以支援年輕人自立的必要性。

選項3 錯誤的原因是它過於簡化了A文的觀點，認為A文認為問題年輕人最終會找到自己的生活方式，並假設A文對年輕人持有無條件的樂觀態度。此外，B文中的教育改善建議，被誤解為是對現狀的直接解決方案，而忽略了B文較為複雜的論述背景。

選項4 的不妥之處在於它對A文與B文的解讀過於武斷。A文並未 表示對所謂的「フリーター・ニート・引きこもり」群體不需要關注，相反，A文對這些年輕人持有較為理解和同情的態度。B文的焦點也不僅僅是呼籲大人支援年輕人，而是更廣泛地討論了社會對年輕人的責任，和未來教育改革的重要性。

題型分析

這道題目是一個「論點比較題」，旨在比較和理解A和B兩個不同觀點的論點是什麼。

解題思路

1. **明確理解各觀點：**分別閱讀並理解A和B兩段文字中的觀點。
2. **識別論點差異：**找出A和B各自論點的核心，注意他們對若者問題的態度和提出的解決方法。
3. **對照選項：**將A和B的論點與選項進行比較，確定哪個選項最準確地反映了兩者的論點。
4. **運用排除法：**排除那些只符合一方觀點，或與文中論點不匹配的選項。

Answer 2

63 AとBはどのような関係(かんけい)にあるか。

1 Bは、Aに賛同(さんどう)する意見(いけん)を述(の)べている。

2 Bは、Aとは反対(はんたい)の意見(いけん)を述(の)べている。

3 Bは、Aについての補足意見(ほそくいけん)となっている。

4 Bは、Aに対(たい)して懐疑的(かいぎてき)な意見(いけん)を述(の)べている。

63 A和B呈現什麼樣的關係呢？

1 B表示贊同A的意見。

2 B表示反對A的意見。

3 B是A的補充意見。

4 B表示懷疑A的意見。

題型分析

這道題目是一個「關係識別題」，旨在判斷A和B兩個觀點之間的關係。

解題思路

1. 精確把握觀點：仔細理解A和B各自的觀點及其核心論點。
2. 識別關係：根據A和B的內容，判斷B對A的態度是支持、反對、補充還是懷疑。
3. 比較選項：將文中A和B的關係與選項進行比較，選出最合適的關係描述。
4. 運用排除法：排除那些與文中A和B實際關係不相符的選項。

- □ フリーター【free Arbeiter】 飛特族（靠兼差或打零工來為生的人）
- □ ニート【neet】 尼特族（不升學、就業或進修，成天無所事事的人）
- □ 引(ひ)きこもり 繭居族（不事生產且關在家不與外界有所聯繫的人）
- □ 耳(みみ)にする 聽到
- □ 落(お)ちこぼれ 指無法跟上團體或體制的人
- □ 不況(ふきょう) 不景氣
- □ 雇用(こよう) 雇用
- □ もがく 掙扎
- □ 事業(じぎょう)を興(おこ)す 興辦事業
- □ 切(き)り開(ひら)く 開闢
- □ 見守(みまも)る 關注
- □ 定職(ていしょく)に就(つ)く 有份固定工作
- □ 閉(と)じこもる 足不出戶
- □ 関(かか)わり 聯繫，關係
- □ まとも 正當，正經
- □ 親(おや)のすねをかじる 啃老，靠父母養
- □ 介護(かいご) 看護
- □ 山積(やまづ)み 堆積如山
- □ 責任(せきにん)を果(は)たす 盡責任

解題攻略

選項1 認為B文讚同A文，但實際上兩文立場相反。A文理解並期待年輕人面對社會變遷的挑戰，對其未來抱有希望；而B文則批評年輕人的現狀，主張透過教育改革等措施促使改變，顯示對年輕人問題的緊迫與解決策略的迫切。因此，認為B文讚同A文的看法錯誤，兩者在對待年輕人問題的態度和解決方案上有明顯差異。

選項2 準確描繪了A文與B文之間的對立關係。A文對年輕人採取理解與同情的態度，從社會變遷角度探討他們的困境，對其未來持觀望態度；而B文則對年輕人的行為表示不滿，主張透過個人改變與教育革新來解決問題，顯示了對A文態度的基本反對。這反映了兩文在處理年輕人問題的立場，和策略上的明顯差異。

選項3 的錯誤在於錯誤地將B文視為A文的補充。A文與B文都關注年輕人問題，但採取截然不同的角度與解決策略。A文從社會經濟背景分析年輕人行為，表達理解與期待；而B文則批評現狀，呼籲立即行動改變。這兩種觀點本質上相對立，不應視為互補，顯示了兩文在處理年輕人問題上的根本差異。

選項4 的錯誤在於不準確地將B文視為對A文的懷疑。實際上，B文對A文的理解和同情態度不僅有所懷疑，更是明確反對與批評。B文提出的觀點和解決策略與A文大相逕庭，這種態度超出了單純的懷疑，而是表現為積極的批判。因此，僅將B文態度描述為懷疑，無法全面反映兩文間的真正關係。

- □ 自立（じりつ） 自立
- □ 支援（しえん） 支援
- □ 就労（しゅうろう） 就業
- □ 育む（はぐく） 培養
- □ 論点（ろんてん） 論點，議論核心
- □ 関連付ける（かんれんづ） 相關聯
- □ 好意的（こういてき） 善意的
- □ 行く先（ゆさき） 將來，前途
- □ 憂える（うれ） 擔憂

翻譯與解題 ①

- □ 築く 建立，構成
- □ 提言 提議
- □ 賛同 贊同
- □ 補足 補充
- □ 懐疑的 懷疑，質疑

重要文法

【名詞】＋といった＋【名詞】。表示列舉。一般舉出兩項以上相似的事物，表示所列舉的這些不是全部，還有其他。

❶ といった …等的…、…這樣的…

例句 カエルやウサギといった動物の小物を集めています。

我正在收集青蛙和兔子相關的小東西。

【名詞；形容動詞詞幹；[形容詞・動詞]辭書形】＋なりに、なりの。表示根據話題中人切身的經驗、個人的能力所及的範圍，做後項與之相符的行為。

❷ なりに／なりの

那般…(的)、那樣…(的)、這套…(的)

例句 私なりに最善を尽くします。

我會盡我所能去做。

小知識大補帖

▶有「親」字的慣用句

慣用句	解　釋
いつまでもあると思うな親と金 不要以為父母和金錢永遠都在	親はいつまでも養ってはくれないし、金も使えばなくなってしまうものなので、自立し倹約せよという戒めを川柳の形で表した言葉。 父母不會養我們一輩子，且金錢用掉就沒了。這是以川柳形式（一種17個音節的日本詩）寫成的警世句，要大家獨立節儉。
親の心子知らず 子女不知父母心	子供は、自分を思う親の気持ちを知らずに、勝手なことをしたり反抗したりするものだということ。 小孩不知道父母是在為自己著想，任性妄為、反抗叛逆。

親の七光（親の光は七光） 沾父母的光	親の社会的地位や名声が高いと、子供は何かと得をするということ。 如果父母的社會地位或是名聲很高，小孩也就跟著有好處。
親の欲目 孩子是自己的好	親はわが子がかわいいため、実際よりも高く評価してしまうということ。 父母覺得自己的小孩很可愛，所以給予超出實際情況的好評。
孝行のしたい時分に親はなし 子欲養而親不待	親の気持ちが分かる年齢になって親孝行がしたいと思うころには、もう親は死去していて後悔する者が多い。親が生きているうちに孝行せよという戒めを川柳の形で表した言葉。 很多人等到到了能了解父母心情的年紀才想要盡孝心，但那時父母已死所以十分後悔。這是以川柳形式寫成的警世句，要大家趁父母在世時孝順他們。
地震 雷 火事親父 地震打雷火災老爸	世間で恐ろしいとされているものを、恐ろしさの順に並べた言葉。 這是把大家害怕的事物，依照恐怖的程度排序的慣用句。
立っている者は親でも使え 緊急時連父母也能用	急用のときにそばに誰か立っている者がいたら、たとえ親でも用事を頼んでよいということ。 有急用時只要身旁有人，就算那個人是父母也可以請他幫忙。
這えば立て立てば歩めの親心 希望孩子快快長大的父母心	子供の成長を願う親の気持ちを川柳の形で表した言葉。 這是以川柳形式寫成的句子，展現出期盼孩子成長的父母心。
夜（に）爪を切ると親の死に目に会えない 晚上剪指甲的話就無法見父母最後一面	これは慣用句というよりも迷信で、夜爪を切ると親の臨終に立ち会えないということ。なぜそう言われるのかは諸説ある。 這與其說是慣用句，不如說是一種迷信。晚上剪指甲的話會無法在父母臨終時送他們一程。關於原因有很多由來傳說。

常用的表達關鍵句

＊｛　｝內也可自行帶入其他詞彙喔！

01 下結論、總結的關鍵句

→｛2024年には出荷数で上回る｝だろう／｛2024年的出貨量｝應該｛會超出基準量｝吧。

→｛小麦粉だけの材料費なら10%を下回る｝であろう／｛如果只論低筋麵粉的材料費，｝是｛低於基準量的10%｝吧。

→｛現在のキーワードは「多様化」｝ではないか／｛現今的關鍵字｝是｛「多樣化」｝不是嗎？

→｛最近、中国語が世界に話せる人が増えてきている｝ではなかろうか／估計｛全世界會說中文的人正不斷地增加｝。

→｛父は、思うに、あのとき少し酔っていたのだ｝と思う／｛想來，｝我覺得｛父親當時應該是喝得有點醉了｝。

→｛そのため、今は軌道に乗せることができた｝ように思う／看來是｛為此，現在才能步上軌道｝。

→｛私はこれは近いうちに実現する｝ではないかと思う／｛我｝想｛這｝大概｛會在近期實現｝吧。

→｛この数字はかなり高い｝と考える／可以想見｛這數字會相當高｝。

→｛私は、退屈は幸せなこと｝ではないかと考える／｛我｝認為｛寂寞｝並不是｛幸福｝。

→｛彼女は妊娠に気付くのが遅れた｝とも考えられる／也可以認為是｛她太晚察覺自己懷孕了｝。

→｛これは中小企業において人材が如何に重要かを表す結果｝と考えられよう／｛這｝可以想成是｛表現出對中小企業而言人才是多麼重要的結論｝。

→｛この二つの系図には何らかの関連があると｝考えてよさそうである／可判斷｛這兩張家譜｝似乎｛有著什麼樣的關連｝。

→｛タバコは癌の原因になると｝言わざるを得ない／不得不說｛吸菸是致癌的原因｝。

情境記單字

情境	單字	
人物（じんぶつ） 人物	□ 動き（うごき）	活動，動作；變化，動向；調動，更動
	□ 英雄（えいゆう）	英雄
	□ 貫録（かんろく）	尊嚴，威嚴；威信；身分
	□ 経歴（けいれき）	經歷，履歷；經過，體驗；周遊
	□ 正体（しょうたい）	原形，真面目；意識，神志
	□ 他者（たしゃ）	別人，其他人
	□ 適性（てきせい）	適合某人的性質，資質，才能；適應性
	□ 天才（てんさい）	天才
	□ 身の上（みのうえ）	境遇，身世，經歷；命運，運氣
	□ 身元（みもと）	（個人的）出身，來歷，經歷；身分，身世
	□ 履歴（りれき）	履歷，經歷
	□ 悪者（わるもの）	壞人，壞傢伙，惡棍
	□ 未熟（みじゅく）	未熟，生；不成熟，不熟練
	□ 無能（むのう）	無能，無才，無用
	□ ただの人（ひと）	平凡人，平常人，普通人

情境	單字	
いろいろな人（ひと）を表（あらわ）すことば 各種人物的稱呼	□ エリート【(法) elite】	菁英，傑出人物
	□ 学士（がくし）	學者；（大學）學士畢業生
	□ 実業家（じつぎょうか）	實業鉅子
	□ 地主（じぬし）	地主，領主
	□ 従業員（じゅうぎょういん）	工作人員，員工，職工
	□ 職員（しょくいん）	職員，員工
	□ 女子高生（じょしこうせい）	女高中生
	□ 新人（しんじん）	新手，新人；新思想的人，新一代的人
	□ セレブ【celeb】	名人，名媛，著名人士

Track 18

次のAとBは、歌舞伎で男性が女性の役を演じる女形（おやま）に関する文章である。AとBの両方を読んで、後の問いに対する答えとして、最も良いものを1・2・3・4から一つ選びなさい。

A

（前略）歌舞伎の女形は不自然だから、女を入れなければいかんというて（注1）、ときどき実行するけれども、結局、あれは女形あっての歌舞伎なのだ。同じように宝塚の歌劇も、男を入れてやる必要はさらにない。なぜなれば、女から見た男役というものは男以上のものである。いわゆる男性美を一番よく知っている者は女である。その女が工夫して演ずる男役は、女から見たら実物以上の惚れ惚れする男性が演ぜられているわけだ。そこが宝塚の男役の非常に輝くところである。

歌舞伎の女形も、男の見る一番いい女である。性格なり、スタイルなり、行動なり、すべてにおいて一番いい女の典型なのである。だから歌舞伎の女形はほんとうの女以上に色気があり、それこそ女以上の女なんだ。

（小林一三『宝塚生い立ちの記』）

B

旧劇（注2）では、女形がちっとも不自然でない。男が女になっているという第一の不自然さが見物（注3）に直覚されないほど、今日の私共の感情から見ると、旧劇の筋そのものが不自然に作られているのである。

けれども、たとえ取材は古くても、性格、気分等のインタープレテーションに、ある程度まで近代的な解剖と敏感さを必要とする新作の劇で、彼等はどこまで女になり切れるだろう。

舞台上の人物として柄の大きいこと、地が男であるため、扮装にも挙止にも殊に女性の特徴を強調しつつ、どこかに底力のある強さ、実際にあてはめて見ると、純粋の女でもなし、男でもないという一種幻想的な特殊の美が醸される点などは、場合によって、多くの効果をもたらす。

しかし噛みしめてみると、云うに云われないところに不満がある。やはり不自然だと云うことになるのか。

（宮本百合子『気むずかしやの見物――女形――蛇つかいのお絹・小野小町――』、一部表記を改めたところがある）

（注1）いかんというて：いけないといって

（注2）旧劇：伝統演劇、特に歌舞伎のこと。ここでは歌舞伎の中でも古典的な演目を指す

（注3）見物：ここでは「見物人」のこと

63 AとBの筆者に共通する考えはどれか。

1 女が男を演じたり、男が女を演じたりすることは、演劇においてたいへん効果がある。

2 歌舞伎の女形には、女が女を演じたのではできぬような効果がある。

3 歌舞伎の女形は効果的な場合もあるが、不自然さが気になる場合もある。

4 歌舞伎の女形は不自然だが、不自然さの中に性差を超越した芸がある。

64 AとBの筆者の考えはどのように異なるか。

1 Aは、歌舞伎の女形は本当の女以上の魅力が出せると考えており、Bは、女形はしょせん本当の女を超えることはできないと考えている。

2 Aは、女形が不自然であるとしてもその女形の魅力の上に歌舞伎が成り立つと考えているが、Bは、女形を不自然でおかしいと考えている。

3 Aは、女の役は全て男が演じ男の役は全て女が演じる方がよいと考えているが、Bは、男が女の役を演じるのには賛成だが女が男の役を演じるのには反対である。

4 Aは、女形の魅力や存在価値を無条件に認めているが、Bは、女形の効果を認めつつもどことなく不満に思っている。

65 AとBの文章は、論点がどのように異なるか。

1 Aの文章は、宝塚の男役と歌舞伎の女形の類似した長所を述べており、Bの文章は、女形の長所と短所を比較検討している。

2 Aの文章は、宝塚の男役と歌舞伎の女形の違いを述べており、Bの文章は、旧劇における女形と新作の劇における女形を比較して述べている。

3 Aの文章は、宝塚の男役と歌舞伎の女形の違いを述べており、Bの文章は、女形の長所と短所を比較検討している。

4 Aの文章は、宝塚の男役と歌舞伎の女形の類似した長所を述べており、Bの文章は、旧劇における女形と新作の劇における女形を比較して述べている。

翻譯與解題 ②

次のAとBは、歌舞伎で男性が女性の役を演じる女形に関する文章である。AとBの両方を読んで、後の問いに対する答えとして、最も良いものを1・2・3・4から一つ選びなさい。

A

（前略）歌舞伎の女形は不自然だから、女を入れなければいかんというて（注１）、ときどき実行するけれども、結局、**あれは女形あっての歌舞伎なのだ。**同じように宝塚の歌劇も、男を入れてやる必要はさらにない。なぜなれば、女から見た男役というものは男以上のものである。いわゆる男性美を一番よく知っている者は女である。**その女が工夫して演ずる男役は、女から見たら実物以上の惚れ惚れする男性が演ぜられているわけだ。**そこが宝塚の男役の非常に輝くところである。

歌舞伎の女形も、男の見る一番いい女である。性格なり、スタイルなり、行動なり、すべてにおいて一番いい女の典型なのである。だから歌舞伎の女形はほんとうの女以上に色気があり、それこそ女以上の女なんだ。

（小林一三『宝塚生い立ちの記』）

64 題關鍵句（文法詳見 P256）
65 題關鍵句
64,65 題關鍵句（文法詳見 P256）
63 題關鍵句

B

旧劇（注２）**では、**女形がちっとも不自然でない。男が女になっているという第一の不自然さが見物（注３）に直覚されないほど、今日の私共の感情から見ると、旧劇の筋そのものが不自然に作られているのである。

けれども、たとえ取材は古くても、性格、気分等のインタープレテーションに、ある程度まで近代的な解剖と敏感さを必要とする新作の劇で、彼等はどこまで女になり切れるだろう。

舞台上の人物として柄の大きいこと、地が男であるため、扮装にも挙止にも殊に女性の特徴を強調しつつ、どこかに底力のある強さ、実際にあてはめて見ると、**純粋の女でもなし、男でもないという一種幻想的な特殊の美が醸される点などは、場合によって、多くの効果をもたらす。**

しかし噛みしめてみると、**云うに云われないところに不満がある。**やはり不自然だと云うことになるのか。

（宮本百合子『気むずかしやの見物——女形——蛇つかいのお絹・小野小町——』、一部表記を改めたところがある）

65 題關鍵句
65 題關鍵句（文法詳見 P256）
63 題關鍵句
64 題關鍵句

（注１）いかんというて：いけないといって
（注２）旧劇：伝統演劇、特に歌舞伎のこと。ここでは歌舞伎の中でも古典的な演目を指す
（注３）見物：ここでは「見物人」のこと

下列的Ａ和Ｂ皆是與歌舞伎中由男性飾演女性角色的男旦相關的文章。請閱讀這Ａ和Ｂ這兩篇文章，並從每題所給的４個選項（１・２・３・４）當中，選出最佳答案。

A

（前略）由於歌舞伎裡男旦的反串不大自然，有人認為不能不（注１）讓女角親自上場，有時也真找了女子加入演出；可到頭來發現，歌舞伎的精髓其實是在男旦身上。同樣地，寶塚歌舞劇也根本不需要男演員的參與。因為由女演員詮釋的男性角色，早已超越了真正的男人。所謂最了解男性之美的，莫過於女性了。這也是為何由女演員苦心鑽研的反串演出，比真正的男演員更能讓女性觀眾看得如痴如醉。寶塚的女唱男腔，正是其最有看頭的部分。

至於歌舞伎的男旦，同樣是男人眼中最完美的女人。不論是性情氣質、儀態身形，乃至於舉手投足，在在都是最理想的女子典範。因此，歌舞伎的男旦比真正的女人更為嬌媚迷人，可說是女人中的女人！

（小林一三《寶塚沿革錄》）

B

觀眾在看傳統戲曲（注２）時，完全不覺得男旦有什麼異樣，甚至連下意識都沒觀看（注３）察覺到：男扮女裝這最明顯的不尋常，正是其最大的賣點所在。但站在我們今天的角度來看，傳統戲曲的故事情節安排其實鑿痕斑斑。

不過，新創作的戲碼即便改編自老掉牙的題材，在演繹人物性格與營造戲劇氛圍時，於一定程度上，仍需具備現代觀點的剖析與敏銳。在這樣的前提之下，不曉得他們能將女人詮釋到什麼地步呢？

站在舞台上的演員因是男兒之身，不免體貌魁偉，因此在扮相和動作上，均刻意突顯女性的特徵，卻又隱然透出底蘊的勁道；實際兩相對照起來，他既不是百分之百的女人，可又不是男人，反而形成一股如夢似幻的特殊美感，這在某些狀況下，足以發揮相當大的功效。

然而經過再三思索，還是讓人有一絲難以言喻的怏怏不悅。我想，或許癥結仍在於那份不自然吧。

（宮本百合子《挑剔的觀眾看戲評戲——男旦——弄蛇人阿絹・小野小町——》更改部分表記）

（注１）不能：不行

（注２）傳統戲曲：傳統演劇，尤其指歌舞伎。這裡指歌舞伎中的古典演出節目。

（注３）觀看：這裡指「觀眾」。

這一大題是「綜合理解」。題目當中會有兩篇同一主題、不同觀點的文章，所以最重要的是要掌握每篇文章的主旨，然後找出它們之間的異同。

Ａ的大意是說男旦在歌舞伎來說是很重要的。這些反串的男演員就像寶塚演員一樣熟知異性美，所以能夠演出比女性還像女性的模樣。

Ｂ認為歌舞伎男旦有特別的美感也有一定的效果，但還是有種說不出的不自然。

翻譯與解題 ②

Answer **2**

63 AとBの筆者に共通する考えはどれか。

1 女が男を演じたり、男が女を演じたりすることは、演劇においてたいへん効果がある。

2 歌舞伎の女形には、女が女を演じたのではできぬような効果がある。

3 歌舞伎の女形は効果的な場合もあるが、不自然さが気になる場合もある。

4 歌舞伎の女形は不自然だが、不自然さの中に性差を超越した芸がある。

63 下列何者為Ａ和Ｂ的作者共通的想法？

1 由女演員飾演男性角色、男演員飾演女性角色，在戲劇中有非常好的效果。

2 歌舞伎的男旦所呈現的效果，是由女演員飾演女性角色所無法達到的。

3 歌舞伎的男旦有時效果十足，有時會讓人介意那種不自然。

4 歌舞伎的男旦雖不自然，但是在那股不自然當中具有超越性別差異的演技。

題型分析

這道題目是一個「共通想法識別題」，旨在識別兩段文字A和B中筆者共同持有的觀點。

解題思路

1. 詳細閱讀：仔細閱讀A和B兩段文字，理解各自對歌舞伎男旦的評價和看法。
2. 識別共通點：找出A和B中共同的觀點或態度，特別是對男旦的評價方面。
3. 選項對比：將文中的共通觀點與選項進行比較，選出最符合的選項。
4. 排除不匹配：排除那些只與一段文字相關或與共通觀點不匹配的選項。

- □ 演劇（えんげき） 演劇，戲劇
- □ 芝居（しばい） 戲劇；花招
- □ 落語（らくご） 單口相聲
- □ 漫才（まんざい） 對口相聲
- □ 講談（こうだん） 説書
- □ 曲芸（きょくげい） 雜技
- □ 俳優（はいゆう） 演員
- □ 役者（やくしゃ） 演員
- □ 観客（かんきゃく） 觀眾
- □ 演芸（えんげい） 表演
- □ 演じる（えん） 表演；扮演
- □ 演ずる（えん） 扮演；出醜

解題攻略

選項 1 不正確。A文和B文雖然討論了性別角色的反串（男性演女性角色），但關注點並非在於性別反串的普遍效果，而是特定於歌舞伎男旦或寶塚劇團的特殊情境和其獨特的美學效果。A文強調男旦超越實際女性的表現，而B文則討論了不自然性與特殊美的關係，並未直接支持這一選項的廣泛論點。

選項 2 正確。A文明確表達了歌舞伎男旦超越真實女性的美學價值，並認為這是由男性演繹女性角色特有的效果所致。B文也暗示了男性扮演女性角色可能帶來獨特的幻想美，與A文的觀點相呼應。

選項 3 部分正確。B文中提到了對男旦的不自然性有一定的不滿，但A文則全然肯定了男旦的藝術價值，認為它超越了真實的女性。因此，這一選項不能完全代表兩篇文章作者的共通觀點。

選項 4 部分正確。B文提出了對男旦的不自然感有所批評，但也認識到了其中包含的性別超越的美學。而A文雖然起初提及了外界對男旦的不自然觀點，卻主要強調了男旦作為歌舞伎不可或缺的一部分，及其超越真實女性的藝術價值。

！ 這一題問的是A、B的相同見解。為了節省時間，可以直接用刪去法來作答。

延伸分類單字

演劇、舞踊、映画 / 戲劇、舞蹈、電影

01 | ソロ【solo】

名 （樂）獨唱；獨奏；單獨表演

例文

ソロで踊（おど）る。

單獨跳舞。

02 | ねいろ【音色（ねいろ）】

名 音色

例文

きれいな音色（ねいろ）を出（だ）す。

發出優美的音色。

- □ 舞台（ぶたい） 舞台；表演
- □ 観客席（かんきゃくせき） 觀眾席
- □ 技量（ぎりょう） 本事；本領
- □ 手並（てな）み 本事；本領
- □ 発揮（はっき） 發揮
- □ 人目（ひとめ）に付（つ）く 顯眼；引人注目
- □ 女形（おやま） 男旦
- □ 歌舞伎（かぶき） 歌舞伎
- □ 歌劇（かげき） 歌舞劇
- □ 惚（ほ）れ惚（ぼ）れ 令人喜愛、心蕩神怡

Answer **4**

64 AとBの筆者の考えはどのように異なるか。

1 Aは、歌舞伎の女形は本当の女以上の魅力が出せると考えており、Bは、女形はしょせん本当の女を超えることはできないと考えている。

2 Aは、女形が不自然であるとしてもその女形の魅力の上に歌舞伎が成り立つと考えているが、Bは、女形を不自然でおかしいと考えている。

3 Aは、女の役は全て男が演じ男の役は全て女が演じる方がよいと考えているが、Bは、男が女の役を演じるのには賛成だが女が男の役を演じるのには反対である。

4 Aは、女形の魅力や存在価値を無条件に認めているが、Bは、女形の効果を認めつつもどことなく不満に思っている。

└文法詳見 P256

64 A和B作者的想法有何差異呢？

1 A認為歌舞伎的男旦會散發出超越真正女性的魅力，B認為男旦終究無法超越真正的女性。

2 A認為男旦雖然不自然但是歌舞伎的魅力就在男旦身上，B認為男旦既不自然又很奇怪。

3 A認為女性角色全由男演員擔任，而男性角色全由女演員擔任比較好；B贊成由男演員飾演女性角色，但反對女演員飾演男性角色。

4 A無條件認同男旦的魅力與存在價值，B雖然認同男旦的效果但總覺得有些怏怏不悅。

題型分析

這道題目是一個「意見差異識別題」，旨在識別和理解A和B兩段文字中，筆者對於歌舞伎男旦的不同看法。

解題思路

1. 明確分析各觀點：仔細閱讀A和B兩段文字，把握每位筆者對於歌舞伎男旦的獨特看法及其依據。

2. 識別意見差異：比較A和B的觀點，找出他們在評價歌舞伎男旦時的根本差異。

3. 對照選項：將A和B的意見差異與選項進行對照，選擇最合適的描述。

4. 排除法：排除那些只符合A或B單方面觀點或完全不相關的選項。

解題攻略

這一題問的是A、B兩篇文章的作者意見有何不同。為了節省時間，可以用刪去法作答。

選項1 不正確。A文確實強調了歌舞伎男旦比真正的女性更具魅力，但B文中的作者並未明確表示男旦無法超越真正的女性，而是提到了男旦所產生的特殊美感，即使存在不自然感，也有其獨特的效果。因此，這個選項並不準確地反映了B文作者的觀點。

選項2 A文的確肯定了男旦不自然但仍有其魅力，支持了男旦對於歌舞伎的重要性。然而，B文的焦點不單單在於男旦的不自然，而是對於男旦產生的特殊美與其可能帶來的複雜感受進行了更細膩的探討，而非僅僅認為它「不自然でおかしい」（既不自然又很奇怪）。

選項3 不正確。無論A文還是B文都沒有提出這樣的觀點，特別是B文並沒有表示對於女性扮演男性角色有任何立場，因為B文完全沒有提及寶塚或相關的女扮男裝情況。

選項4 正確。A文無條件肯定了男旦的價值和魅力，而B文雖然認可男旦帶來的特殊美，但對於其帶來的不自然感，和可能的不完滿感表達了某種程度的保留態度，這表現了兩篇文章作者，在對待男旦的看法上存在的細微差別。

- □ 色気（いろけ） 魅力，吸引力
- □ 直覚（ちょっかく） 直覺，不經思考的感覺
- □ 筋（すじ） （故事）情節
- □ インタープレテーション【interpretation】詮釋（常書寫為「インタープリテーション」）
- □ 解剖（かいぼう） 分析，解剖
- □ 敏感（びんかん） 敏感，感覺敏銳
- □ 柄（がら） 身材，體型
- □ 地（じ） 天生，本來
- □ 扮装（ふんそう） 裝扮
- □ 挙止（きょし） 舉止，動作
- □ 殊に（こと） 特別
- □ 底力（そこぢから） 潛力
- □ 幻想的（げんそうてき） 如夢似幻般的
- □ 醸す（かも） 醞釀，形成

Answer **4**

65 AとBの文章は、論点がどのように異なるか。

1 Aの文章は、宝塚の男役と歌舞伎の女形の類似した長所を述べており、Bの文章は、女形の長所と短所を比較検討している。

2 Aの文章は、宝塚の男役と歌舞伎の女形の違いを述べており、Bの文章は、旧劇における女形と新作の劇における女形を比較して述べている。

3 Aの文章は、宝塚の男役と歌舞伎の女形の違いを述べており、Bの文章は、女形の長所と短所を比較検討している。

4 Aの文章は、宝塚の男役と歌舞伎の女形の類似した長所を述べており、Bの文章は、旧劇における女形と新作の劇における女形を比較して述べている。

65 Ａ和Ｂ兩篇文章的觀點有何不同呢？

1 Ａ文章在敘述寶塚反串男角和歌舞伎男旦的相似優點，Ｂ文章在比較檢討男旦的優缺點。

2 Ａ文章在敘述寶塚反串男角和歌舞伎男旦的不同，Ｂ文章在比較敘述傳統戲曲的男旦和新創作戲碼的男旦。

3 Ａ文章在敘述寶塚反串男角和歌舞伎男旦的不同，Ｂ文章在比較檢討男旦的優缺點。

4 Ａ文章在敘述寶塚反串男角和歌舞伎男旦的相似優點，Ｂ文章在比較敘述傳統戲曲的男旦和新創作戲碼的男旦。

□ もたらす 帶來
□ 噛みしめる 玩味；細嚼
□ 云うに云われない 難以言喻
□ 性差 性別差異
□ 超越 超越，超出
□ しょせん 終究（後常接否定）
□ 成り立つ 建立，形成
□ どことなく 總好像，總覺得

解題攻略

這一題問的是A、B的論點有什麼不同。雖然兩篇文章都是針對歌舞伎的男旦來撰寫，但是立場不太一樣，所以要找出兩位作者的切入點各是什麼。

選項1 不正確。A文的確強調了寶塚的反串男角，與歌舞伎的男旦之間的類似之處，特別是他們如何各自超越了性別的限制，來展現理想化的男性與女性形象。然而，B文並沒有直接對男旦的長短處進行比較檢討，而是討論了男旦在不同類型的戲劇中的表現與觀眾的感受。

選項2 不正確。A文中並未特別強調寶塚的反串男角，與歌舞伎的男旦之間的差異，而是著重於他們的相似性，與如何超越真實性別來表達一個理想化形象。B文則是著眼於男旦如何在傳統戲曲與新創作戲碼中表現，並探討了這種表現對於觀眾的意義與接受度。

選項3 不正確。如前所述，A文並沒有強調兩者之間的差異，而B文也並非專注於比較男旦的優缺點。

選項4 正確。這一選項最準確地反映了A與B文的論點差異。A文著重於寶塚的反串男角，與歌舞伎的男旦如何各自超越性別限制，來展現理想化的男性與女性形象的相似之處，而B文則是探討了男旦在不同類型戲劇中的表現，以及這些表現對於觀眾的意義。

題型分析

這道題目是一個「論點差異識別題」，旨在識別A和B兩段文字中的論點如何不同。

解題思路

1. 理解各自論點：首先，需要分別理解A和B段落中的論點，包括寶塚的反串男角和歌舞伎的男旦的評價，以及對這些演出形式的比較。
2. 識別論點差異：檢查A和B論點之間的主要差異，特別是他們如何看待歌舞伎的男旦，以及對比其他演出形式的方法。
3. 對照選項：將A和B的論點差異與4個選項進行對照，找出最貼切描述他們論點差異的選項。
4. 排除不符合的選項：排除那些不符合A和B文中描述的選項。

翻譯與解題 ②

重要文法

【名詞】＋あっての＋【名詞】。表示因為有前面的事情，後面才能夠存在。含有後面能夠存在，是因為有前面的條件，如果沒有前面的條件，就沒有後面的結果了。「あっての」後面除了可接實體的名詞之外，也可接「もの、こと」來代替實體。

❶ あっての

有了…之後…才能…、沒有…就不能（沒有）…

例句 失敗あっての成功ですから、失敗を恥じなくてもよい。

有失敗才會有成功，所以即使遭遇失敗亦無需感到羞愧。

【名詞；動詞辭書形】＋なり＋【名詞；動詞辭書形】＋なり。表示從列舉的同類或相反的事物中，選擇其中一個。暗示在列舉之外，還可以其他更好的選擇。後項大多是表示命令、建議等句子。一般不用在過去的事物。由於語氣較為隨便，不用在對長輩跟上司。

❷ なり～なり 或是…或是…、…也好…也好

例句 テレビを見るなり、お風呂に入るなり、好きにくつろいでください。

看電視也好、洗個澡也好，請自在地放鬆休息。

【動詞ます形】＋切る、切れる。接意志動詞的後面，表示行為、動作做到完結、竭盡、堅持到最後。

❸ きれる／きる 充分、完全、到極限

例句 何時の間にか、お金を使いきってしまった。

不知不覺，錢就花光了。

【動詞ます形】+つつ（も）。表示連接兩個相反的事物。雖然有前項，但結果是後項。

❹ つつ（も） 明明…、儘管…、雖然…

例句 身分が違うと知りつつも、好きになってしまいました。

儘管知道門不當戶不對，但還是喜歡上了。

小知識大補帖

▶與【性格、態度】相關的單字

單字	意思	例句
齷齪 辛辛苦苦；忙忙碌碌	小さいことにとらわれて忙しくする様子 （受困於小事情而忙碌的樣子）	彼女は毎日齷齪と働く。 （她每天庸庸碌碌地工作。）
悪辣 毒辣；陰險	やり方が悪質でひどいこと（做法惡劣過分）	彼は悪辣な手段で儲ける。（他以陰險的手段來賺錢。）
淫蕩 淫蕩	行いがだらしない、みだらなこと （行為不檢點、淫亂）	あいつは乱れた淫蕩な生活にふけっている。（那傢伙沉迷於混亂淫蕩的生活。）
怯懦 懦弱	臆病、意気地なし （膽小、沒志氣）	自らの怯懦を隠した。 （隱藏自己的懦弱。）
狷介 狷介；自負	頑固で妥協しないこと （個性頑固、絕不妥協）	性狷介にして人と交わらず。 （自命清高不與人打交道。）
狡猾 狡猾	悪がしこくずるいこと （奸詐）	狡猾詐欺の手口がテレビで紹介された。（電視上介紹了狡猾的詐欺手法。）
豪奢 奢華	贅沢ではでなこと （奢侈闊綽）	会長の邸宅はきわめて豪奢だ。（會長的宅邸十分奢華。）
昵懇 親暱	親しいこと（親近的）	社長とは昵懇の間柄である。（和社長有親密的關係。）
粗忽 粗心	そそっかしいこと （冒失的）	私は生来の粗忽者です。 （我天生就是個粗心鬼。）
突慳貪 （態度或言語）不和藹、冷淡	無愛想な様子 （不客氣的樣子）	突慳貪な応対に面食らう。（面對不客氣的應對感到不知所措。）

翻譯與解題 ②

恬淡（てんたん） 淡泊	心（こころ）が清（きよ）らかであっさりしていること（心靈潔淨恬淡）	彼（かれ）は金銭（きんせん）に恬淡（てんたん）とした人（ひと）だ。（他對於金錢很淡泊。）
貪婪（どんらん） 貪婪	非常（ひじょう）に欲（よく）が深（ふか）いこと（欲望無窮）	欲深（よくぶか）く貪婪（どんらん）な人物（じんぶつ）。（貪得無厭的貪婪人物。）
無慚（むざん） 無慚	罪（つみ）を犯（おか）して恥（は）じないこと（犯了錯也不會感到羞愧）	戒（いまし）めを破（やぶ）るとは無慚（むざん）なり。（破戒實為無慚。）

常用的表達關鍵句

＊｛ ｝內也可自行帶入其他詞彙喔！

01 表示概括性下結論關鍵句

- つまり／也就是說。
- すなわち／也就是說。
- 簡単(かんたん)にいうと／簡而言之。
- 一口(ひとくち)で言(い)えば／一言以蔽之。
- 言(い)い換(か)えれば／換句話說。
- 要(よう)するに／簡而言之、總而言之。
- 結局(けっきょく)／其結果、結論是。
- せんじるところ／總而言之。

02 表示說明、論證關鍵句

- {反乱(はんらん)がある} のです・のだ／｛發生叛亂｝！
- {反響(はんきょう)の大(おお)きさが予想外(よそうがい)だった} のは {確(たし)か} です／｛回響如此之大，確實｝是｛超乎預期的｝。
- {サンゴが満月(まんげつ)の前後(ぜんご)に一斉(いっせい)に卵(たまご)を産(う)むことは} はよく知(し)られています／｛珊瑚會在滿月前後一起產卵，這是｝眾所周知｛的事｝。
- {今(いま)は何(なん)とも言(い)えない。} なぜならば {まだ協議中(きょうぎちゅう)だから} ／｛目前還無法確實說明。｝為什麼呢，｛因為還在商討中｝。

03 表示必要性、義務關鍵句

- {給与(きゅうよ)が低(ひく)いから、副業(ふくぎょう)を考(かんが)え} ねばならない／｛因為薪水不高｝不能不｛考慮做副業｝。
- {組織(そしき)に生(い)きる我々(われわれ)は「根回(ねまわ)し」をし} なければならない {のである} ／｛依附在組織裡生存的我們凡事都｝必須｛做好事先溝通、提前打招呼的準備｝。
- {この役職(やくしょく)には多(おお)くの個人的犠牲(こじんてきぎせい)} が必要(ひつよう)である／｛擔任這個職務｝需要｛許多的自我犧牲｝。

情境記單字

▸情境	▸▸▸單字	
演劇（えんげき）、舞踊（ぶよう）、映画（えいが） 戲劇、舞蹈、電影	□ 戯曲（ぎきょく）	劇本，腳本；戲劇
	□ 喜劇（きげき）	喜劇，滑稽劇；滑稽的事情
	□ 脚本（きゃくほん）	（戲劇、電影、廣播等）劇本；腳本
	□ 原作（げんさく）	原作，原著，原文
	□ シナリオ【scenario】	電影劇本，腳本；劇情說明書；走向
	□ 主人公（しゅじんこう）	（小說等的）主人公，主角
	□ 台本（だいほん）	（電影，戲劇，廣播等）腳本，劇本
	□ 主演（しゅえん）	主演，主角
	□ 出演（しゅつえん）	演出，登台
	□ 公演（こうえん）	公演，演出
	□ 映写（えいしゃ）	放映（影片、幻燈片等）
	□ 演出（えんしゅつ）	（劇）演出，上演；導演
	□ 上演（じょうえん）	上演
	□ 演じる（えんじる）	扮演，演；做出

▸情境	▸▸▸單字	
容姿（ようし） 姿容	□ 気品（きひん）	（人的容貌、藝術作品的）品格，氣派
	□ ポーズ【pose】	（人在繪畫、舞蹈等）姿勢；擺樣子，擺姿勢
	□ 身なり（みなり）	服飾，裝束，打扮
	□ 華美（かび）	華美，華麗
	□ 不細工（ぶさいく）	（技巧，動作）笨拙，不靈巧；難看，醜
	□ 優美（ゆうび）	優美
	□ 覆面（ふくめん）	蒙上臉；不出面，不露面
	□ チェンジ【change】	交換，兑換；變化；（網球，排球等）交換場地
	□ きらびやか	鮮豔美麗到耀眼的程度；絢麗，華麗

▶ 戲劇表演

今日はお芝居を見に行きます。
今天要去看戲劇表演。

誰が主役ですか。
請問誰是主角？

どこの劇場ですか。
是在哪一間劇場呢？

7時半に開幕します。
7點半開演。

東京だけじゃなく、地方公演もありますよ。
不只在東京表演，也會去其他縣市演出哦！

歌舞伎を見たことがありますか。
請問你看過歌舞伎表演嗎？

私も母も宝塚に夢中です。
我和媽媽都非常迷寶塚歌劇團。

明日はいよいよ舞台の初日です。
明天終於要舉行首演。

舞台よりミュージカルの方が好きです。
比起話劇表演，我比較喜歡看歌舞劇。

今(いま)からでもチケットは手(て)に入(はい)りますか。
現在還買得到票嗎？

ラッキーなことに、VIP席(せき)が取(と)れました。
很幸運地買到了貴賓席。

会場(かいじょう)に入(はい)れるなら、立見席(たちみせき)でもいいです。
只要能夠進入會場，就算是站票區也沒關係。

一番安(いちばんやす)いチケットはいくらですか。
請問最便宜的票大約多少錢？

何時(なんじ)から会場(かいじょう)に入(はい)れますか。
請問從幾點開始入場？

ファンが続々(ぞくぞく)と会場(かいじょう)に集(あつ)まってきています。
粉絲們陸續集中到會場了。

会場(かいじょう)の周(まわ)りにはたくさんダフ屋(や)がいます。
會場周邊有很多黃牛。

千秋楽(せんしゅうらく)は何日(なんにち)ですか。
請問最後一場演出是哪一天呢？

もんだい

12 理解想法／長文

閱讀一篇約 1000 字的長篇文章，測驗能否掌握全文想表達的想法或意見。主要以一般常識性的、抽象的社論及評論性文章為主。

考前要注意的事

作答流程 & 答題技巧

閱讀說明

先仔細閱讀考題說明

閱讀 問題與內容

預估有 4 題

1 文章較長，應考時關鍵在快速掌握談論內容的大意。

2 提問一般是用「～とは、どういうことだ」（…是什麼意思？）「筆者は、～どのように考えているか」（作者針對…是怎麼想的？）。

3 由於問的大多是全文主旨或作者的主張，所以要一邊閱讀，一邊掌握大意。有時文章中也包含與作者意見相反的主張，要多加注意！

答題

選出正確答案

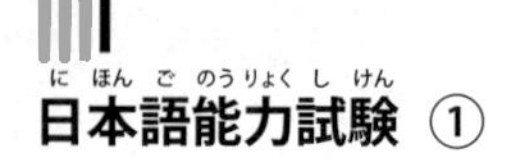

日本語能力試験 ①

Track 19

次の文章を読んで、後の問いに対する答えとして、最もよいものを、1・2・3・4から一つ選びなさい。

一生懸命考えてみると、結核という病気は「実在しない」と結論づけるより他ありません。

たとえ結核菌というばい菌が体の中にくっついていても、それが結核という病気と認識されるとは限りません。「保菌者」と認識すれば、それは病気ではないからです。アメリカの医者は、それを「症状のない結核という病気＝潜伏結核」と認識し直そうと提唱しました。そうみんなが考えれば、この現象は病気に転じます。

以前の考え方だと、「潜伏結核＝結核菌が体に入っているけれど『病気』を起こしていない状態」とは、専門家が「病気ではない」と決めつけた①恣意的な存在でした。そして逆に「結核菌が体にあれば、それを病気と呼ぼうじゃないか」というアメリカ人の態度も別の専門家の恣意にすぎません。結核という病気は実在せず、病気は現象として、ただ恣意的に認識されるだけなのです。

潜伏結核のカウンターパート（注1）としての活動性結核。これは、結核菌が人間の体内に入り、なおかつ結核菌がその体内から見つかっている、あるいは結核菌が症状を起こしている、という意味ですが、これも専門家たちが決めつけた恣意的な存在です。

（中略）

ところが、その潜伏結核が潜伏結核である、あるいは、活動性結核が活動性結核である、と確実に断言する方法が存在しません。レントゲンにつかまっていない、ＣＴ（注２）で見つからない、そういった小さな結核病変があるかもしれないからです。病変があるかどうかを医者が認識すれば活動性結核という病気ですが、そうでなければ活動性結核ではないのです。それは、潜伏結核になってしまうのです。これは原理的にそうなのです。

将来、どんなにテクノロジーが進歩してもこの構造そのものが変化することはないでしょう。例えば、ＣＴを凌駕する（注３）Ｘという検査が発明されても、Ｘで見つからない結核の病変では活動性結核という病気と認識されず、潜伏結核と認識されるのです。さらに悪いことに、活動性結核の治療は複数の抗結核薬を使用して６か月間の治療と決められているのですが、潜伏結核の場合、イソニアチドという薬１つで９か月間の治療なのです。判断、認識の違いが治療のあり方も変えてしまうのです。こんなへんてこなことが許容されるのは、結核という病気があくまで（注４）認識のされ方によって姿を変える「②」であり、実在しないものだからに相違ありません。

（磐田健太郎『感染症は実在しない　構造構成的感染症学』）

（注１）カウンターパート：対応するもの、対等の立場にある相手
（注２）ＣＴ：検査方法の１つ、コンピューター断層撮影法
（注３）凌駕する：ほかのものを越えて上に立つ
（注４）あくまで：絶対的に、徹底的に

64 この文脈における①恣意的の意味として適切なものはどれか。

1 状況によって決められるもの
2 自然に発生するもの
3 人によって定義が変わるもの
4 感覚によって違うもの

65 「結核」とはどのようなものだと述べられているか。

1 病気として治療される「活動性結核」と、治療できない「潜伏結核」の２つに分けられる。
2 初期症状である「潜伏結核」と、より病気がすすんだ状態である「活動性結核」の２つに分けられる。
3 結核菌を持っていても病変が見つかっていない「潜伏結核」と、結核菌を持っていてかつ病変が見つかっている「活動性結核」の２つに分けられる。
4 病気ではない「潜伏結核」と、病気である「活動性結核」の２つに分けられる。

66 「②」に入る言葉は何か。

1　病気

2　現象

3　症状

4　方法

67 この文章で筆者が最も言いたいことはどれか。

1　結核菌が体の中にあっても、それが結核という病気と診断されるとは限らないこと

2　病気の診断や治療は医者の考え方によって変わってしまうものであるということ

3　将来、どんなにテクノロジーが進歩しても結核の病変を確実に見つけることはできないということ

4　病気の診断を客観的で論理的なものであると思うのは医者だけであるということ

翻譯與解題 ①

次の文章を読んで、後の問いに対する答えとして、最もよいものを、1・2・3・4から一つ選びなさい。

一生懸命考えてみると、結核という病気は「実在しない」と結論づけるより他ありません。

たとえ結核菌というばい菌が体の中にくっついていても、それが結核という病気と認識されるとは限りません。「保菌者」と認識すれば、それは病気ではないからです。アメリカの医者は、それを「症状のない結核という病気＝潜伏結核」と認識し直そうと提唱しました。**そうみんなが考えれば、この現象は病気に転じます。**

└文法詳見 P280

66 題 關鍵句

以前の考え方だと、「潜伏結核＝結核菌が体に入っているけれど『病気』を起こしていない状態」とは、専門家が「病気ではない」と決めつけた①恣意的な存在でした。そして逆に「結核菌が体にあれば、それを病気と呼ぼうじゃないか」というアメリカ人の態度も別の専門家の恣意にすぎません。結核という病気は実在せず、病気は現象として、ただ恣意的に認識されるだけなのです。

文法詳見 P280┘

64,65 題 關鍵句

64,66 題 關鍵句

潜伏結核のカウンターパート（注1）としての活動性結核。**これは、結核菌が人間の体内に入り、なおかつ結核菌がその体内から見つかっている、あるいは結核菌が症状を起こしている、という意味です**が、これも専門家たちが決めつけた恣意的な存在です。

65 題 關鍵句

（中略）

ところが、その潜伏結核が潜伏結核である、あるいは、活動性結核が活動性結核である、と確実に断言する方法が存在しません。レントゲンにつかまっていない、ＣＴ（注2）で見つからない、そういった小さな結核病変があるかもしれないからです。病変があるかどうかを医者が認識すれば

請閱讀下列文章，並從每題所給的 4 個選項（1・2・3・4）當中，選出最佳答案。

經過了反覆的推敲思索，最後得到的唯一結論就是結核病「並不存在」。

即使體內帶有名為結核菌的細菌，也未必會被認定是結核病，只要將之定義為「帶原者」，就不算是疾病了。美國的醫師建議將此現象重新認知為「沒有症狀的結核病＝潛伏結核感染」。只要大家都有這種看法，這個現象的定義就會轉變成疾病。

至於以往的想法，所謂「潛伏結核感染＝結核菌進入體內但還沒引起『疾病』的狀態」是專家單方面①專斷獨行的認定；相反的，「如果體內有結核菌的話，就稱之為疾病吧」，美國人的這種態度，同樣只是其他專家的專斷獨行。實際上結核病並不存在，只是該現象被擅自認定為疾病而已。

潛伏結核感染的相應物（注１）是活動性結核。這是指結核菌進入人體體內，並且能在體內發現結核菌，或是由結核菌引發了症狀，不過這也是專家們擅自單方面認定。

（中略）

然而，我們沒有確切的方法可以如此下定論：「這個潛伏結核傳染就是潛伏結核傳染」，或是「活動性結核就是活動性結核」。因為或許有Ｘ光找不到、ＣＴ（注２）無法發現的微小結核病變。醫生的判定依據

破題點出「結核病」實際上並不存在。

體內有結核菌這種現象，即使沒有症狀，美國醫師也提倡將之稱為疾病。

承上段，作者認為把這樣的現象當成是一種病，或是命名為「潛伏結核感染」而不當成是一種病，這些都只是專家專斷獨行的判斷。

話題轉到「潛伏結核感染」的相對概念：「活動性結核」。這也是專家自己決定的。

沒有方法去斷定結核感染屬於哪一種，所以全是由醫生說了算。

翻譯與解題 ①

活動性結核という病気ですが、そうでなければ活動性結核ではないのです。それは、潜伏結核になってしまうのです。これは原理的にそうなのです。

将来、どんなにテクノロジーが進歩してもこの構造そのものが変化することはないでしょう。例えば、CTを凌駕する（注3）Xという検査が発明されても、Xで見つからない結核の病変では活動性結核という病気と認識されず、潜伏結核と認識されるのです。さらに悪いことに、活動性結核の治療は複数の抗結核薬を使用して6か月間の治療と決められているのですが、潜伏結核の場合、イソニアチドという薬1つで9か月間の治療なのです。**判断、認識の違いが治療のあり方も変えてしまうのです。こんなへんてこなことが許容されるのは、結核という病気があくまで（注4）認識のされ方によって姿を変える「②」であり、実在しないものだからに相違ありません。**

65題 關鍵句

67題 關鍵句

66,67題 關鍵句

└文法詳見 P280

（磐田健太郎『感染症は実在しない　構造構成的感染症学』）

（注1）カウンターパート：対応するもの、対等の立場にある相手
（注2）CT：検査方法の1つ、コンピューター断層撮影法
（注3）凌駕する：ほかのものを越えて上に立つ
（注4）あくまで：絶対的に、徹底的に

□ 結核　結核
□ 実在　實際存在，實有其物
□ 結論づける　下結論
□ ばい菌　有害細菌等微生物的俗稱
□ 潜伏　潛伏
□ 現象　現象
□ 転じる　轉變
□ 決めつける　單方面斷定
□ 恣意的　恣意，任意
□ カウンターパート【counterpart】相應物，相對概念

是，有病變就是感染活動性結核，相反的就不是活動性結核，也就是潛伏結核傳染。原理上就是這麼一回事。

未來，不管科技再怎麼進步，這個推論模式都不會改變吧？比方說，即使發明了淩駕（注3）ＣＴ的Ｘ檢查，用Ｘ找不到的結核病變並不會被認定是活動性結核病，而是被認定為潛伏結核感染。更糟的是，活動性結核規定要使用多種抗結核藥進行６個月的治療；若為潛伏結核感染，要使用異菸鹼醯胺這一種藥物進行９個月的治療。依照判斷與認定的不同，治療方式也有所改變。這種古怪的狀況之所以會被容許存在，正是因為結核病完全是（注4）根據認定方式的不同而呈現不同樣貌的「②」，實際上根本不存在。

結論。再次強調結核病並不存在。

（磐田健太郎《感染症並非實際存在　結構建構的感染症學》）

（注１）相應物：對應的事物，立場對等的對象
（注２）ＣＴ：檢查方法之一，電腦斷層掃描
（注３）淩駕：超越其他事物居上
（注４）完全就是：絕對地、徹底地

□ なおかつ　並且，而且
□ 断言（だんげん）　斷言，下定論
□ レントゲン【roentgen】　Ｘ光
□ 病変（びょうへん）　病變
□ 原理（げんり）　原理
□ テクノロジー【technology】　科技
□ 凌駕（りょうが）　淩駕，超過
□ へんてこ　古怪，奇異
□ 許容（きょよう）　容許
□ あくまで　徹底，到底

Answer **3**

64 この文脈における①<u>恣意的</u>の意味として適切なものはどれか。

1 状況によって決められるもの
2 自然に発生するもの
3 人によって定義が変わるもの
4 感覚によって違うもの

64 這個上下文關係中的①<u>專斷獨行的</u>，下列何者意思最為貼切呢？

1 依照狀況所決定的事物
2 自然發生的事物
3 定義因人而異的事物
4 依照感覺而有所不同的事物

題型分析

這個問題屬於「詞彙意義題型」，詢問文中「恣意的」一詞的含義。

解題思路

1. 文脈理解：首先，必須正確理解「恣意的」一詞使用的文脈。這個詞出現在描述結核病被專家定義的過程中，這些定義是根據個人的判斷或選擇做出的。

2. 識別各段論點：注意到文段如何描述專家之間，對於結核定義的不同看法，並識別這些看法背後的主觀性。

3. 分析差異：深入理解「恣意的」在文中的用途，特別是它如何用來指示對於疾病定義的主觀與隨意性。

4. 選擇匹配選項：根據對「恣意的」含義的理解，尋找與文中描述相匹配的選項。

5. 排除法：逐一排除那些與文段描述不匹配或文義不符的選項。

延伸分類單字

思考 / 思考

01 | あやぶむ【危ぶむ】

他五 操心，擔心；認為靠不住，有風險

例文

事業の成功を危ぶむ。

擔心事業是否能成功。

02 | ありふれる

自下一 常有，不稀奇

例文

それはありふれた考えだ。

那是大家都想得到的普通想法。

解題攻略

選項1 不正確，因為文中強調的是專家個人的見解，或判斷對結核病的認定產生了影響，而非由特定狀況或條件所自動決定。

選項2 亦不正確，文中所討論的是如何將某些醫學現象歸類為疾病，這種歸類並非自然發生的結果，而是基於專家的判斷或社會共識。

選項3 正確。文中論述指出，結核是否被視為疾病完全取決於專家個人的認定，這種認定是主觀的、恣意的，因人而異，並不是基於絕對的、客觀的標準。

選項4 不正確，文中討論的焦點在於專家的判斷，與社會認定對疾病的定義，而非依據個人的感覺。文章中的關鍵在於結核病的認定，是基於專家的主觀決定，而非普通人的直觀感受，或感覺所能決定的。

「恣意的」原意是「隨心所欲」、「任意」。劃線部分在第3段。第3段一共出現3次「恣意」，如果不知道它本身的意思，可以從文章當中來仔細推敲。

延伸慣用語

- **あいづちを打つ**／點頭稱是
- **手を打つ**／採取措施；達成協議
- **手に手を取って**／攜手合作，一起努力
- **手を組む**／合作，聯手進行
- **肩を組む**／合作，聯合

Answer **3**

65 「結核」とはどのようなものだと述べられているか。

1 病気として治療される「活動性結核」と、治療できない「潜伏結核」の２つに分けられる。

2 初期症状である「潜伏結核」と、より病気がすすんだ状態である「活動性結核」の２つに分けられる。

3 結核菌を持っていても病変が見つかっていない「潜伏結核」と、結核菌を持っていてかつ病変が見つかっている「活動性結核」の２つに分けられる。

4 病気ではない「潜伏結核」と、病気である「活動性結核」の２つに分けられる。

65 這篇文章是如何描述「結核」這種東西的呢？

1 分成可治療的「活動性結核」，以及無法治療的「潛伏結核感染」這兩種疾病。

2 分成初期症狀為「潛伏結核感染」，以及病情逐漸惡化的「活動性結核」兩種。

3 分成有結核菌也找不到病變的「潛伏結核感染」，和有結核菌也找得到病變的「活動性結核」兩種。

4 分成非疾病的「潛伏結核感染」，以及是疾病的「活動性結核」兩種。

題型分析

這個問題屬於「定義說明題型」，關注於解釋「結核」的兩種不同狀態。

解題思路

1. 文脈理解：先了解文中對於「結核」的基本介紹，尤其是「潛伏結核」跟「活動性結核」的分別。

2. 識別各段論點：尋找文中直接解釋這兩種結核狀態的段落，關注於對「潛伏結核」和「活動性結核」的具體描述。

3. 分析差異：注意到「潛伏結核」跟「活動性結核」在定義上的差異，特別是它們如何基於結核菌的存在，及其對身體影響的不同被分類。

4. 選擇匹配選項：依據對兩種結核狀態的理解，選擇最合適的選項。

5. 排除法：排除那些不符合文中描述的選項。

解題攻略

選項1 不正確，因為文中明確提到即使是「潛伏結核」也有其治療方法，並非不能治療。

選項2 也不正確，文中對於「潛伏結核」跟「活動性結核」的説明與這個選項所述的進程有所不同，並非簡單地將其定義為疾病的初期與進階階段。

選項3 正確，這與文章中的描述一致，明確區分了「潛伏結核」跟「活動性結核」的標準，前者指的是雖有結核菌但無症狀或病變，後者則是有結核菌且有症狀或病變的情況。

選項4 不正確，因為文中的主旨是探討「結核」這個疾病名稱和概念的相對性與恣意性，而不是簡單地將「潛伏結核」定義為非疾病，「活動性結核」定義為疾病。

這一題問的是文章當中關於「結核」的敘述。從選項可以發現主要問的是針對「活動性結核」和「潛伏結核」的形容。不過為了節省時間，可以直接用刪去法來作答。

延伸慣用語

- **口を挟む** ／插話，提出意見或評論
- **口を挟む** ／插嘴
- **言葉に詰まる** ／語塞，找不到該説的話
- **言葉を濁す** ／故意含糊其辭，不直接回答
- **声を上げる** ／發出聲音；提出意見
- **腹を割って話す** ／坦白講話，開誠布公
- **つじつまが合う** ／説法一致

Answer **2**

66 「②」に入（はい）る言葉（ことば）は何（なに）か。

1 病気（びょうき）
2 現象（げんしょう）
3 症状（しょうじょう）
4 方法（ほうほう）

66 下列語詞何者可填入「②」？

1 疾病
2 現象
3 症狀
4 方法

題型分析

這個問題屬於「詞彙理解題型」，旨在識別文中提到的特定概念或詞彙。

解題思路

1. 文脈理解：明確「②」所在句子的上下文，確認該空白處應填入的詞彙如何與前後文關聯。

1. 識別各段論點：找到包含「②」的句子，理解其在整體論述中的作用。

2. 分析差異：分析各選項與「結核」其認識方式之間的關係，確定哪個詞彙最適合填入文中空白。

3. 選擇匹配選項：選出最符合文中描述的選項。

4. 排除法：排除那些與文中提及的認識或描述不相符的選項。

延伸分類單字

思考 / 思考

01 いまさら【今更】

副 現在才…；（後常接否定語）現在開始；（後常接否定語）現在重新…；（後常接否定語）事到如今，已到了這種地步

例文

いまさら言（い）うまでもない。

事到如今也不用再提了。

02 いそん・いぞん【依存】

名・自サ 依存，依靠，賴以生存

例文

人民（じんみん）の力（ちから）に依存（いそん）する。

依靠人民的力量。

解題攻略

選項1 「病気」不正確，因為整篇文章的主旨是質疑結核作為一種疾病的存在性，強調結核是被恣意認定的。因此，將「病気」作為答案與文章的論點相矛盾。

選項2 「現象」是正確答案。文章中強調結核並非作為一種病態的固定存在，而是依據專家的恣意認定而有所變化的現象。這表明結核被視為一種隨解釋而改變的現象，而不是一個固定不變的病理狀態。

選項3 「症狀」不正確，因為文章主要討論的是，結核作為一種現象的存在性質，而不是直接聚焦於具體症狀。文章探討的是結核的概念和定義，如何受到人們認識的影響，而非症狀本身。

選項4 「方法」也不正確，因為「方法」與討論結核的認識和定義無直接關聯。文章中提到的是結核作為一種由專家定義的現象，而非特定的診療方法或治療手段。

這一題考的是劃線部分應該填入什麼字詞比較適合。可以把選項代入原句，看看語句是否通順達意、符合作者的想法。

延伸慣用語

- **口をきかない** ／不說話，保持沉默
- **口が堅い** ／能保守秘密，不輕易透露信息
- **口が重い** ／不喜歡多說
- **言葉を飲み込む** ／停止說話，吞回去自己的話

Answer **2**

[67] この文章で筆者が最も言いたいことはどれか。

1 結核菌が体の中にあっても、それが結核という病気と診断されるとは限らないこと
2 病気の診断や治療は医者の考え方によって変わってしまうものであるということ
3 将来、どんなにテクノロジーが進歩しても結核の病変を確実に見つけることはできないということ
4 病気の診断を客観的で論理的なものであると思うのは医者だけであるということ

[67] 這篇文章當中作者最想表達的是下列何者呢？

1 即使結核菌在體內，也不一定能診斷為結核病
2 疾病的診斷和治療是隨著醫生的想法而改變的事物
3 未來，不管科技再怎麼進步都無法確切找出結核病變
4 只有醫生才能將疾病診斷視為是客觀且有邏輯性的事物

題型分析

這道題屬於「主旨理解題型」，要求考生理解整篇文章的中心思想，或作者想要傳達的最重要信息。

解題思路

1. 識別各段論點：通讀全文，了解各段落主要討論的內容，尋找文中的核心論點。
2. 分析差異：比較4個選項，分析哪一個最能概括文章全文的主旨。
3. 選擇匹配選項：基於文章整體脈絡和提供的資訊，選擇最符合全文主旨的選項。
4. 排除法：排除那些只是文章部分內容或細節的選項，專注於那些能夠概括全文主旨的選項。

選項1 揭示了文章中提到的一個觀點，即結核菌的存在並不直接等同於結核疾病的診斷。這雖然是文章中的一部分內容，但不足以概括作者的主要論點。

選項2 更接近文章整體的中心思想。文章指出，無論是潛伏結核還是活動性結核的診斷，都高度依賴於醫生的判斷和認識，即使在未來科技發展之後，這種情況也不會改變，顯示了對疾病診斷的相對性和主觀性的強調。

選項3 主要討論了結核疾病診斷的困難性，即使技術有所進步，仍然存在無法完全確定病變的情況。這一點在文章中有所提及，但不是作者最主要想要表達的內容。

選項4 只有醫生認為疾病診斷是客觀和邏輯的，這一點在文章中沒有直接提及，且與文章的主旨不夠契合。

❗ 這一題考的是作者最想表達的內容，也就是整篇文章的中心思想。通常一篇文章的主題會出現在第一段或是最後一段。

延伸分類單字

思考／思考

01 | おもいつき【思いつき】

名 想起，（未經深思）隨便想；主意

例文

思（おも）い付（つ）きでものを言（い）う。

到什麼就說什麼。

02 | かえりみる【省みる】

他上一 反省，反躬，自問

例文

自（みずか）らを省（かえり）みる。

自我反省。

延伸慣用語

- **耳を傾ける** ／聆聽，注意聽
- **耳を貸す** ／傾聽，給予注意
- **耳にする** ／偶然聽到，獲悉
- **耳に挟む** ／聽到一些消息
- **耳にたこができる** ／聽得太多而感到厭煩

翻譯與解題 ①

重要文法

【[名詞・形容詞・形容動詞・動詞] 普通形】＋とは限らない。表示事情不是絕對如此，也是有例外或是其他可能性。

❶ とは限らない 也不一定…、未必…

例句 お金持ちが必ず幸せだとは限らない。

有錢人不一定就能幸福。

【名詞；形容動詞詞幹である；[形容詞・動詞] 普通形】＋にすぎない。表示程度有限，有這並不重要的消極評價語氣。

❷ にすぎない

只是…、只不過…、不過是…而已、僅僅是…

例句 そんなの彼のわがままにすぎないから、放っておきなさい。

那只是他的任性罷了，別理他。

【名詞；形容動詞詞幹；[形容詞・動詞] 普通形】＋に相違ない。表示説話人根據經驗或直覺，做出非常肯定的判斷。跟「だろう」相比，確定的程度更強。跟「～に違いない」意思相同，只是「～に相違ない」比較書面語。

❸ に相違ない 一定是…、肯定是…

例句 犯人は、窓から侵入したに相違ありません。

犯人肯定是從窗戶進來的。

小知識大補帖

▶在醫療院所用得到的單字

（　）内の病名は専門的な言い方で、日常会話では（　）の左側の病名を言うことが多い。

括號內的病名是學名，在日常生活當中較常使用括號左側的病名。

病　名	意　思
おたふくかぜ	腮腺炎、流行性腮腺炎、耳下腺炎、豬頭皮
かさぶた	結痂、瘡痂
かぶれ	接觸性皮膚炎、過敏性斑疹
ぎっくり腰（ごし）	閃到腰、急性腰痛
心筋梗塞（しんきんこうそく）	心肌梗塞
喘息（ぜんそく）	氣喘
水疱瘡（みずぼうそう）（水痘（すいとう））	水痘（日文「水疱瘡」多半寫成「水ぼうそう」）
ただれ	潰爛
盲腸（もうちょう）（虫垂炎（ちゅうすいえん））	盲腸炎、闌尾炎
捻挫（ねんざ）	扭傷、挫傷
脳卒中（のうそっちゅう）	腦中風
はしか（麻疹（ましん））	麻疹
風疹（ふうしん）、三日（みっか）ばしか	風疹、德國麻疹
水虫（みずむし）	香港腳、足癬
下痢（げり）	腹瀉、拉肚子
やけど	灼傷、燙傷、燒傷

和症狀相關的擬聲擬態語	意思
(のどが) いがいがする （喉嚨）癢、乾	のどの不快感を表す。「のどがいがいがする」ことを「のどがいがらっぽい」ともいう。 表示喉嚨的不適。「のどがいがいがする」也可以說成「のどがいがらっぽい」。
がらがらな (声) 沙啞（聲音）	声がしゃがれているさまを表す。 表示聲音嘶啞貌。
(頭が) がんがんする （頭）嗡嗡響	頭の中で大きな音が響くような感じの痛みを表す。 表示頭裡面痛得大肆作響一般。
(胃が／おなかが) きりきりする （胃／肚子）刺痛	錐をもみ込まれるような鋭い痛みを表す。 表示彷彿錐子戳刺一般的疼痛。
(鼻が) ぐずぐずする （鼻子）鼻水要流不流的	鼻の中に鼻水がたまって不快なさまを表す。 鼻水塞在鼻子裡面引起不適感。
(目が／頭が) くらくらする （眼睛／頭）天旋地轉	めまいがする意。 暈眩的意思。
(目が／おなかが) ごろごろする （眼睛／肚子）咕嚕咕嚕	異物が入った (ような) 不快感を表す。 表示（彷彿）有異物侵入的不適感。
(胃が／おなかが) しくしくする （胃／肚子）持續鈍痛	小刻みな痛みがずっと続くことを表す。 表示陣痛持續不停。
(頭が／歯が) ずきずきする （頭／牙齒）抽痛	脈打つような痛みを表す。 彷彿脈搏跳痛一樣的疼痛。

ぜいぜい 呼吸時發出異常的咻咻聲	激しく、苦しそうな息づかいの擬声語。 擬聲語，激烈痛苦的呼吸聲。
ちくちくする 刺痛	それほど激しい痛みではないが、何かが繰り返し刺さる様子を表す。皮膚のほか、心にも使う。 疼痛不是很劇烈，像是反覆針刺的樣子。除了可以用在皮膚外，也可以用來形容心痛。
(胸が／胃が) むかむかする (胸口／胃) 反胃、嘔心	吐き気がして気分が悪いことを表す。また、怒りがこみ上げてくるさまにも使う。 表示想吐而身體不舒服。另外也可以用來形容火冒三丈。

常用的表達關鍵句

＊｛ ｝內也可自行帶入其他詞彙喔！

01 表示結論關鍵句

→ 最後に再び結論を述べる／最後再做個總結。

→ ｛実験｝によって次の結論が得られる。すなわち｛直接作用は～｝／根據｛實驗｝可得出如下結論，亦即｛直接作用是…｝。

→ 結論を述べると次のようになる／論結論，就如下所述。

→ 次のように結論することが出来る／可作如下結論。

→ 次のように結論付けている／總結如下。

02 表示斷言、肯定、否定關鍵句

→ ｛国民の大多数が支持している｝と断定する／可以肯定｛大部分的民眾都是抱持著支持的態度｝。

→ ｛そのアニメは原作はない｝と断言する／可以肯定｛那部動漫並非改編自任何原著｝。

→ ｛やりたくないことをやらないのは、あなたのわがまま｝にほかならない／｛不想做的事就不做｝，只不過是｛你肆意妄為的行為｝而已。

→ ｛「お米＝太りやすい」という認識が広がっ｝ていますが、それは間違いです／｛吃飯就會增胖的認知｝在｛不斷地流傳｝，但那其實是個錯誤的觀念。

03 婉轉表現關鍵句

→ ｛このメッセージに値打ちがある｝ではないか／｛這則訊息｝可能｛深具價值｝吧！

→ ｛その態度は失礼だ｝と思う／我覺得｛那樣的態度顯得很失禮｝。

→ ｛彼は子どもっぽい｝ように思う／感覺｛他就像個孩子｝。

→ ｛それは実に名案｝ではないかと思う／看來｛那確實是一個好點子｝不是嗎？

→ ｛これは望ましい考え方へのヒントの一つ｝と言えよう／可以說｛這是成為理想方案的提示之一｝吧。

情境記單字

▸情境	▸▸▸單字	
病気（びょうき）、治療（ちりょう） 疾病、治療	□ 結核（けっかく）	結核，結核病
	□ 癌（がん）	（醫）癌；癥結
	□ 気管支炎（きかんしえん）	（醫）支氣管炎
	□ 抗生物質（こうせいぶっしつ）	抗生素
	□ 細菌（さいきん）	細菌
	□ 細胞（さいぼう）	（生）細胞；（黨的）基層組織，成員
	□ 効き目（ききめ）	效力，效果，靈驗
	□ 失調（しっちょう）	失衡，不調和；不平衡，失常
	□ 安静（あんせい）	安靜；靜養
	□ 緊急（きんきゅう）	緊急，急迫，迫不及待
	□ 悪化（あっか）	惡化，變壞
	□ 感染（かんせん）	感染；受影響
	□ 欠乏（けつぼう）	缺乏，不足
	□ 下痢（げり）	（醫）瀉肚子，腹瀉
	□ 再発（さいはつ）	（疾病）復發，（事故等）又發生；（毛髮）再生
	□ 自覚（じかく）	自覺，自知，認識；覺悟；自我意識
	□ 謝絶（しゃぜつ）	謝絕，拒絕
	□ 圧迫（あっぱく）	壓力；壓迫
	□ 介抱（かいほう）	護理，服侍，照顧（病人、老人等）
	□ 菌（きん）	細菌，病菌，霉菌；蘑菇
	□ 害する（がいする）	損害，危害，傷害；殺害
	□ 拗らせる（こじらせる）	搞壞，使複雜，使麻煩；使加重，使惡化，弄糟
	□ げっそり	突然減少；突然消瘦很多；（突然）灰心，無精打采
	□ 症（しょう）	病症

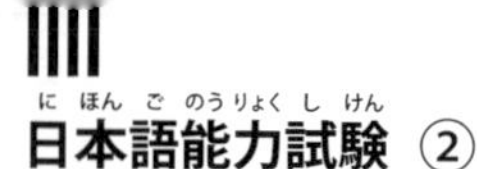

日本語能力試験(にほんごのうりょくしけん) ②

Track 20

次の文章を読んで、後の問いに対する答えとして、最も良いものを１・２・３・４から一つ選びなさい。

科学者の天地と芸術家の世界とはそれほど相(あい)いれぬ（注１）ものであろうか、これは自分の年来の疑問である。

夏目漱石先生がかつて科学者と芸術家とは、その職業と嗜好(しこう)を完全に一致させうるという点において共通なものであるという意味の講演をされた事があると記憶している。もちろん芸術家も時として衣食のために働かなければならぬと同様に、科学者もまた時として同様な目的のために自分の嗜好に反した仕事に骨を折ら（注２）なければならぬ事がある。しかしそのような場合にでも、その仕事の中に自分の天与の嗜好に逢着(ほうちゃく)して、いつのまにかそれが仕事であるという事を忘れ、無我(むが)の境に入りうる機会も少なくないようである。いわんや（注３）衣食に窮(きゅう)せず、仕事に追われぬ芸術家と科学者が、それぞれの製作と研究とに（没頭(ぼっとう)）している時の①<u>特殊な心的状態</u>は、その間になんらの区別をも見いだしがたいように思われる。しかしそれだけのことならば、あるいは芸術家と科学者のみに限らぬかもしれない。天性の猟師が獲物をねらっている瞬間に経験する機微(きび)な享楽(きょうらく)も、樵夫(しょうふ)（注４）が大木を倒す時に味わう一種の本能満足も、これと類似の点がないとはいわれない。

しかし科学者と芸術家の生命とするところは創作である。

他人の芸術の模倣は自分の芸術でないと同様に、他人の研究を繰り返すのみでは科学者の研究ではない。もちろん両者の取り扱う対象の内容には、それは比較にならぬほどの差別（注5）はあるが、そこにまたかなり共有な点がないでもない。科学者の研究の目的物は自然現象であってその中になんらかの未知の事実を発見し、未発の新見解を見いだそうとするのである。芸術家の使命は多様であろうが、その中には広い意味における天然の事象に対する見方とその表現の方法において、なんらかの新しいものを求めようとするのは疑いもない事である。また科学者がこのような新しい事実に逢着した場合に、その事実の実用的価値には全然無頓着（むとんちゃく）に、その事実の奥底（おくそこ）に徹底するまでこれを突き止めようとすると同様に、少なくも純真なる芸術が一つの新しい観察創見に出会うた場合には、その実用的の価値などには顧慮（こりょ）する事なしに、その深刻なる描写表現を試みるであろう。古来多くの科学者が②このために迫害や愚弄（ぐろう）の焦点となったと同様に、芸術家がそのために悲惨な境界に沈淪（ちんりん）せぬまでも、世間の反感を買うた例は少なくあるまい。このような科学者と芸術家とが相会うて肝胆相照らすべき機会があったら、二人はおそらく会心の握手をかわすに躊躇（ちゅうちょ）しないであろう。③二人の目ざすところは同一な真の半面である。

（寺田寅彦『科学者と芸術家』）

（注１）相いれぬ：相いれない、両立しない
（注２）骨を折る：苦労する
（注３）いわんや：言うまでもなく、まして
（注４）樵夫：山の木を切るのが仕事の人
（注５）差別：ここでは「区別」のこと

66 本文中に出てくる語句の中で、①特殊な心的状態と類似したものでないのはどれか。

1　無我の境
2　機微な享楽
3　本能満足
4　二人の目ざすところ

67 ②このためとあるが、何のためか。

1　科学者や芸術家が反社会的であるため
2　実用上は価値のない道楽ばかりを求めるため
3　ほかの人を蹴落としても、新しい事実を発見しようとするため
4　実用性を顧みずに、未開拓の領域に突き進もうとするため

68 ③二人の目ざすところはどこか。

1 自分の嗜好に反することはしなくて済む、嗜好と職業が完全に一致した人生

2 これまでに誰も到達したことのない境地

3 迫害や愚弄の焦点となったり、世間の反感を買ったりしなくて済む社会

4 科学者が芸術を楽しんだり、芸術家が科学を理解できたりする世界

69 この文章で筆者が言っていることは何か。

1 科学者と芸術家は仲が悪いが、仲良くできるはずだ。

2 科学者と芸術家は相いれぬと周りの者は思っているが、当人達はそう思っていない。

3 科学者の天地と芸術家の世界とは、実のところかなり似通っている。

4 科学者と芸術家は肝胆相照らすべき機会がない。

翻譯與解題 ②

次の文章を読んで、後の問いに対する答えとして、最も良いものを1・2・3・4から一つ選びなさい。

　科学者の天地と芸術家の世界とはそれほど相容れぬ（注1）ものであろうか、これは自分の年来の疑問である。

　夏目漱石先生がかつて**科学者と芸術家とは、その職業と嗜好を完全に一致させうるという点において共通なものである**という意味の講演をされた事があると記憶している。もちろん芸術家も時として衣食のために働かなければならぬと同様に、科学者もまた時として同様な目的のために自分の嗜好に反した仕事に骨を折ら（注2）なければならぬ事がある。しかしそのような場合にでも、その仕事の中に自分の天与の嗜好に逢着して、いつのまにかそれが仕事であるという事を忘れ、無我の境に入りうる機会も少なくないようである。いわんや（注3）**衣食に窮せず、仕事に追われぬ芸術家と科学者が、それぞれの製作と研究とに(没頭)している時の①特殊な心的状態は、その間になんらの区別をも見いだしがたいように思われる。**しかしそれだけのことならば、あるいは芸術家と科学者のみに限らぬかもしれない。**天性の猟師が獲物をねらっている瞬間に経験する機微な享楽も、樵夫（注4）が大木を倒す時に味わう一種の本能満足も、これと類似の点がないとはいわれない。**

　しかし科学者と芸術家の生命とするところは創作である。他人の芸術の模倣は自分の芸術でないと同様に、他人の研究を繰り返すのみでは科学者の研究ではない。もちろん両者の取り扱う対象の内容には、それは比較にならぬほどの差別（注5）はあるが、そこにまたかなり共有な点がないでもない。科学者の研究の目的物は自然現象であってその中になんらかの未知の事実を発見し、未発の新見解を見いだそうとするのである。芸術家の使命は多様であろうが、その中には広い意味における天然の

69題 關鍵句

66題 關鍵句

文法詳見P302

66題 關鍵句

69題 關鍵句

請閱讀下列文章，並從每題所給的４個選項（１・２・３・４）當中，選出最佳答案。

科學家的天地和藝術家的世界果真如此不相容（注１）嗎？這是我多年來的疑問。

點出主旨：科學家和藝術家的世界其實還滿類似的。

我記得夏目漱石大師在演說中曾經提到：科學家和藝術家兩者的共通點是都能把工作和興趣結合起來。當然，藝術家有時為了餬口而不得不工作，同樣的，科學家有時也為了相同的目的而賣力（注２）從事與自己興趣不符的工作。不過就算在這種時候，似乎也有滿多機會能在工作當中找到十分合意的趣味，不知不覺就忘了那是工作，進入了渾然忘我的境界。更何況（注３）若是藝術家和科學家不愁吃穿、也沒有繁重工作時，當他們埋首於各自的創作和研究之中的①特殊的心理狀態，兩者幾乎沒有什麼差異。但如果只談這點，或許就不僅限於藝術家和科學家。天生的獵人在瞄準獵物的那一瞬間享受到的微妙樂趣，以及樵夫（注４）在砍倒大樹時嘗到的某種滿足本能的感受，都和這點頗為相似。

科學家和藝術家有個共通之處，那就是職業和嗜好相符。還有就是兩者都容易完全投入到研究或創作之中。

不過，科學家和藝術家是以創作為生命。就像是模仿他人的藝術不是自己的藝術一樣，一味重複他人的研究也稱不上是科學家的研究。當然兩者處理的標的內容之間的差別（注５）無從比較，但其中也不是完全沒有共通點。科學家的研究對象是自然現象，從中發現某些未知的事實，試圖找出一些尚未發表過的新見解；藝術家的使命雖然多樣化，但就廣義而言，其對

繼續說明科學家和藝術家還有什麼類似的地方。比如說都以創作為生命、尋求新事物、不在乎新事物的實用價值、常有不好的下場…等。

事象に対する見方とその表現の方法において、なんらかの新しいものを求めようとするのは疑いもない事である。**また科学者がこのような新しい事実に逢着した場合に、その事実の実用的価値には全然無頓着に、その事実の奥底に徹底するまでこれを突き止めようとすると同様に、少なくも純真なる芸術が一つの新しい観察創見に出会うた場合には、その実用的の価値などには顧慮する事なしに**（文法詳見 P302）**、その深刻なる描写表現を試みるであろう。古来多くの科学者が②このために迫害や愚弄の焦点となったと同様に、芸術家がそのために悲惨な境界に沈淪せぬまでも**（文法詳見 P302）**、世間の反感を買うた例は少なくあるまい**（文法詳見 P303）**。このような科学者と芸術家とが相会うて肝胆相照らすべき機会があったら、二人はおそらく会心の握手をかわすに躊躇しないであろう。③二人の目ざすところは同一な真の半面である。**

67 題 關鍵句

68,69 題 關鍵句

（寺田寅彦『科学者と芸術家』）

（注１）相容れぬ：相容れない、両立しない

（注２）骨を折る：苦労する

（注３）いわんや：言うまでもなく、まして

（注４）樵夫：山の木を切るのが仕事の人

（注５）差別：ここでは「区別」のこと

- □ 相いれぬ　不相容，合不來
- □ 年来　長年，多年來
- □ 嗜好　嗜好，愛好
- □ 時として　有時，偶爾
- □ 衣食　吃穿；糊口（意指生活）
- □ 骨を折る　費力，賣力
- □ 天与　天賜，天賦
- □ 逢着　遇到，碰上
- □ 無我　無我，渾然忘我
- □ 窮する　貧困，困窘
- □ 仕事に追われる　忙於工作
- □ 没頭　埋首
- □ なんら　任何，絲毫（接否定）
- □ 見いだす　看出，發現
- □ 天性　天性，天生
- □ 猟師　獵人
- □ 獲物　獵物
- □ 機微　（世間人情等的）微妙
- □ 享楽　享樂，享受
- □ 樵夫　樵夫
- □ 模倣　模仿
- □ 未知　未知，不知道
- □ 事象　事態，現象
- □ なんらか　某些

於自然百態的看法和呈現方式上，試圖追求某些新風貌也是毋庸置疑的。此外，當科學家發現這種前所未知的事實，他們完全不在乎該事實的實用價值，只會對該事實追根究柢。同樣的，至少純真的藝術在面臨一個全新觀察與創見時，也不會顧慮到它的實用價值，只會嘗試予以深刻的描摹表現吧？自古以來，有很多的科學家②因為如此而成為受迫害或被愚弄的焦點，藝術家也因為相同的理由甚至淪落到悲慘的境地，像這樣引發輿論抨擊的例子不在少數。假如這樣的科學家和藝術家有機會赤誠相見，兩人大概毫不猶豫地立刻來個英雄相惜的握手吧。③兩人鎖定的目標是真正的一體兩面。

（寺田寅彥《科學家與藝術家》）

（注１）不相容：合不來、不並存
（注２）賣力：費盡辛苦
（注３）更何況：不必說、況且
（注４）樵夫：在山上砍伐樹木為生的人
（注５）差別：這裡是指「區別」

- □ 無頓着（むとんちゃく） 不講究，不在乎
- □ 奥底（おくそこ） 深奧處，奧妙處
- □ 突き止める（つきとめる） 追根究柢，查明
- □ 純真（じゅんしん） 純真，純潔
- □ 顧慮（こりょ） 顧慮
- □ 描写（びょうしゃ） 描寫，描述
- □ 試みる（こころみる） 嘗試
- □ 古来（こらい） 自古以來
- □ 迫害（はくがい） 迫害，虐待
- □ 愚弄（ぐろう） 愚弄，蒙蔽玩弄
- □ 沈淪（ちんりん） 淪落，沒落
- □ 反感を買う（はんかんをかう） 引起反感，引發輿論抨擊
- □ 肝胆相照らす（かんたんあいてらす） 肝膽相照
- □ 会心（かいしん） 知心，英雄相惜
- □ 躊躇（ちゅうちょ） 猶豫
- □ 道楽（どうらく） 業餘嗜好，癖好
- □ 蹴落とす（けおとす） 擠下，擠掉
- □ 顧みる（かえりみる） 顧慮
- □ 開拓（かいたく） 開拓，開墾
- □ 領域（りょういき） 領域，範疇
- □ 突き進む（つきすすむ） 勇往直前
- □ 境地（きょうち） 境界
- □ 実のところ（じつのところ） 其實，實際上
- □ 似通う（にかよう） 相似

Answer **4**

66 本文中に出てくる語句の中で、①特殊な心的状態と類似したものでないのはどれか。

1 無我の境
2 機微な享楽
3 本能満足
4 二人の目ざすところ

66 在本文中出現的語句當中，和①特殊的心理狀態不相似的是下列何者？

1 忘我的境界
2 微妙樂趣
3 滿足本能的感受
4 兩人鎖定的目標

題型分析

這道題屬於「詞義理解題型」，要求考生根據上下文理解特定詞語或短語的意思，並選擇與之相關或不相關的項目。

解題思路

1. 識別各段論點：理解每個段落的主要內容和脈絡，特別注意含有關鍵詞或短語的那部分文本。
2. 分析差異：細讀選項，並與文中的「特殊な心的状態」（特殊的心理狀態）的描述進行比較，判斷其相似與否。
3. 選擇匹配選項：選擇那個與「特殊な心的状態」不相似的選項。
4. 排除法：排除那些明顯與「特殊な心的状態」相似的選項，專注於不相關或相反的選項。

延伸分類單字

意志 / 意志

01 | たいぼう【待望】

名・他サ 期待，渴望，等待

例文

待望の雨が降った。

期待已久的雨終於降落。

02 | たえる【耐える】

自下一 忍耐，忍受，容忍；擔負，禁得住；(堪える)(不)值得，(不)堪

例文

苦痛に耐える。

忍受痛苦。

解題攻略

選項 1 「無我の境」直接對應文章中提到的「その仕事の中に自分の天与の嗜好に逢着して、いつのまにかそれが仕事であるという事を忘れ、無我の境に入りうる機会も少なくないようである」的描述。這表示，即使在從事自己不喜歡的工作時，人們有時也會在某些情況下忘記這是一份工作，達到一種渾然忘我的狀態。這説明了「無我の境」是與「特殊な心的状態」類似的心理狀態之一。

選項 2「機微な享楽」和**選項 3**「本能満足」 都被用來説明即使是在從事日常或本能活動如狩獵和伐木時，人們也能經歷到與專業創作或研究過程中相似的心理狀態。這表明這些活動中的心理體驗與「特殊な心的状態」有類似之處。

選項 4 「二人の目ざすところ」指的是科學家和藝術家共同追求的目標或理想，這與「特殊な心的状態」不直接相關。文章中提到的是，無論是科學家還是藝術家，他們在追求創新時所展現出來的那種對於發現或創作的熱情和專注，彼此之間是有共鳴的。但這並不等同於他們在專注於工作時所達到的特殊心理狀態，因此選項 4 不是描述與「特殊な心的状態」相類似的心理狀態或體驗的選項。

這一題要用刪去法來作答。並要特別小心這一題問的是「不」類似，可別選到描述正確的答案了。

延伸慣用語

- **頭を冷やす**／冷靜下來，平息情緒
- **胸をなで下ろす**／鬆一口氣，安心
- **肩の荷が下りる**／感到如釋重負
- **気が晴れる**／心情變得舒暢
- **気を抜く**／放鬆警惕，鬆懈
- **腰を据える**／穩定情緒或態度，認真對待

Answer **4**

67 ②<u>このため</u>とあるが、何のためか。

1 科学者や芸術家が反社会的であるため
2 実用上は価値のない道楽ばかりを求めるため
3 ほかの人を蹴落としても、新しい事実を発見しようとするため
4 実用性を顧みずに、未開拓の領域に突き進もうとするため

67 文中提到②<u>因為如此</u>，是為了什麼呢？

1 因為科學家和藝術家是反社會性的
2 因為一味追求沒有實用價值的業餘嗜好
3 因為不惜擠下其他人也想要發現全新的事實
4 因為不顧實用性，朝未開拓的領域勇往直前

題型分析

這道題屬於「文意理解題型」，要求考生理解特定部分的意義並確定其原因或目的。

解題思路

1. 識別各段論點：首先明白每一段的主要論點，尤其是包含問題關鍵詞「このため」的那一部分。
2. 分析差異：仔細閱讀選項，比較各選項與問題句「このため」所指的具體內容或情況。
3. 選擇匹配選項：根據文中的描述選出最符合「このため」背後原因或目的的選項。
4. 排除法：排除那些與文中描述不符合或關聯不大的選項。

- □ 科学技術 科學技術
- □ 観察 觀察
- □ 応用 應用；運用
- □ 理論 理論
- □ 法則 法則；規律
- □ 論理的 邏輯性的
- □ 気を配る 注意；關心
- □ 気を遣う 注意；關心
- □ 心遣い 照顧；關心
- □ 気にかける 擔心；掛念
- □ 気にする 擔心；介意
- □ 創作 創作
- □ 独創的 獨創性的
- □ 学芸 文藝

解題攻略

選項 1 不正確，因為文章並未指出科學家和藝術家是因為反社會性而受到迫害或愚弄。文中探討的是他們追求創新、探索未知領域的態度，而非任何反社會行為。

通常文章中出現「こ」開頭的指示詞，指的就是前不久才剛提過的人事物，所以我們可以從它的上一句來找出科學家究竟為什麼受到迫害或愚弄。

選項 2 也不正確。文章確實提到了科學家和藝術家不過分關心其發現或創作的實用性，但這並不等於他們僅僅追求無實用價值的嗜好。他們的目標是發現新事實或創見，這遠超過了單純追求業餘嗜好的範疇。

選項 3 同樣不正確。文章中沒有提及科學家或藝術家，會為了發現新事實而踐踏其他人。反而，他們的努力是朝著深入挖掘事實的真相，或表達創見的深度。

選項 4 是正確的。這個選項直接對應到文章中描述的情境：科學家和藝術家在追求其工作的深度時，往往會忽略這些工作的實用性。他們被描繪為專注於進入自己興趣領域的未開拓之地，即使這可能導致他們遭受社會的不理解或輕視。

- □ 文芸（ぶんげい） 文藝
- □ 鑑賞（かんしょう） 鑑賞
- □ 味わい（あじ） 風味；妙趣
- □ おもしろみ 趣味；樂趣
- □ 分野（ぶんや） 領域；範圍
- □ 範囲（はんい） 範圍

翻譯與解題 ②

Answer 2

68 ③二人の目ざすところはどこか。

1 自分の嗜好に反することはしなくて済む、嗜好と職業が完全に一致した人生
2 これまでに誰も到達したことのない境地
3 迫害や愚弄の焦点となったり、世間の反感を買ったりしなくて済む社会
4 科学者が芸術を楽しんだり、芸術家が科学を理解できたりする世界

68 ③兩人鎖定的目標指的是什麼地方呢？

1 過著不必做違反自己興趣的事，興趣和工作完全一致的人生
2 至今還沒有任何人到達的境界
3 不會成為受迫害和被愚弄的焦點、或引發輿論抨擊的社會
4 科學家能享受藝術，藝術家能理解科學的世界

題型分析

這道題屬於「文意理解題型」，要求考生根據文章內容判斷兩個群體的共同目標或追求。

解題思路

1. 識別各段論點：明確每段文字主要討論的內容，尤其關注提及「二人の目ざすところ」（兩人鎖定的目標）的部分。
2. 分析差異：細讀選項，將其與文中對科學家和藝術家追求的描述相比較。
3. 選擇匹配選項：選出最符合文中對於科學家和藝術家，共同追求的描述的選項。
4. 排除法：去掉那些與文中描述不符或相關性較弱的選項。

解題攻略

選項 1 提到了「自分の嗜好に反することはしなくて済む、嗜好と職業が完全に一致した人生」，但文章中強調的是科學家和藝術家追求新事物和創作的共通點，並非專注於他們是否能夠避免與興趣相反的工作。因此，這個選項與文章中表達的中心思想不匹配。

選項 2 直接反映了文章中對科學家和藝術家共有追求的描述。文章提到科學家尋求發現未知的事實，而藝術家在其作品中尋求表達新的觀點或情感，這都涉及探索前人未踏足的領域，因此與「二人の目ざすところ」相匹配。

選項 3 雖然文章中提到了科學家和藝術家，有時會因為他們的創新而遭遇社會的不理解甚至反對，但這不是文章試圖傳達的主要訊息。文章的重點是在於他們的創作過程和追求，而非他們希望避免的社會反應。

選項 4 也不是文章中討論的重點。文章並沒有著重於科學家和藝術家，相互理解或欣賞對方領域的可能性，而是在於他們創作過程中的相似性和共通追求。

!

這一題問的是劃線部分的內容。要知道劃線部分指的是什麼，就要弄清楚最後一段，特別是這一段的後半部。不過，最後一段這麼多情報是要從何找起呢？既然兩人的目的地所在是「一體兩面」的，可見是差不多的目標，那我們不妨從科學家和藝術家的「相似之處」著手。

延伸慣用語

- **目の色を変える** ／表現出強烈的欲望或動機的變化
- **目を光らせる** ／眼睛發亮，表現出強烈的興趣或貪婪
- **目から鼻へ抜ける** ／非常聰明或機敏
- **関心を持つ** ／對…感興趣
- **心を奪われる** ／被深深吸引
- **舌を巻く** ／感到非常佩服、驚嘆

Answer **3**

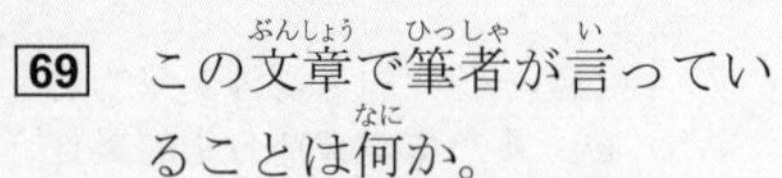

69 この文章(ぶんしょう)で筆者(ひっしゃ)が言(い)っていることは何(なに)か。

1. 科学者(かがくしゃ)と芸術家(げいじゅつか)は仲(なか)が悪(わる)いが、仲良(なかよ)くできるはずだ。
2. 科学者(かがくしゃ)と芸術家(げいじゅつか)は相容(あいい)れぬと周(まわ)りの者(もの)は思(おも)っているが、当人達(とうにんたち)はそう思(おも)っていない。
3. 科学者(かがくしゃ)の天地(てんち)と芸術家(げいじゅつか)の世界(せかい)とは、実(じつ)のところかなり似通(にかよ)っている。
4. 科学者(かがくしゃ)と芸術家(げいじゅつか)は肝胆相照(かんたんあいて)らすべき機会(きかい)がない。

69 這篇文章當中作者最想表達的是什麼呢？

1. 科學家和藝術家雖然關係不睦，但應該可相處融洽。
2. 周遭的人雖然覺得科學家和藝術家不相容，但他們本人卻不這麼認為。
3. 科學家的天地和藝術家的世界事實上非常相似。
4. 科學家和藝術家沒有能夠赤誠相見的機會。

題型分析

這道題屬於「主旨理解題型」，要求考生從文章中整體理解筆者的主要論點或觀點。

解題思路

1. 識別各段論點：仔細閱讀全文，了解筆者對科學家和藝術家之間關係的整體看法。
2. 分析差異：比較每個選項與筆者表達的中心思想的相符程度。
3. 選擇匹配選項：挑選最能概括筆者整體論點的選項。
4. 排除法：排除那些與文章主旨不相關或文意扭曲的選項。

- □ 農夫(のうふ)　農夫
- □ 漁師(りょうし)　漁夫
- □ 匠(たくみ)　木匠
- □ 職人(しょくにん)　工匠；專家
- □ 仕立屋(したてや)　縫紉師
- □ シェフ【chef】　廚師
- □ 建築家(けんちくか)　建築師
- □ 技師(ぎし)　工程師
- □ 大道芸人(だいどうげいにん)　街頭藝人
- □ 冒険家(ぼうけんか)　探險者
- □ 浪人(ろうにん)　浪人；失業者；失學者
- □ ホームレス【homeless】　無家可歸的人

解題攻略

選項 1 文中並沒有提到科學家和藝術家之間關係不睦，也沒有提到他們應該或可以和睦相處的可能性。反而，文章強調了科學家和藝術家之間在追求創新和理解世界的方法上有許多相似之處。因此，這個選項與作者的主旨不符。

選項 2 文章從頭到尾都在探討科學家和藝術家，在追求新知和創作過程中的相似性，並未直接提及外界對他們是否「相容」的看法。雖然開頭提出了科學家和藝術家是否完全不相容的問題，但作者的探討重點在於揭示兩者間的相似性，而非確認外界的觀點，因此這個選項並不是文章的主旨。

選項 3 這是文章的核心主題。作者透過比較科學家和藝術家在創作過程中的心理狀態、追求新見解的動機，以及面對挑戰和困難時的態度，來強調他們之間的相似性。文章通過提出這些觀點，顯示了科學與藝術世界在本質上有許多共通之處。

選項 4 文章並未提到科學家和藝術家之間，缺乏相互理解或交流的機會。相反，它表明如果兩者有機會相遇並交流，他們可能會有深刻的共鳴，因為他們追求的目標在很多方面是相似的。因此，這個選項與文章的主旨不相符。

這一題問的是作者的意見，像這種詢問看法、意見的題目，為了節省時間，最好用刪去法作答。

延伸慣用語

- **肩を持つ** ／支持某人，站在某人這邊
- **身になる** ／對某人有益，能夠理解他人的立場
- **気を利かせる** ／體貼，領會他人的意思或需要
- **背中を押す** ／鼓勵某人，給予推動
- **胸が痛む** ／感到心疼或同情

重要文法

【動詞ます形】＋得る。表示可以採取這一動作，有發生這種事情的可能性。如果是否定形，就表示不能採取這一動作，沒有發生這種事情的可能性。有接尾詞的作用。連體形、終止形多用「得る（える）」。

❶ 得る（うる）／得る（える） 可能、能、會

例句 A銀行（ぎんこう）とB銀行（ぎんこう）が合併（がっぺい）という話（はなし）もあり得（え）るね。

A銀行跟B銀行合併一案，也是有可能的。

【動詞辭書形】＋ことなしに；【名詞】＋なしに。「なしに」接在表示動作的詞語後面，表示沒有做前項應該先做的事，就做後項。意思跟「ないで、ずに」相近。書面用語，口語用「ないで」；「ことなしに」表示沒有做前項的話，後面就沒辦法做到的意思。這時候，後多接有否定意味的可能形表現。口語用「しないで～ない」。

❷ ことなしに／なしに 沒有…、不…而…

例句 言葉（ことば）にして言（い）うことなしに、相（あい）手（て）に気持（きも）ちを伝（つた）えることはできない。

不把話說出來，就無法向對方表達自己的心意。

【名詞で（は）；[形容詞・形容動詞・動詞]否定形】＋ぬまでも。也就是「ないまでも」。前接程度比較高的，後接程度比較低的事物。表示雖然沒有做到前面的地步，但至少要做到後面的水準的意思。是一種從較高的程度，退一步考慮後項實現問題的辦法，帶有「せめて、少なくとも」等感情色彩。後項多為表示義務、命令、意志、希望等內容。

❸ ぬまでも

沒有…至少也…、就是…也該…、即使不…也…

例句 運動（うんどう）しぬまでも、できるだけ歩（ある）くようにしたほうがいい。

就算不運動，也盡可能多走路比較好。

4 まい 不…、不打算…

例句 その株を買っても、損はするまい。

買那個股票，大概不會有損失吧！

【動詞辭書形】＋まい。（1）表示說話人推測、想像，「大概不會…」之意。相當於「～ないだろう」；（2）表示說話的人不做某事的意志或決心。相當於「～ないつもりだ」。書面語。

小知識大補帖

▶ **寺田寅彦**

1878年（明治11年）-1935年（昭和10年）。物理学者、随筆家、俳人。東京出身、幼少時に高知県に転居。地球物理学などを研究する一方で、夏目漱石に師事して文筆活動を始める。特に科学随筆で著名。

1878年（明治11年）-1935年（昭和10年）。物理學家、散文作家、俳句詩人。出生於東京，兒少時期遷居高知縣。除了研究地球物理學等之外，還跟隨夏目漱石從事文學活動。特以科學隨筆著名。

翻譯與解題 ②

▶ 與中國成語形義相近的日語慣用句

日　語	中　文
夷を以て夷を制す	以夷制夷
烏合の衆	烏合之眾
九牛の一毛	九牛一毛
人口に膾炙する	膾炙人口
青天の霹靂	青天霹靂
糟糠の妻	糟糠之妻
他山の石	他山之石
同病相憐れむ	同病相憐
背水の陣	背水為陣
破竹の勢い	破竹之勢
百聞は一見に如かず	百聞不如一見 （日文的「不」有時可唸成「ず」。「ず」是文章用語，相當於口語的「ない」）
禍を転じて福と為す	轉禍為福

常用的表達關鍵句

＊｛ ｝內也可自行帶入其他詞彙喔！

01 表示推測、預測關鍵句

→｛勢力が強まる｝でしょう・だろう／｛威力將逐漸增強｝吧。

→｛台風は沖縄に上陸する｝だろうと思います／我認為｛颱風｝應該會｛從沖繩登陸｝。

→｛今回の雪崩は「表層雪崩」｝ではないかと思われる／｛這次的雪崩｝被認為應該是｛「表層雪崩」｝。

→｛本物の花火｝かと思われる／可能會被當成是｛真實的煙火｝吧。

→｛霰が降る｝と思われる／被認為可能｛會下冰雹｝。

→｛新幹線も爆破される｝かもしれません　／也許｛新幹線也會被炸毀｝。

→あるいは｛嵐が来る｝かもしれない／或許｛暴風雨會來襲｝。

→｛接着剤はガス放出の｝恐れがある／｛接著劑｝恐怕會｛釋放出瓦斯｝。

→｛彼は元気で働いている｝ようです／｛他｝似乎｛工作幹勁十足｝。

→｛リスクが高い｝と考えられる／可以推測到｛風險很高｝。

→｛遠回り｝の可能性がある／有｛繞遠路｝的可能性。

→確かに｛良い景色｝に違いない／的確是｛景色美不勝收｝。

→｛確かに全くの未開の地だった｝に違いありません／可以肯定｛那確實是完全未開發的土地｝沒錯。

→｛免疫機能の低下が原因｝である可能性がある／｛原因｝可能是｛免疫力下降｝。

→｛本物の伊勢エビがこんな安価で提供できる｝はずがありません／｛如假包換的龍蝦｝不可能｛會賣得這麼便宜｝。

→｛何かをはじめるなら、何かを捨てなければいけない｝ということは｛当たり前｝（ということ）だ／｛想開始某事的話，就必須捨棄某物｝，這是｛理所當然｝的。

→｛建築業者が買い求めている｝と推し量る／可預測｛是建築業者買下的｝。

情境記單字

情境	單字	
物、物質（もの、ぶっしつ） 物、物質	□ アルカリ【alkali】	鹼；強鹼
	□ アルミ【aluminium之略】	鋁（「アルミニウム」的縮寫）
	□ 黄金（おうごん）	黃金；金錢
	□ 岩石（がんせき）	岩石
	□ 原子（げんし）	（理）原子；原子核
	□ 元素（げんそ）	（化）元素；要素
	□ 原形（げんけい）	原形，舊觀，原來的形狀
	□ 酸（さん）	酸味；辛酸，痛苦；（化）酸
	□ 磁器（じき）	瓷器
	□ 磁気（じき）	（理）磁性，磁力
	□ 滴（しずく）	水滴，水點

情境	單字	
音楽（おんがく） 音樂	□ 楽譜（がくふ）	（樂）譜，樂譜
	□ 三味線（しゃみせん）	三弦
	□ ジャンル【（法）genre】	種類，部類；（文藝作品的）風格，體裁，流派
	□ 短歌（たんか）	短歌（日本傳統和歌，由五七五七七形式組成，共三十一音）
	□ トーン【tone】	調子，音調；色調
	□ 音（ね）	聲音，音響，音色；哭聲
	□ 音色（ねいろ）	音色
	□ ミュージック【music】	音樂，樂曲
	□ メロディー【melody】	（樂）旋律，曲調；美麗的音樂
	□ アンコール【encore】	（要求）重演，再來（演，唱）一次；呼聲
	□ 指揮（しき）	指揮

N1 萬用會話小專欄

▶ 非正職工作

契約社員も派遣社員も非正規の従業員です。
不論是約聘員工、或是派遣員工，都不是公司的正式職員。

時給850円でアルバイトしませんか。
有個時薪 850 圓的兼差工作，你要不要做？

週3回、パートに出ています。
每星期出去兼差 3 天。

レストランでバイトしているので、まかないが出ます。
由於我是在餐廳打工，因此有提供員工餐。

スキー場で泊まり込みのバイトをしたことがあります。
我曾經在滑雪場住宿打工。

週末にアルバイトをして、副収入を得ています。
我在週末打工賺取額外收入。

パート収入は、生活費に充てています。
我把兼差的收入當作生活費。

派遣会社に登録しました。
我去派遣公司登錄了。

契約社員から、正社員になることができますか。
請問能從派遣員工成為正式員工嗎？

正社員と契約社員の年収には大きな格差があります。
正式職員和約聘人員的年收入相差甚多。

契約社員の福利厚生はどうなっていますか。
請問約聘人員的福利項目與健康保障有哪些呢？

兄はフリーターです。
家兄是打工族。

フリーターでは何の手当てももらえないよ。
打工族沒有任何津貼哦！

一度フリーターになると、会社に就職するのは難しいよ。
一旦成為打工族，就很難到公司上班了哦！

フリーターになる若者が増加しています。
成為打工族的年輕人日漸增多。

大学を出てフリーターになる人も結構います。
也有不少人大學畢業後就成為打工族。

フリーターになるより、ちゃんと就職したほうがいいよ。
與其變成打工族，還是去當正式的上班族比較好哦。

もんだい

13

閱讀約 700 字的廣告、傳單、手冊等，測驗能否從其中找出需要的訊息。主要以報章雜誌、商業文書等文章為主。

釐整資訊

考前要注意的事

作答流程 & 答題技巧

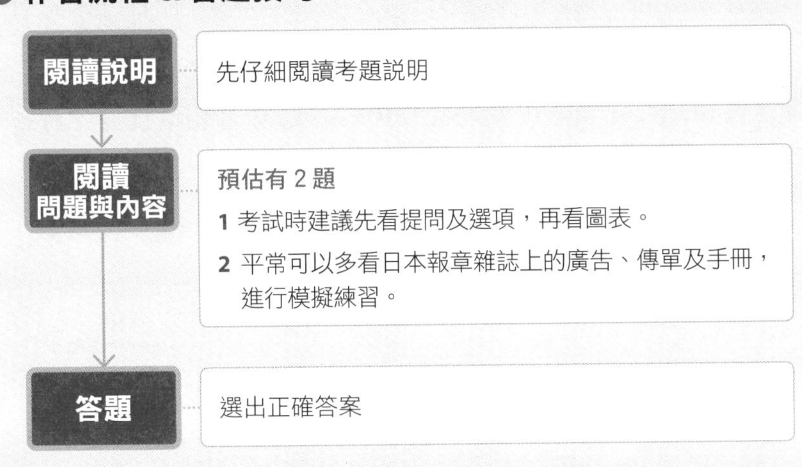

閱讀說明
先仔細閱讀考題說明
閱讀
問題與內容
預估有 2 題
1 考試時建議先看提問及選項，再看圖表。
2 平常可以多看日本報章雜誌上的廣告、傳單及手冊，進行模擬練習。
答題
選出正確答案

Track 21

右のページは、「パンドール中島店」の店長・アルバイト募集の広告である。下の問いに対する答えとして最もよいものを、１・２・３・４から一つ選びなさい。

68 鈴木さんは、パンドール中島店で働こうかと思っている。鈴木さんがしようと思っている次の行動の中で、間違っているものはどれか。

1　パン工場で１カ月働いた経験があるので、店長に応募しようと思っている。

2　もし店長で採用されなかったら困るので、パン製造のほうでも応募しようと思っている。

3　月に数回、病院に行きたいので、休みは月曜日と木曜日にしてもらおうと思っている。

4　書類がなくなるのが心配なので、応募書類は自分で持っていこうと思っている。

69 次の４人の中で、この求人に応募するのに適さないのは誰か。

1 日本人男性、34歳。パンドール中島店の競合相手、中島ベーカリーで５年間パンを販売していたが、給料が上がらないので、パンドール中島店の店長に応募しようと思っている。

2 日本人女性、22歳。大学４年生になり、午前中は毎日授業がないので、週３日パン製造のアルバイトをしようと思っている。

3 中国人女性、29歳。日本人男性と結婚して、パンドール中島店の近くに住むことになった。日本語はできるが、夫以外とはしゃべるとき緊張するので、販売の仕事は難しい。パン製造の仕事ならあまりしゃべらなくてもできそうなので、アルバイトしたい。何曜日の何時でもいい。

4 日本人男性、40歳。大学を出てからずっとパン製造・販売会社の経理をしていたが、その会社が倒産したので、パンドール中島店の店長に応募しようと思っている。

店長さん・アルバイトさん募集
パンドール中島店

募　集

● 店長　１名（男女不問。ただし、パン販売店で１カ月以上の職務経験があること。店長経験者優遇。35歳以上〈35歳未満の方でも相談可〉）

＊　研修期間（２週間、参加必須（ひっす））終了後、採否を正式に決定します。

● パン製造　若干名（男女、年齢、経験不問、パン作りに興味のある人）

＊　いままでパンを作ったことのない人でも大丈夫です。

＊　店長と同時に応募も可。

勤務地

パンドール中島店（太田市中島町６－２－１ムーンスーパー１Ｆ）

勤務時間

● 店長　週休２日（好きな曜日に休みを設定できます〈土日を除く〉）。９：00～18：00

● パン製造　週３日勤務（好きな曜日を選ぶことができます）５：00～11：00

応募方法

パンドール本店（〒200-5200新井市紅葉町３－２－１朝日ビル６Ｆ、TEL　0488-26-5831）に写真貼付の履歴書と指定の応募用紙を郵送、または持参。ただし、郵送中の事故について、当店は責任を負いません。応募用紙はパンドール本店および中島店に置いてあります。

店の場所については、ホームページ（http://www.panndoru.jp）に載っている地図を参照のこと。なお、メールでの応募は不可。

審査方法

1．書類審査（提出していただいた履歴書などの書類は返却しません。）
2．面接（日時については、こちらから電話にてご連絡します。）

採用通知

面接後、電話にてご連絡いたします（メールでの連絡はいたしません）。

＊　店へのお問い合わせはご遠慮ください。

その他

1．店長・パン製造いずれも勤務中の制服は無料で貸与（たいよ）します。
2．外国人の場合は、日本で合法的に就労できる身分であること、および業務に支障がない程度に日本語ができることを条件とします。

翻譯與解題 ①

右のページは、「パンドール中島店」の店長・アルバイト募集の広告である。下の問いに対する答えとして最もよいものを、1・2・3・4から一つ選びなさい。

店長さん・アルバイトさん募集

パンドール中島店

募集

● 店長　1名（男女不問。ただし、パン販売店で1カ月以上の職務経験があること。店長経験者優遇。35歳以上〈35歳未満の方でも相談可〉）

＊　研修期間（2週間、参加必須）終了後、採否を正式に決定します。

● パン製造　若干名（男女、年齢、経験不問、パン作りに興味のある人）

＊　いままでパンを作ったことのない人でも大丈夫です。

＊　店長と同時に応募も可。

勤務地

パンドール中島店（太田市中島町6－2－1ムーンスーパー1F）

勤務時間

● 店長　週休2日（好きな曜日に休みを設定できます〈土日を除く〉）。9：00～18：00

● パン製造　週3日勤務（好きな曜日を選ぶことができます）
5：00～11：00

応募方法

パンドール本店（〒200-5200新井市紅葉町3－2－1朝日ビル6F、TEL　0488-26-5831）に写真貼付の履歴書と指定の応募用紙を郵送、または持参。ただし、郵送中の事故について、当店は責任を負いません。応募用紙はパンドール本店および中島店に置いてあります。

下面是「PANDOLL中島店」招募店長、兼職人員的廣告。請從每題所給的４個選項（１・２・３・４）當中，選出最佳答案。

招募店長、兼職人員
PANDOLL 中島店

招　募

●店長　１名（男女不拘。但須有麵包店１個月以上的職務經歷。有店長經驗者給以優厚待遇。35歲以上〈未滿35歲者也可洽談〉）

＊　受訓期間（２週、強制參加）結訓後將正式決定是否錄取。

●麵包學徒　數名（不限性別、年齡、經驗。對麵包製作有興趣者）

＊　從來都沒有製作麵包經驗的人也可以。

＊　可同時應徵店長。

上班地點

PANDOLL中島店（太田市中島町６－２－１MOON超市１Ｆ）

上班時間

●店長　週休２日（可擇日休假〈六日除外〉）。9：00～18：00

●麵包學徒　一週上班３天（可擇日）5：00～11：00

應徵方法

將貼有照片的履歷表及規定的報名表郵寄或親自送到PANDOLL總店（〒200-5200新井市紅葉町３－２－１朝日大樓６Ｆ、TEL　0488-26-5831）。但郵寄過程中如發生問題，本店概不負責。PANDOLL總店及中島店均備有報名表。

翻譯與解題 ①

店の場所については、ホームページ（http://www.panndoru.jp）に載っている地図を参照のこと。なお、メールでの応募は不可。

審査方法

1·書類審査（提出していただいた履歴書などの書類は返却しません。）

2·面接（日時については、こちらから電話にてご連絡します。）

採用通知

面接後、電話にてご連絡いたします（メールでの連絡はいたしません）。

＊ 店へのお問い合わせはご遠慮ください。

その他

1·店長・パン製造いずれも勤務中の制服は無料で貸与します。

2·外国人の場合は、日本で合法的に就労できる身分であること、および業務に支障がない程度に日本語ができることを条件とします。

□ 競合 競爭

□ ベーカリー【bakery】 烘焙屋，麵包店

□ 経理 會計事務

□ 倒産 倒閉，破產

□ 不問 不拘

□ 優遇 優厚待遇

□ 必須 必須，必要

□ 採否 錄用與否

□ 若干 數（名），若干

店舗位置請參照官網（http://www.panndoru.jp）上的地圖。另外，不可以e-mail應徵。

評選方法

1．書面評選（繳交的履歷表等文件恕不歸還。）
2．面試（日期時間將由本店致電聯絡。）

錄取通知

面試後將以電話聯絡（不以e-mail聯絡）。
＊　請勿到店面詢問。

其他

1．店長、麵包學徒上班時的制服將免費出借。
2．外籍人士的應徵條件需有在日合法勞動身分，以及工作上溝通無障礙的日語能力。

□ 責任（せきにん）を負（お）う　負責
□ 返却（へんきゃく）　歸還，退還
□ 貸与（たいよ）　出借
□ 支障（ししょう）　障礙

店長さん・アルバイトさん募集
パンドール中島店

募　集

● 店長　1名（男女不問。ただし、**パン販売店で1カ月以上の職務経験があること。**店長経験者優遇。35歳以上〈35歳未満の方でも相談可〉）

68 題 關鍵句

＊ 研修期間（2週間、参加必須（ひっす））終了後、採否を正式に決定します。

● パン製造　若干名（男女、年齢、経験不問、パン作りに興味のある人）

＊ いままでパンを作ったことのない人でも大丈夫です。

＊ **店長と同時に応募も可。**

68 題 關鍵句

勤務地

パンドール中島店（太田市中島町6－2－1ムーンスーパー1F）

勤務時間

● **店長　週休2日（好きな曜日に休みを設定できます〈土日を除く〉）。**9：00～18：00

68 題 關鍵句

● パン製造　週3日勤務（好きな曜日を選ぶことができます）
5：00～11：00

応募方法

パンドール本店（〒200-5200新井市紅葉町3－2－1朝日ビル6F、TEL　0488-26-5831）に写真貼付の履歴書と指定の**応募用紙を郵送、または持参。ただし、郵送中の事故について、当店は責任を負いません。**応募用紙はパンドール本店および中島店に置いてあります。

68 題 關鍵句

店の場所については、ホームページ（http://www.panndoru.jp）に載っている地図を参照のこと。なお、メールでの応募は不可。

審査方法

1．書類審査（提出していただいた履歴書などの書類は返却しません。）
2．面接（日時については、こちらから電話にてご連絡します。）

採用通知

面接後、電話にてご連絡いたします（メールでの連絡はいたしません）。

＊ 店へのお問い合わせはご遠慮ください。

その他

1．店長・パン製造いずれも勤務中の制服は無料で貸与（たいよ）します。
2．外国人の場合は、日本で合法的に就労できる身分であること、および業務に支障がない程度に日本語ができることを条件とします。

68 鈴木さんは、パンドール中島店で働こうかと思っている。鈴木さんがしようと思っている次の行動の中で、間違っているものはどれか。

1 パン工場で1カ月働いた経験があるので、店長に応募しようと思っている。

2 もし店長で採用されなかったら困るので、パン製造のほうでも応募しようと思っている。

3 月に数回、病院に行きたいので、休みは月曜日と木曜日にしてもらおうと思っている。

4 書類がなくなるのが心配なので、応募書類は自分で持っていこうと思っている。

> ! 注意題目問的是錯誤的，可別選到正確的敘述了。建議先從選項敘述中抓出關鍵字，接著從海報中找需要的資料，再對照是否符合設定的條件。

> **選項1** 這個選項提到鈴木先生有在「パン工場」工作一個月的經驗，所以想要申請店長職位。但是，廣告要求是必須在「パン販売店」有一個月以上的職務經驗。由於「パン工場」和「パン販売店」是不同的工作環境，這裡有明顯的條件不符。因此，這是一個錯誤的行動選擇。

Answer **1**

68 鈴木先生想在PANDOLL中島店工作。在下列鈴木先生打算採取的行動當中，哪一個是不正確的呢？

1 擁有在麵包工廠工作過一個月的經驗，所以想應徵店長。

2 如果沒有被錄用為店長會很困擾，所以也想應徵麵包學徒。

3 一個月要去醫院幾次，所以休假想休禮拜一和禮拜四。

4 擔心資料會遺失，所以應徵資料想自己拿過去。

> **選項2** 廣告中明確提到了店長和「パン製造」職位的申請者可以同時申請，這表明鈴木先生的這一行動是被允許的。因此，這一選項是正確無誤的行動選擇。

> **選項3** 廣告中提到店長職位的工作日可按個人偏好設定（土日除外），因此鈴木先生想在週一和週四休息的想法是符合廣告條件的。所以這個行動選擇也是正確的。

> **選項4** 這個選項中提到鈴木先生想要親自攜帶申請文件前往，這是符合廣告中提到的「持参」這一申請方法的。因此，這是一個合理的行動選擇。

綜上所述，只有選項 1 是不符合廣告要求的行動選擇。

題型分析

這道題屬於「情報抽出題型」，要求考生根據給定的廣告，或說明文本中的具體信息，判斷哪些行動或選擇是錯誤的。

解題思路

1. 識別各段論點：細讀廣告文本，尤其是對於應徵條件、應徵方法、上班時間等方面的具體描述。
2. 分析差異：對比每個選項中的行動或決定與廣告中提供的條件和規定。
3. 選擇匹配選項：確定哪一個選項中的行動是根據廣告信息來看，不被允許或是錯誤的。
4. 排除法：排除那些與廣告信息相符，或沒有違反任何提及條件的選項。

延伸分類單字

仕事、職場 / 工作、職場

01 | つとまる【務まる】

自五 勝任

例文

議長(ぎちょう)の役(やく)が務(つと)まる。

勝任議長的職務。

02 | つとまる【勤まる】

自五 勝任，能擔任

例文

私(わたし)には勤(つと)まりません。

我無法勝任。

03 | つとめさき【勤め先】

名 工作地點，工作單位

例文

勤(つと)め先(さき)を訪(たず)ねる。

到工作地點拜訪。

店長さん・アルバイトさん募集
パンドール中島店

募　集

69 題 關鍵句

● **店長　1名（男女不問。ただし、パン販売店で1カ月以上の職務経験があること。店長経験者優遇。35歳以上〈35歳未満の方でも相談可〉）**

＊　研修期間（２週間、参加必須（ひっす））終了後、採否を正式に決定します。

69 題 關鍵句

● **パン製造　若干名（男女、年齢、経験不問、パン作りに興味のある人）**

＊　いままでパンを作ったことのない人でも大丈夫です。

＊　店長と同時に応募も可。

勤務地

パンドール中島店（太田市中島町６－２－１ムーンスーパー１Ｆ）

勤務時間

● 店長　週休２日（好きな曜日に休みを設定できます〈土日を除く〉）。９：00～18：00

69 題 關鍵句

● パン製造　**週３日勤務**（好きな曜日を選ぶことができます）５：00～11：00

応募方法

パンドール本店（〒200-5200新井市紅葉町３－２－１朝日ビル６Ｆ、TEL　0488-26-5831）に写真貼付の履歴書と指定の応募用紙を郵送、または持参。ただし、郵送中の事故について、当店は責任を負いません。応募用紙はパンドール本店および中島店に置いてあります。

店の場所については、ホームページ（http://www.panndoru.jp）に載っている地図を参照のこと。なお、メールでの応募は不可。

審査方法

１．書類審査（提出していただいた履歴書などの書類は返却しません。）

２．面接（日時については、こちらから電話にてご連絡します。）

採用通知

面接後、電話にてご連絡いたします（メールでの連絡はいたしません）。

＊　店へのお問い合わせはご遠慮ください。

その他

１．店長・パン製造いずれも勤務中の制服は無料で貸与（たいよ）します。

69 題 關鍵句

２．**外国人の場合は、日本で合法的に就労できる身分であること、および業務に支障がない程度に日本語ができることを条件とします。**

69 次の４人の中で、この求人に応募するのに適さないのは誰か。

1　日本人男性、34歳。パンドール中島店の競合相手、中島ベーカリーで５年間パンを販売していたが、給料が上がらないので、パンドール中島店の店長に応募しようと思っている。

2　日本人女性、22歳。大学４年生になり、午前中は毎日授業がないので、週３日パン製造のアルバイトをしようと思っている。

3　中国人女性、29歳。日本人男性と結婚して、パンドール中島店の近くに住むことになった。日本語はできるが、夫以外とはしゃべるとき緊張するので、販売の仕事は難しい。パン製造の仕事ならあまりしゃべらなくてもできそうなので、アルバイトしたい。何曜日の何時でもいい。

4　日本人男性、40歳。大学を出てからずっとパン製造・販売会社の経理をしていたが、その会社が倒産したので、パンドール中島店の店長に応募しようと思っている。

69 以下４個人當中，不符合這項徵人條件的是誰呢？

1 日本人男性，34 歲。曾在 PANDOLL 中島店的競爭對手——中島烘焙屋銷售麵包５年，由於沒有加薪，所以想應徵 PANDOLL 中島店的店長。

2 日本人女性，22 歲。升上大學４年級，由於每天上午都沒課，所以一週想兼職麵包學徒３天。

3 中國人女性，29 歲。和日本男性結婚，住在 PANDOLL 中島店附近。雖然會日語，但是和丈夫以外的人説話時會緊張，所以難以從事銷售工作。製作麵包的工作似乎不太需要與人交談，所以想兼職工作。星期一到日的任何時段都可以上班。

4 日本人男性，40 歲。大學畢業後一直從事麵包生產銷售公司的會計，由於該公司倒閉，想要應徵 PANDOLL 中島店的店長。

這一大題是「資訊檢索」，考驗考生能否從圖表（傳單、廣告、公告等）找到解題需要的資訊。

這一題要特別注意題目問的是「間違っている」（不正確的），可別選到正確敘述的選項了。建議先從選項敘述中抓出關鍵字，接著回到海報裡面找出需要的資料，再對照是否符合原文所設定的條件。

題型分析

這道題屬於「情報一致題型」，目的是確定哪一位應徵者不適合給定的求人條件。

解題思路

1. **識別各段論點：**梳理求人廣告中對應職位的具體要求，包括年齡、經驗、性別、語言能力等。
2. **分析差異：**比較每位應徵者的背景與廣告要求的匹配度。
3. **選擇匹配選項：**找出不符合廣告要求的應徵者。
4. **排除法：**排除那些符合求人條件的應徵者選項。

延伸分類單字

仕事、職場 / 工作、職場

01 | ともばたらき【共働き】

名・自サ 夫妻都工作

例文

夫婦(ふうふ)共働(ともばたら)きの方(ほう)が多(おお)い。

雙薪家庭佔較多數。

02 | にんむ【任務】

名 任務，職責

例文

任務(にんむ)を果(は)たす。

達成任務。

03 | とりこむ【取り込む】

自他五 因喪事或意外而）忙碌；拿進來；騙取，侵吞；拉攏，籠絡

例文

突然(とつぜん)の不幸(ふこう)で取(と)り込(こ)んでいる。

因突如其來的不幸而忙碌著。

翻譯與解題 ①

1 日本人男性、34歳。パンドール中島店の競合相手、中島ベーカリーで５年間パンを販売していたが、給料が上がらないので、パンドール中島店の店長に応募しようと思っている。

1 日本人男性，34 歲。曾在 PANDOLL 中島店的競爭對手——中島烘焙屋銷售麵包５年，由於沒有加薪，所以想應徵 PANDOLL 中島店的店長。

○

2 日本人女性、22歳。大学４年生になり、午前中は毎日授業がないので、週３日パン製造のアルバイトをしようと思っている。

2 日本人女性，22 歲。升上大學４年級，由於每天上午都沒課，所以一週想兼職麵包學徒３天。

○

3 中国人女性、29歳。日本人男性と結婚して、パンドール中島店の近くに住むことになった。日本語はできるが、夫以外とはしゃべるとき緊張するので、販売の仕事は難しい。パン製造の仕事ならあまりしゃべらなくてもできそうなので、アルバイトしたい。何曜日の何時でもいい。

3 中國人女性，29 歲。和日本男性結婚，住在 PANDOLL 中島店附近。雖然會日語，但是和丈夫以外的人說話時會緊張，所以難以從事銷售工作。製作麵包的工作似乎不太需要與人交談，所以想兼職工作。星期一到日的任何時段都可以上班。

×

4 日本人男性、40歳。大学を出てからずっとパン製造・販売会社の経理をしていたが、その会社が倒産したので、パンドール中島店の店長に応募しようと思っている。

4 日本人男性，40 歲。大學畢業後一直從事麵包生產銷售公司的會計，由於該公司倒閉，想要應徵 PANDOLL 中島店的店長。

解題攻略

	條件	對應內容
✔	日本男性	男女不問
✔	34 歳	35 歳以上〈35 歳未満の方でも相談可〉
✔	中島ベーカリーで５年間パンを販売していた	パン販売店で１カ月以上の職務経験があること

選項1 這位日本人男性具有麵包銷售經驗，因此符合店長職位的應徵條件。廣告中提到「35歳以上〈35歳以下的人也可商議〉」，因此即使他只有34歳，也是可以應徵的。因此，這個選項是符合應徵條件的。

	條件	對應內容
✔	日本女性、22 歳	男女、年齢、経験不問
✔	午前中は毎日授業がないので、週３日アルバイトをしようと思っている	週３日勤務　5：00～11：00

選項2 這位日本人女性對於不限男女、年齡、經驗的麵包製造職位感興趣。廣告中提到麵包製造職位是「男女、年齡、經驗不問」，她的情況符合這些條件。因此，這個選項也是沒有問題的。

	條件	對應內容
✔	中国人	外国人の場合
✔	女性、29 歳	男女、年齢、経験不問
✔	日本人男性と結婚して	日本で合法的に就労できる身分であること
✔	日本語はできる。パン製造の仕事ならあまりしゃべらなくてもできそう	業務に支障がない程度に日本語ができること
✔	何曜日の何時でもいい	週３日勤務（好きな曜日を選ぶことができます）5：00～11：00

選項3 這位中國人女性，根據廣告中的條件「外國人的情況下，需要在日本合法工作的身分，以及能夠在業務上不造成困擾的日本語能力」，她滿足這些要求。

因為她已經與日本人結婚，很可能已經擁有在日本合法工作的身分，而且她也能説日文，雖然和除了丈夫以外的人説話時會緊張，但對於製造麵包的工作而言，這並不構成障礙。

	條件	對應內容
✔	日本人、男性	男女不問
✔	40 歳	35 歳以上〈35 歳未満の方でも相談可〉
✘	大学を出てからずっとパン製造·販売会社の経理をしていた	パン販売店で１カ月以上の職務経験があること

選項4 這位日本人男性有一個地方不符合應徵條件，那就是他從事的是「會計」工作，負責財務管理，這和公司要求的「麵包銷售」經驗不符，因此不符合應徵條件。正確答案是4。

小知識大補帖

▶源自於葡萄牙語的語詞

日本には、1543年に鉄砲、1549年にキリスト教が伝来しました。日本と西洋との本格的な接触の幕開けです。当時、日本に来る西洋人はポルトガル人とスペイン人（合わせて「南蛮」と言った）が主でした。この二国の言葉から借用された語彙は、日本語の中では漢語に次いで古い外来語なので、既に外来語という感じが薄れ、漢字や平仮名表記の方が普通になっているものもあります。

日本於西元 1543 年傳入槍砲，西元 1549 年傳入基督教。這為日本和西洋的正式接觸揭開了序幕。當時前來日本的西洋人主要為葡萄牙人和西班牙人（兩者合稱為「南蠻」）。從這兩國語言借用的詞彙，在日語當中是僅次於漢語的古老外來語，所以外來語的感覺已經變得很薄弱，其中甚至也有一些詞彙比較常寫成漢字或平假名。

常見表記	其他表記	原　文	意　思
カステラ		Pão de Castelha	焼き菓子の一種。 烘焙點心的一種。蜂蜜蛋糕。
合羽	カッパ	capa	雨天用の外套の一種。 雨天用的一種外套。雨衣。
歌留多	カルタ	carta	カードゲーム。特にいろはがるたと歌がるたを指すことが多い。 紙牌遊戲。特別是指伊呂波紙牌和百人一首紙牌。
金平糖	コンペイトー	confito	球状で、たくさんの突起がある砂糖菓子の一種。 一種球狀糖果，表面有很多突起物。
襦袢		gibão	和服用の下着。日本のものである上、通常漢字で書くため、日本人の多くが西洋の言葉由来だとは知らない。 和服的襯衣。由於是日本的東西，再加上通常寫成漢字，所以大多數日本人都不曉得這是自西洋傳入的語詞。

煙草	タバコ	tabaco	植物の名、またその植物の葉を加工した嗜好品。 植物名，或是用該植物的葉子加工製成的嗜好品。菸草。香菸。
チャルメラ		chara-mela	木管楽器の一種。屋台のラーメン屋がよく使う。なお、言葉はポルトガル語由来だが、現在日本で使われている楽器は中国由来のもの。 木管樂器的一種。拉麵攤經常使用。此外，這個單字雖然借字於葡萄牙語，但現在日本所使用的樂器是從中國傳來的。蕭姆管。
パン		pão	小麦粉を発酵させて焼いた食品。 以麵粉發酵烘焙而成的食品。麵包。
ボーロ		bolo	丸くて小さい焼き菓子の一種。 一種球狀小餅乾。
ミイラ		mirra	死体が腐敗せずに元に近い状態を保っているもの。なお、慣用的に「ミーラ」ではなく「ミイラ」と書く。 不會腐壞且幾乎能保持生前狀態的屍體。又，習慣上寫成「ミイラ」而不是「ミーラ」。木乃伊。

常用的表達關鍵句

＊{ } 內也可自行帶入其他詞彙喔！

01 表示希望、要求關鍵句

→ {これから少しずつでも恩返しさせ} ていただきたい／希望您能 { 讓我從今起一點一滴的報答您的恩情 }。

→ {私物を返却} してもらいたい／想請你幫我 { 歸還我個人的私人物品 }。

→ {雨がやめ} ばいいのになあ／要是 { 雨能停下來 } 該有多好。

→ {全員合格} を望む／希望 { 全體人員都能合格 }。

→ {少々お時間頂い} てもよろしいでしょうか／請問可以 { 借用一點時間 } 嗎？

02 表示要求、期待、希望關鍵句

→ 私は、次を希望する／我期望如下。

→ 私の要求は、次の通りである／我的要求如下。

→ {よい結果} を期待する／我期望 { 能有好結果 }。

→ {高い収益率} を望む／我期望 { 能有較高的收益率 }。

→ {君に運転し} てもらいたい／我想請 { 你 } 幫我 { 開車 }。

→ {集団の中で成長したい} という要求を持っている／我有這樣一個要求，{ 希望能在團體中成長 }。

→ {さらなる情報} を切に望む／迫切希望能有 { 更多的情報 }。

→ {組織における人間関係は、ぜひ} こうありたいものである／ { 組織中的人際關係，} 希望 { 務必 } 維持這樣的狀態。

→ {日本の会社で働くために、JLPT N2 に合格} する必要がある／ { 為了能在日本公司工作，} 必須 { 取得 N2 證書 } 才行。

→ {小さい子を車に残して買い物する} ものではない／不該 { 把幼兒單獨留在車上而家長逕自前往購物 }。

→ 私としては {複雑な感慨を覚えざるを得ない} ／對我而言，{ 我不得不深切地去感受那讓人既感慨又複雜的心情 }。

情境記單字

▸情境	▸▸▸單字	
仕事(しごと)、職場(しょくば) 工作、職場	□ トラブル【trouble】	糾紛，糾葛，麻煩；故障
	□ 根回し(ねまわし)	事先協調，打下基礎，醞釀；（為移栽或使果樹增產的）修根，砍掉一部份樹根
	□ 人任せ(ひとまかせ)	委託別人，託付他人
	□ 福祉(ふくし)	福利，福祉
	□ 部署(ぶしょ)	工作崗位，職守
	□ 部門(ぶもん)	部門，部類，方面
	□ 労力(ろうりょく)	（經）勞動力，勞力；費力，出力
	□ 派遣(はけん)	派遣；派出

▸情境	▸▸▸單字	
地位(ちい) 地位職稱	□ 階級(かいきゅう)	（軍隊）級別；階級；（身分的）等級；階層
	□ 幹部(かんぶ)	主要部分；幹部（特指領導幹部）
	□ 権威(けんい)	權勢，權威，勢力；（具説服力的）權威，專家
	□ 権限(けんげん)	權限，職權範圍
	□ 主任(しゅにん)	主任
	□ 等級(とうきゅう)	等級，等位
	□ 同等(どうとう)	同等（級）；同樣資格，相等
	□ 部下(ぶか)	部下，屬下
	□ ポジション【position】	地位，職位；（棒）守備位置
	□ 役職(やくしょく)	官職，職務；要職
	□ 出世(しゅっせ)	下凡；出家，入佛門；出生；出息，成功，發跡
	□ 濫用(らんよう)	濫用，亂用
	□ 格(かく)	格調，資格，等級；規則，格式，規格
	□ 退く(しりぞく)	後退；離開；退位
	□ 引く(ひく)	後退；辭退；（潮）退，平息

Track 22

次は、インターネットで見つけた現在作品募集中のコンテストの一覧表である。下の問いに対する答えとして、最も良いものを１・２・３・４から一つ選びなさい。

70 推理小説作家の久保さんはできれば次に書く作品は何かの懸賞に応募しようと思っている。久保さんが応募できるのはいくつあるか。

1 一つ

2 二つ

3 三つ

4 四つ

71 川本さんの一家は、それぞれ趣味で次の作品を作った。いずれもまだ家族にしか見せていない。川本家では、合わせていくつの賞に応募することができるか。　祖母：花を描いた油絵。父：四季の風景写真。母：短歌。姉：４コマ漫画（場面が四つで終わる漫画）。弟：詩。

1 一つ

2 二つ

3 三つ

4 四つ

		賞金	作品の種類	対象
1	にっぽんミステリー小説大賞	200万円。	ミステリー小説。400字詰め原稿用紙200枚以上800枚以内。	年齢不問。アマチュアの未発表の作品に限る。
2	日本漫画家大賞	大賞：300万円。受賞作は本誌掲載。	ジャンル不問。	プロアマ問わず。
3	短編小説コンテスト	賞金100万円。	ジャンルの設定は自由。3000字以上、10000字以内。	プロアマ問わず。未発表の作品に限る。複数の投稿可。
4	俳句賞	賞状、記念品、副賞30万円。	俳句。	未発表の作品。一人10句まで。新聞、雑誌、同人誌、句会報のほか、ホームページ、ブログ等に掲載された作品は無効。
5	イラストコンクール	賞金30万円。最優秀作品は表紙イラストとして掲載。	ファンタジーの世界を描いたA4サイズのイラスト。画材は問わず。	年齢・プロアマ不問。未発表の作品に限る。応募は一人カラー作品２枚、モノクロ作品２枚の計４枚まで。
6	ベストフォト賞	観光パンフレット等に使用。	秋をテーマにした作品。	アマチュアに限る。

7	漫画新人賞	賞金50万。 9月号に掲載。	ストーリー漫画。 40ページから60ページ。	アマ限定。未発表の作品に限る。
8	映像コンテスト	賞金300万円。 授賞式にて上映。	10歳以下の子どもを対象にしたアニメーション。10分以上、20分以内。	アマチュアの方が制作した作品とします。なお、個人で制作した作品でも、グループで制作した作品でも応募できます。
9	出版大賞	賞金300万円。 最優秀作品は出版。	エッセー、小説などの散文作品（詩歌は不可）、ジャンルを問わず。400字詰め原稿用紙換算で50枚以上、600枚以内。	プロアマ問わず。 応募は期間を通じて1回のみとし、複数作品の応募は受け付けません。

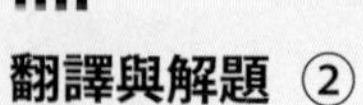

翻譯與解題 ②

次(つぎ)は、インターネットで見(み)つけた現在作品募集中(げんざいさくひんぼしゅうちゅう)のコンテストの一覧表(いちらんひょう)である。下(した)の問(と)いに対(たい)する答(こた)えとして、最(もっと)も良(よ)いものを1・2・3・4から一(ひと)つ選(えら)びなさい。

		賞金	作品の種類	対象
1	にっぽんミステリー小説大賞(しょうせつたいしょう)	200万円(まんえん)。	ミステリー小説(しょうせつ)。400字詰(じづ)め原稿(げんこう)用紙(ようし)200枚以上(まいいじょう)800枚以内(まいいない)。	年齢不問(ねんれいふもん)。アマチュアの未発表(みはっぴょう)の作品(さくひん)に限(かぎ)る。
2	日本漫画家(にほんまんがか)大賞(たいしょう)	大賞(たいしょう)：300万円(まんえん)。受賞作(じゅしょうさく)は本誌(ほんし)掲載(けいさい)。	ジャンル不問(ふもん)。	プロアマ問(と)わず。
3	短編小説(たんぺんしょうせつ)コンテスト	賞金(しょうきん)100万円(まんえん)。	ジャンルの設定(せってい)は自由(じゆう)。3000字以上(じいじょう)、10000字以内(じいない)。	プロアマ問(と)わず。未(み)発表(はっぴょう)の作品(さくひん)に限(かぎ)る。複数(ふくすう)の投稿可(とうこうか)。
4	俳句賞(はいくしょう)	賞状(しょうじょう)、記念品(きねんひん)、副賞(ふくしょう)30万円(まんえん)。	俳句(はいく)。	未発表(みはっぴょう)の作品(さくひん)。一人(ひとり)10句(く)まで。新聞(しんぶん)、雑誌(ざっし)、同人誌(どうじんし)、句(く)会報(かいほう)のほか、ホームページ、ブログ等(など)に掲載(けいさい)された作品(さくひん)は無効(むこう)。
5	イラストコンクール	賞金(しょうきん)30万円(まんえん)。最優秀作品(さいゆうしゅうさくひん)は表紙(ひょうし)イラストとして掲載(けいさい)。	ファンタジーの世界(せかい)を描(えが)いたA4サイズのイラスト。画材(がざい)は問(と)わず。	年齢(ねんれい)・プロアマ不問(ふもん)。未発表(みはっぴょう)の作品(さくひん)に限(かぎ)る。応募(おうぼ)は一人(ひとり)カラー作品(さくひん)2枚(まい)、モノクロ作品(さくひん)2枚(まい)の計(けい)4枚(まい)まで。

下面是在網路上找到正在募集作品的比賽一覽表。請從每題所給的 4 個選項（1・2・3・4）當中，選出最佳答案。

		獎金	作品種類	對象
1	日本懸疑推理小説大獎	200萬圓。	懸疑推理小説。400字稿紙200張以上，800張以內。	年齡不拘。僅限於業餘人士未經發表過的作品。
2	日本漫畫家大獎	大獎：300萬圓。得獎作品將刊載於本雜誌。	種類不限。	不限職業級或業餘人士。
3	短篇小説比賽	獎金100萬圓。	自由設定類別。3000字以上，10000字以內。	不限職業級或業餘人士。僅限於未經發表過的作品。可一次投稿複數作品。
4	俳句獎	獎狀、紀念品、副獎30萬圓。	俳句。	未經發表過的作品。一人限10句。除了報紙、雜誌、同人誌、句會報之外，刊載在網頁、部落格等處將視為無效。
5	插畫大賽	獎金30萬圓。最優秀作品將刊載為封面插圖。	描繪奇幻世界的Ａ４尺寸插畫。不限畫具。	年齡、職業級業餘級均不拘。僅限於未經發表過的作品。投稿一人最多限彩色作品２張、單色作品２張，共計４張。

6	ベストフォト賞	観光パンフレット等に使用。	秋をテーマにした作品。	アマチュアに限る。
7	漫画新人賞	賞金 50 万円。 9 月号に掲載。	ストーリー漫画。 40 ページから 60 ページ。	アマ限定。未発表の作品に限る。
8	映像コンテスト	賞金 300 万円。 授賞式にて上映。	10 歳以下の子どもを対象にしたアニメーション。10 分以上、20 分以内。	アマチュアの方が制作した作品とします。なお、個人で制作した作品でも、グループで制作した作品でも応募できます。
9	出版大賞	賞金 300 万円。 最優秀作品は出版。	エッセー、小説などの散文作品（詩歌は不可）、ジャンルを問わず。400 字詰め原稿用紙換算で 50 枚以上、600 枚以内。	プロアマ問わず。応募は期間を通じて 1 回のみとし、複数作品の応募は受け付けません。 文法詳見 P342

- □ 一覧表　一覽表
- □ ミステリー【mystery】　懸疑推理
- □ 原稿用紙　稿紙
- □ アマチュア【amateur】　業餘人士
- □ 掲載　刊載，刊登
- □ ジャンル【genre】　種類
- □ 俳句　俳句
- □ 副賞　副獎
- □ 同人誌　同人誌（志同道合之人所共同出版的書刊雜誌）

6	最佳照片獎	將使用於觀光手冊等。	以秋天為主題的作品。	僅限於業餘人士。
7	漫畫新人獎	獎金50萬圓。將刊載於９月號。	長篇漫畫。40頁至60頁。	限定業餘人士。僅限於未經發表過的作品。
8	影像比賽	獎金300萬圓。將於頒獎典禮上播映。	以10歲以下的小孩為對象的動畫。10分鐘以上，20分鐘以內。	業餘人士所製作的作品。此外，個人製作作品及團體製作作品均可報名參加。
9	出版大獎	獎金300萬圓。將出版最優秀作品。	隨筆、小説等散文作品（詩歌不可），種類不拘。以400字稿紙換算下來，50張以上，600張以內。	職業級和業餘人士均無限制。報名期間僅能投稿１次，不接受投稿複數作品。

□ ファンタジー【fantasy】　奇幻

□ モノクロ【monochrome之略】單色，黑白

□ ベスト【best】　最佳

□ フォト【photo】　照片

□ 上映（じょうえい）　播映

□ エッセー【essay】　隨筆，小品文

□ 換算（かんさん）　換算，折合

□ 懸賞（けんしょう）　懸賞（比賽），獎金、獎品

		賞金	作品の種類	対象
1	**にっぽんミステリー小説大賞**	200万円。	ミステリー小説。400字詰め原稿用紙200枚以上800枚以内。	年齢不問。**アマチュアの未発表の作品に限る。**
2	日本漫画家大賞	大賞：300万円。受賞作は本誌掲載。	ジャンル不問。	プロアマ問わず。
3	**短編小説コンテスト**	賞金100万円。	ジャンルの設定は自由。3000字以上、10000字以内。	**プロアマ問わず。**未発表の作品に限る。複数の投稿可。
4	俳句賞	賞状、記念品、副賞30万円。	俳句。	未発表の作品。一人10句まで。新聞、雑誌、同人誌、句会報のほか、ホームページ、ブログ等に掲載された作品は無効。
5	イラストコンクール	賞金30万円。最優秀作品は表紙イラストとして掲載。	ファンタジーの世界を描いたA4サイズのイラスト。画材は問わず。	年齢・プロアマ不問。未発表の作品に限る。応募は一人カラー作品２枚、モノクロ作品２枚の計４枚まで。
6	ベストフォト賞	観光パンフレット等に使用。	秋をテーマにした作品。	アマチュアに限る。
7	漫画新人賞	賞金50万円。9月号に掲載。	ストーリー漫画。40ページから60ページ。	アマ限定。未発表の作品に限る。
8	映像コンテスト	賞金300万円。授賞式にて上映。	10歳以下の子どもを対象にしたアニメーション。10分以上、20分以内。	アマチュアの方が制作した作品とします。なお、個人で制作した作品でも、グループで制作した作品でも応募できます。
9	**出版大賞**	賞金300万円。最優秀作品は出版。	エッセー、小説などの散文作品（詩歌（しいか）は不可）、ジャンルを問わず。400字詰め原稿用紙換算で50枚以上、600枚以内。	**プロアマ問わず。**応募は期間を通じて1回のみとし、複数作品の応募は受け付けません。

關鍵句（1）

關鍵句（3）

關鍵句（9）

解題攻略

70 推理小説作家(すいりしょうせつさっか)の久保(くぼ)さんはできれば次(つぎ)に書(か)く作品(さくひん)は何(なに)かの懸賞(けんしょう)に応募(おうぼ)しようと思(おも)っている。久保(くぼ)さんが応募(おうぼ)できるのはいくつあるか。

1 一(ひと)つ
2 二(ふた)つ
3 三(みっ)つ
4 四(よっ)つ

70 推理小說作家久保先生如果有機會，他想拿下一部作品去參加個什麼比賽。久保先生能夠報名的比賽有幾個呢？

1 1 個
2 2 個
3 3 個
4 4 個

Answer **2**

久保先生作為一位推理小說作家，希望將他接下來的作品提交至某個獎項進行申請。根據提供的比賽一覽表，與小說相關的比賽共有 3 項，分別為：

1.「にっぽんミステリー小説大賞」（日本推理小說大獎）：該獎項特別針對未發表的推理小說作家開放，但有明確指出僅限業餘（アマチュア）作家參與，且作品頁數需介於400字原稿用紙200張以上800張以內。由於久保先生為職業作家，他的作品不符合這一資格要求。

2.「短編小説コンテスト」（短篇小說比賽）：該比賽不限制參加者的職業背景（プロアマ問わず），只要求作品為未發表的，且字數在3000字以上10000字以內。久保先生的作品完全符合這些要求，因此他可以申請參加此比賽。

3.「出版大賞」（出版大獎）：該獎項同樣不限制作者的職業背景，接受散文作品，包括小說和散文，但不接受詩歌，作品頁數需在400字原稿用紙50張以上600張以內。久保先生的作品也符合這些條件，因此他亦可參加此比賽。

綜上所述，久保先生可以參加的比賽共有兩個，分別是「短編小説コンテスト」和「出版大賞」。因此，正確的答案是「2個」。

題型分析

這道題屬於「情報一致題型」，旨在識別哪些懸賞，久保先生可以根據其作品性質和懸賞的要求來應募。

解題思路

1. 識別各段論點：明確每個懸賞的要求，包括作品的種類、對象者的資格（如年齡、プロアマ）、作品的長度或規模等。
2. 分析差異：根據久保先生是一位推理小說作家的身分，篩選那些允許推理小說或類似類型作品參賽的懸賞。
3. 選擇匹配選項：從列表中選出符合條件的懸賞。
4. 排除法：排除那些不適用於推理小說，或對專業作家有限制的懸賞。

翻譯與解題 ②

		賞金	作品の種類	対象	
1	にっぽんミステリー小説大賞	200万円。	ミステリー小説。 400字詰め原稿用紙200枚以上800枚以内。	年齢不問。アマチュアの未発表の作品に限る。	
2	日本漫画家大賞	大賞：300万円。 受賞作は本誌掲載。	ジャンル不問。	プロアマ問わず。	姊姊
3	短編小説コンテスト	賞金100万円。	ジャンルの設定は自由。 3000字以上、10000字以内。	プロアマ問わず。未発表の作品に限る。複数の投稿可。	
4	俳句賞	賞状、記念品、副賞30万円。	俳句。	未発表の作品。一人10句まで。新聞、雑誌、同人誌、句会報のほか、ホームページ、ブログ等に掲載された作品は無効。	母親
5	イラストコンクール	賞金30万円。 最優秀作品は表紙イラストとして掲載。	ファンタジーの世界を描いたA4サイズのイラスト。画材は問わず。	年齢・プロアマ不問。未発表の作品に限る。応募は一人カラー作品２枚、モノクロ作品２枚の計４枚まで。	祖母
6	ベストフォト賞	観光パンフレット等に使用。	秋をテーマにした作品。	アマチュアに限る。	父親
7	漫画新人賞	賞金50万。 9月号に掲載。	ストーリー漫画。 40ページから60ページ。	アマ限定。未発表の作品に限る。	
8	映像コンテスト	賞金300万円。 授賞式にて上映。	10歳以下の子どもを対象にしたアニメーション。10分以上、20分以内。	アマチュアの方が制作した作品とします。なお、個人で制作した作品でも、グループで制作した作品でも応募できます。	
9	出版大賞	賞金300万円。 最優秀作品は出版。	エッセー、小説などの散文作品（詩歌（しいか）は不可）、ジャンルを問わず。400字詰め原稿用紙換算で50枚以上、600枚以内。	プロアマ問わず。応募は期間を通じて1回のみとし、複数作品の応募は受け付けません。	弟弟

71 川本さんの一家は、それぞれ趣味で次の作品を作った。いずれもまだ家族にしか見せていない。川本家では、合わせていくつの賞に応募することができるか。 祖母：花を描いた油絵。父：四季の風景写真。母：短歌。姉：4コマ漫画（場面が四つで終わる漫画）。弟：詩。

1 一つ　　2 二つ
3 三つ　　4 四つ

Answer 2

71 川本先生一家人依個人的興趣創作了以下的作品。到目前為止，每件作品都只給家人看過。川本先生全家人總共能報名幾個比賽呢？ 祖母：以花為主題的油畫。父親：四季的風景照。母親：短歌。姊姊：四格漫畫（以4個場景作結的漫畫）。弟弟：詩。

1 1個　　**2** 2個
3 3個　　**4** 4個

川本家每位成員根據他們的作品，能夠報名參加的獎項分別如下：

母親：她創作了短歌。根據列出的比賽，沒有一項是專門針對短歌或詩歌的，因此母親的作品沒有適合報名的比賽。

姐姐：她創作了一部四格漫畫。第2項「日本漫畫家大賞」接受所有類型的漫畫作品，不限定職業或業餘身分，因此姐姐的四格漫畫適合參加這項比賽。

弟弟：他創作了詩歌。和母親的情況相同，列出的比賽中沒有適合詩歌參賽的項目。

這一題要先找出每個家人能參加的比賽種類，再來看看是否符合報名條件。

祖母：她創作了一幅以花為主題的油畫。在列出的比賽中，主要與繪畫相關的是第5項「イラストコンクール」。然而，該比賽要求作品必須繪製一個奇幻世界，並且是A4大小的插圖。由於祖母的作品專注於繪製花卉，不符合奇幻題材的要求，因此她的作品不適合參加這項比賽。

父親：他拍攝了四季風景的照片。這些作品適合參加第6項「ベストフォト賞」，該獎項尋找以秋天為主題的作品。由於父親的四季風景照中肯定包含秋天主題，且該比賽限定業餘人士參加，適合父親的情況。

綜上所述，川本家合計有兩個作品適合報名參加相對應的比賽：父親的秋季風景照片可以報名參加「ベストフォト賞」，姐姐的四格漫畫可以報名參加「日本漫畫家大賞」。因此，正確答案是「2個」。

翻譯與解題 ②

題型分析

這道題屬於「情報一致題型」，目的是確定川本家的成員能夠參加哪些比賽種類。

解題思路

1. 識別各段論點：檢查每個懸賞的要求，和川本家成員創作的作品類型是否相匹配。
2. 分析差異：確定各懸賞對作品的具體要求（如作品類型、是否需要是未發表作品、對參賽者的身分有無限制等）。
3. 選擇匹配選項：根據作品類型和懸賞要求，選出川本家可以參加的賞項。
4. 排除法：排除那些不符合川本家作品類型，或有其他限制條件的懸賞。

重要文法

【名詞】＋を通じて、を通して。後接表示期間、範圍的詞，表示在整個期間或整個範圍內。

❶ を通じて／を通して

在整個期間…、在整個範圍…

例句 台湾は一年を通して雨が多い。

台灣一整年雨量都很充沛。

小知識大補帖

▶日文原創的片假名略語

片假名略語	原本的說法 （＊為不常使用的說法。原文若無特別說明則為英文）	附註
アニメ 動畫、卡通	アニメーション animation	英語にも逆輸入されている。 此略語也逆向傳入英語。
アマ 業餘、業餘人士	アマチュア amateur	日本語の「アマ」は英語では“a.”や“am”と略し、“ama”とは言いませんが、「プロ」は英語でも“pro”で通用します。 日語的「アマ」在英語簡略為“a.”或“am”，而非“ama”。不過「プロ」（專業人士）在英語講“pro”也會通。

アメフト 美式足球	アメリカンフットボール American football	
アングラ 地下的、違法的	アンダーグラウンド（＊） underground	原義は「地下」だが、日本語の「アングラ」は、商業性を無視した芸術や非合法の組織などに限って使われている。 原意是「地底下」，不過日語的「アングラ」只限於使用在無視商業價值的藝術或非法組織。
インフラ 基礎設施	インフラストラクチャー（＊） infrastructure	
エアコン 空調	エアコンディショナー（＊） air conditioner	
オートマ 自排變速箱	オートマチックトランスミッション（＊） automatic transmission	
カンパ 募捐	略語しか使わない 只當略語使用 （俄）kampanija	原義は「大衆闘争」だが、日本では大衆闘争のための募金の意味で使われ、その後募金活動一般を指すようになった。 原意是「群眾鬥爭」，不過在日本是指為了群眾鬥爭而募款，日後則普遍變為募捐活動的意思。

コンビニ 超商	コンビニエンスストア convenience store	
スパコン 超級電腦	スーパーコンピュータ（ー） supercomputer	
スマホ 智慧型手機	スマートフォン smart phone	正式に書くときは「スマートフォン」が多く、「スマートホン」とはあまり書かないが、略称は常に「スマホ」。 正式寫法多為「スマートフォン」，很少會寫成「スマートホン」，不過經常簡稱為「スマホ」。
ゼネコン 承包商	略語しか使わない 只當略語使用 general contractor	
フリーター 飛特族	略語しか使わない 只當略語使用 （英）free＋（德）Arbeiter	
メタボ 代謝症候群	メタボリック症候群 metabolic syndrome	
リストラ 裁員	リストラクチュアリング（*） restructuring	

常用的表達關鍵句

＊｛ ｝內也可自行帶入其他詞彙喔！

01 轉換話題關鍵句

- では／那麼。
- さて／那麼、言歸正傳。
- しかし／但是、不過。
- それでは／那麼。
- ところで／話又說回來、另外。
- それはそうと／此外、另外、附帶說一句、順帶一提。
- それはそれとして／再提另一件事、那麼、另外。
- ときに／此外。
- はともかくとして／姑且不談。
- なお／另外、還有。
- とにかく／總之。
- 一方（いっぽう）／另一方面。

02 訂正、補充關鍵句

- {それは体（からだ）の病気（びょうき）} ではなくて {心（こころ）の病気（びょうき）だ} ／｛那｝並非｛身體上的病痛｝而是｛心理的疾病啊｝。
- ただし／雖然…，但是…。
- もっとも／不過…。但是…。

03 提出話題關鍵句

- それなら／如果是這樣的話。
- なお／另外、還有。
- {ハウス栽培（さいばい）} ならば {可能（かのう）です} ／如果｛是溫室栽培的話是可行的｝。

情境記單字

▸情境	▸▸▸單字	
伝達（でんたつ）、通知（つうち）、情報（じょうほう） 傳達、告知、信息	□ 言伝（ことづて）	傳聞；帶口信
	□ コマーシャル【commercial】	商業（的），商務（的）；商業廣告
	□ 消息（しょうそく）	消息，信息；動靜，情況
	□ 張り紙（はりがみ）	貼紙；廣告，標語
	□ 拡散（かくさん）	擴散；（理）漫射
	□ 回覧（かいらん）	傳閱；巡視，巡覽
	□ 勧告（かんこく）	勸告，說服
	□ 公開（こうかい）	公開，開放
	□ 告知（こくち）	通知，告訴
	□ 転送（てんそう）	轉寄
	□ 言付ける（ことづける）	託付，帶口信 假託，藉口
	□ 告げる（つげる）	通知，告訴，宣布，宣告

報道（ほうどう）、放送（ほうそう） 報導、廣播	□ 映像（えいぞう）	映像，影像；（留在腦海中的）形象，印象
	□ 公（おおやけ）	政府機關，公家，集體組織；公共，公有；公開
	□ チャンネル【channel】	（電視，廣播的）頻道
	□ メディア【media】	手段，媒體，媒介
	□ 反響（はんきょう）	迴響，回音；反應，反響
	□ 取材（しゅざい）	（藝術作品等）取材；（記者）採訪
	□ 中継（ちゅうけい）	中繼站，轉播站；轉播
	□ 特集（とくしゅう）	特輯，專輯
	□ 報道（ほうどう）	報導
	□ 報ずる（ほうずる）	通知，告訴，告知，報導；報答，報復
	□ 報じる（ほうじる）	通知，告訴，告知，報導；報答，報復

▶ 圖畫

今年の４月から絵を習い始めました。
我從今年４月開始學畫。

上田さんは漫画を描くのが上手だ。
上田小姐很擅長畫漫畫。

趣味は絵を見に行くことです。
我的興趣是繪畫鑑賞。

セザンヌの絵が好きです。
我很喜歡塞尚的畫。

この絵は黄色や茶色や緑などたくさんの色で描かれています。
這幅畫裡用了黃色、褐色、綠色等各種色彩。

この絵は細いペンで描かれています。
這幅畫是以細鋼筆勾勒的。

この画家の絵は白い鳥を描いたものが多い。
這位畫家多半以白鳥為作畫主題。

▶ 攝影

36枚どりのフィルムを３本ください。
請給我３盒每卷 36 張的底片。

天気がいいからフィルムをたくさん持っていこう。
今天陽光普照，我們多帶點底片出門吧！

写真を撮りますから、皆さん、並んでください。
要拍照囉，請大家站近一點。

少し横から撮って。そのほうがきれいに見えるから。
麻煩站到我的側面，這樣拍出來比較漂亮。

カメラにフィルムが入っていますか。
相機裡有裝底片了嗎？

今日はフィルムを10本使いました。
今天用了 10 巻底片。

電車の写真を撮るのが趣味です。
我的興趣是拍電車的照片。

散歩するときはいつもカメラを持って行きます。
我在散步的時候總是會隨身帶著相機。

昔は白黒写真だったが、今はほとんどカラーだ。
以前只有黑白照片，但是現在幾乎都是彩色的。

日本のカメラは安くていいものが多い。
日本製的相機有許多便宜又精良的機型。

フィルムを使うカメラよりデジタルカメラの方が多くなった。
現在比較多人用數位相機拍照，很少人還在用底片相機了。

MEMO

1 時間、期間、範圍、起點

◆ **にして**　(1) 是…而且也…；(2) 雖然…但是…；(3) 僅僅…；(4) 在…（階段）時才…

- 彼女は女優**にして**、5人の子どもの母親でもある。
  她不僅是女演員，也是5個孩子的母親。

◆ **にあって（は／も）**　在…之下、處於…情況下；即使身處…的情況下

- この国は発展途上**にあって**、市内は活気に満ちている。
  這裡雖然還處於開發中國家，但是城裡洋溢著一片蓬勃的氣息。

◆ **まぎわに（は）、まぎわの**　迫近…、…在即

- 寝る**間際には**パソコンやスマホの画面を見ないようにしましょう。
  我們一起試著在睡前不要看電腦和手機螢幕吧！

◆ **ぎわに、ぎわの、きわに**　(1) 邊緣；(2) 旁邊；(3) 臨到…、在即…、迫近…

- 戸口の**際に**ベッドを置いた。
  將床鋪安置在房門邊。

◆ **を～にひかえて**　臨進…、靠近…、面臨…

- 結婚**を**来年**に控えて**、姉はどんどんきれいになっている。
  隨著明年的婚期一天天接近，姊姊變得愈來愈漂亮了。

◆ **や、やいなや**　剛…就…、一…馬上就…

- 病室のドアを閉める**や否や**、彼女はポロポロと涙をこぼした。
  病房的門扉一闔上，她豆大的淚珠立刻撲簌簌地落了下來。

◆ **がはやいか**　剛一…就…

- 彼は壇上に上がる**が早いか**、研究の必要性について喋り始めた。
  他一站上講台，隨即開始闡述研究的重要性。

◆ **そばから**　才剛…就…（又）…

- 仕事を片づける**そばから**、次の仕事を頼まれる。
  才剛解決完一項工作，下一樁任務又交到我手上了。

◆ **なり**　剛…就立刻…、一…就馬上…

- 娘は家に帰る**なり**、部屋に閉じこもって出てこない。
  女兒一回到家就馬上把自己關進房間不肯出來。

◆ **この／ここ～というもの**　整整…、整個…以來

- この半年というもの、娘とろくに話していない。

整整半年了，我和女兒幾乎沒好好說過話。

◆ **ぐるみ**　全…、全部的…、整個…

- 高齢者を騙す組織ぐるみの犯罪が後を絶たない。

專門鎖定銀髮族下手的詐騙集團犯罪層出不窮。

◆ **というところだ、といったところだ**

也就是…而已、頂多不過…；可說…差不多、可說就是…、可說相當於…

- ３日に渡る会議を経て、交渉成立まではあと一歩といったところだ。

開了整整３天會議，距離達成共識也就只差最後一步而已了。

◆ **をかわきりに、をかわきりにして、をかわきりとして**

以…為開端開始…、從…開始

- 営業部長の発言を皮切りに、各部署の責任者が次々に発言を始めた。

業務部長率先發言，緊接著各部門的主管也開始逐一發言。

2　目的、原因、結果

◆ **べく**　為了…而…、想要…、打算…

- 息子さんはお父さんの期待に応えるべく頑張っていますよ。

令郎為了達到父親的期望而一直努力喔！

◆ **んがため（に）、んがための**　為了…而…（的）、因為要…所以…（的）

- 我が子の命を救わんがため、母親は街頭募金に立ち続けた。

當時為了拯救自己孩子的性命，母親持續在街頭募款。

◆ **ともなく、ともなしに**

(1) 雖然不清楚是…，但…；(2) 無意地、下意識的、不知…、無意中…

- 多田君はいつからともなしに、みんなのリーダー的存在となっていた。

不知道從什麼時候起，多田同學成為班上的領導人物了。

◆ **ゆえ（に／の）**　因為是…的關係；…才有的…

- 子どもに厳しくするのも、子どもの幸せを思うが故なのだ。

之所以如此嚴格要求孩子的言行舉止，也全是為了孩子的幸福著想。

◆ **ことだし**　由於…、因為…

- まだ病気も初期であることだし、手術せずに薬で治せますよ。

所幸病症還屬於初期階段，不必開刀，只要服藥即可治癒囉。

◆ **こととて**　(1) 雖然是…也…；(2)（總之）因為…

- 知らぬこととて、ご迷惑をおかけしたことに変わりはありません。申し訳ありませんでした。

由於我不知道相關規定，以致於造成各位的困擾，在此致上十二萬分的歉意。

◆ **てまえ**　(1) …前、…前方；(2) 由於…所以…

- 本棚は奥に、テーブルはその手前に置いてください。

請將書櫃擺在最後面，桌子則放在它的前面。

◆ **とあって**　由於…（的關係）、因為…（的關係）

- 20年ぶりの記録更新とあって、競技場は興奮に包まれた。

那一刻打破了20年來的紀錄，競技場因而一片歡聲雷動。

◆ **にかこつけて**　以…為藉口、托故…

- 就職にかこつけて、東京で一人暮らしを始めた。

我用找到工作當藉口，展開了一個人住在東京的新生活。

◆ **ばこそ**　就是因為…才…、正因為…才…

- あなたの支えがあればこそ、私は今までやって来られたんです。

因為你的支持，我才得以一路走到了今天。

◆ **しまつだ**　（結果）竟然…、落到…的結果

- 木村君は日頃から遅刻がちだが、今日はとうとう無断欠勤する始末だ。

木村平時上班就常遲到，今天居然乾脆曠職！

◆ **ずじまいで、ずじまいだ、ずじまいの**

（結果）沒…（的）、沒能…（的）、沒…成（的）

- 旅行中は雨続きで、結局山には登らずじまいだった。

旅遊途中連日陰雨，無奈連山都沒爬成，就這麼失望而歸了。

◆ **にいたる**　(1) 最後…；(2) 最後…、到達…、發展到…程度

- この川は関東平野を南に流れ、東京湾に至る。

這條河穿越關東平原向南流入東京灣。

3 可能、預料外、推測、當然、對應

◆ **うにも～ない**　即使想…也不能…

- 体がだるくて、起きようにも起きられない。

全身倦怠，就算想起床也爬不起來。

◆ **にたえる、にたえない**

(1) 經得起…、可忍受…；(2) 值得…；(3) 不勝…；(4) 不堪…、忍受不住…

- 受験を通して、不安や焦りにたえる精神力を強くすることができる。

透過考試，可以對不安或焦慮的耐受力進行考驗，強化意志力。

◆ **（か）とおもいきや**　原以為…、誰知道…、本以為…居然…

- 今年は合格間違いなしと思いきや、今年もダメだった。

原本有十足的把握今年一定可以通過考試，誰曉得今年竟又落榜了。

◆ **とは**　(1) 所謂…、是…；(2) 連…也、沒想到…、…這…、竟然會…

-「急がば回れ」とは、急ぐときは遠回りでも安全な道を行けという意味です。

所謂「欲速則不達」，意思是寧走十步遠，不走一步險（著急時，要按部就班選擇繞行走一條安全可靠的遠路）。

◆ **とみえて、とみえる**　看來…、似乎…

- 母は穏やかな表情で顔色もよい。回復は順調とみえる。

媽媽不僅露出舒坦的表情，氣色也挺不錯的，看來恢復狀況十分良好。

◆ **べし**　應該…、必須…、值得…

- ゴミは各自持ち帰るべし。

垃圾必須各自攜離。

◆ **いかんで（は）**　要看…如何、取決於…

- コーチの指導方法いかんで、選手はいくらでも伸びるものだ。

運動員能否最大限度發揮潛能，可以説是取決於教練的指導方法。

4 樣態、傾向、價值

◆ **といわんばかりに、とばかりに**

幾乎要說…；簡直就像…、顯出…的神色、似乎…般地

- もう我慢できないといわんばかりに、彼女は洗濯物を投げ捨てて出て行った。

她彷彿再也無法忍受似地把待洗的髒衣服一扔，衝出了家門。

◆ **ながら（に／も／の）** （1）雖然…但是…；（2）保持…的狀態

- 彼女が国に帰ったことを知りながら、どうして僕に教えてくれなかったんだ。
  你明明知道她已經回國了，為什麼不告訴我這件事呢！

◆ **まみれ** 沾滿…、滿是…

- 息子の泥まみれのズボンをゴシゴシ洗う。
  我拚命刷洗兒子那件沾滿泥巴的褲子。

◆ **ずくめ** 清一色、全都是、淨是…、充滿了

- 今月に入って残業ずくめで、もう倒れそうだ。
  這個月以來幾乎天天加班，都快撐不下去了。

◆ **めく** 像…的樣子、有…的意味、有…的傾向

- 今朝の妻の謎めいた微笑はなんだろう。
  今天早上妻子那一抹神祕的微笑究竟是什麼意思呢？

◆ **きらいがある** 有一點…、總愛…、有…的傾向

- 彼は有能だが人を下に見るきらいがある。
  他能力很強，但也有點瞧不起人。

◆ **にたる、にたりない** （1）不足以…、不值得…；（2）不夠…；（3）可以…、足以…、值得…

- そんな取るに足りない小さな問題を、いちいち気にするな。
  不要老是在意那種不值一提的小問題。

5 程度、強調、輕重、難易、最上級

◆ **ないまでも** 就算不能…、沒有…至少也…、就是…也該…、即使不…也…

- 毎日とは言わないまでも、週に一、二回は連絡してちょうだい。
  就算沒辦法天天保持聯絡，至少每星期也要聯繫一兩次。

◆ **に（は）あたらない** （1）不相當於…；（2）不需要…、不必…、用不著…

- ちょっとトイレに行っただけです。駐車違反には当たらないでしょう。
  我只是去上個廁所而已，不至於到違規停車吃紅單吧？

◆ **だに** （1）一…就…、只要…就…、光…就…；（2）連…也（不）…

- 致死率 90% の伝染病など、考えるだに恐ろしい。
  致死率高達90%的傳染病，光想就令人渾身發毛。

◆ **にもまして** (1)最…、第一；(2)更加地…、加倍的…、比…更…、比…勝過…

- 今日の森部長はいつにもまして機嫌がいい。

森經理今天的心情比往常都要來得愉快。

◆ **たりとも～ない** 哪怕…也不(可)…、即使…也不…

- お客が書類にサインするまで、一瞬たりとも気を抜くな。

在顧客簽署文件之前，哪怕片刻也不許鬆懈！

◆ **といって～ない、といった～ない** 沒有特別的…、沒有值得一提的…

- 何といった目的もなく、なんとなく大学に通っている学生も少なくない。

沒有特定目標，只是隨波逐流地進入大學就讀的學生並不在少數。

◆ **あっての** 有了…之後…才能…、沒有…就不能(沒有)…

- 生徒あっての学校でしょう。生徒を第一に考えるべきです。

沒有學生哪有學校？任何考量都必須將學生放在第一順位。

◆ **こそすれ** 只會…、只是…、只能…

- 彼女の行いには呆れこそすれ、同情の余地はない。

她的行為令人難以置信，完全不值得同情。

◆ **すら、ですら** 就連…都、甚至連…都；連…都不…

- 人に迷惑をかけたら謝ることくらい、子どもですら知ってますよ。

就連小孩子都曉得，萬一造成了別人的困擾就該向人道歉啊！

◆ **にかたくない** 不難…、很容易就能…

- このままでは近い将来、赤字経営になることは、予想するに難くない。

不難想見若是照這樣下去，公司在不久的未來將會虧損。

◆ **にかぎる** 就是要…、…是最好的

- 疲れたときは、ゆっくりお風呂に入るに限る。

疲憊的時候若能泡個舒舒服服的熱水澡簡直快樂似神仙。

6 話題、評價、判斷、比喻、手段

◆ **ときたら** 說到…來、提起…來

- 小山課長の説教ときたら、同じ話を3回は繰り返すからね。

要說小山課長的訓話總是那套模式，同一件事必定重複講3次。

◆ にいたって(は)、にいたっても

(1) 到…階段(才);(2) 即使到了…程度;(3) 至於、談到

- 印刷の段階に至って、初めて著者名の誤りに気がついた。
  直到了印刷階段，才初次發現作者姓名誤植了。

◆ には、におかれましては　在…來說

- 紅葉の季節となりました。皆様におかれましてはいかがお過ごしでしょうか。
  時序已入楓紅，各位是否別來無恙呢？

◆ たる(もの)　作為…的…、位居…、身為…

- 経営者たる者は、まず危機管理能力がなければならない。
  既然位居經營階層，首先非得具備危機管理能力不可。

◆ ともあろうものが　身為…卻…、堂堂…竟然…、名為…還…

- 教育者ともあろう者が、一人の先生を仲間外れにするとは、呆れてものが言えない。
  身為杏壇人士，居然刻意排擠某位教師，這種行徑簡直令人瞠目結舌。

◆ と(も)なると、と(も)なれば

要是…那就…、如果…那就…、一旦處於…就…、每逢…就…、既然…就…

- この砂浜は週末ともなると、カップルや家族連れで賑わう。
  這片沙灘每逢週末總是擠滿了一雙雙情侶和攜家帶眷的遊客。

◆ なりに、なりの

與…相適、從某人所處立場出發做…、那般…(的)、那樣…(的)、這套…(的)

- 外国人に道を聞かれて、英語ができないなりに頑張って案内した。
  外國人向我問路，雖然我不會講英語，還是努力比手畫腳地為他指了路。

◆ (が)ごとし、ごとく、ごとき　如…一般(的)、同…一樣(的)

- 病室の母の寝顔は、微笑むがごとく穏やかなものだった。
  當時躺在病房裡的母親睡顏，彷彿面帶微笑一般，十分平靜。

◆ んばかり(だ／に／の)　簡直是…、幾乎要…(的)、差點就…(的)

- 彼は、あと１週間だけ待ってくれ、と泣き出さんばかりに訴えた。
  那時他幾乎快哭出來似地央求我再給他一個星期的時間。

◆ をもって　(1) 至…為止；(2) 以此…、用以…

- 以上をもって本日の講演を終わります。
  以上，今天的演講到此結束。

◆ **をもってすれば、をもってしても**　(1)即使以…也…；(2)只要用…

- 最新の医学をもってしても、原因が不明の難病は少なくない。
  即使擁有最先進的醫學技術，找不出病因的難治之症依然不在少數。

7 限定、無限度、極限

◆ **をおいて、をおいて～ない**　(1)以…為優先；(2)除了…之外(沒有)

- あなたにもしものことがあったら、私は何をおいても駆けつけますよ。
  要是你有個萬一，我會放下一切立刻趕過去的！

◆ **をかぎりに**　(1)盡量；(2)從…起…、從…之後就不(沒)…、以…為分界

- 彼らは、波間に見えた船に向かって、声を限りに叫んだ。
  他們朝著那艘在海浪間忽隱忽現的船隻聲嘶力竭地大叫。

◆ **ただ～のみ**　只有…才…、只…、唯…、僅僅、是

- 彼女を動かしているのは、ただ医者としての責任感のみだ。
  是醫師的使命感驅使她，才一直堅守在這個崗位上。

◆ **ならでは(の)**　正因為…才有(的)、只有…才有(的)；若不是…是不…(的)

- この店のケーキのおいしさは手作りならではだ。
  這家店的蛋糕如此美妙的滋味只有手工烘焙才做得出來。

◆ **にとどまらず(～も)**　不僅…還…、不限於…、不僅僅…

- 大気汚染による健康被害は国内にとどまらず、近隣諸国にも広がっているそうだ。
  據說空氣汙染導致的健康危害不僅僅是國內受害，還殃及臨近各國。

◆ **にかぎったことではない**　不僅僅…、不光是…、不只有…

- あの家から怒鳴り声が聞こえてくるのは今日に限ったことじゃないんです。
  今天並非第一次聽見那戶人家傳出的怒斥聲。

◆ **ただ～のみならず**　不僅…而且、不只是…也

- 男はただ酔って騒いだのみならず、店員を殴って逃走した。
  那個男人非但酒後鬧事，還在毆打店員之後逃離現場了。

◆ **たらきりがない、ときりがない、ばきりがない、てもきりがない**
沒完沒了

- 細かいことを言うときりがないから、全員1万円ずつにしよう。
  逐一分項計價實在太麻煩了，乾脆每個人都算一萬圓吧！

◆ **かぎりだ**　(1) 只限…、以…為限；(2) 真是太…、…得不能再…了、極其…

- この公園を潰して、マンションを建てるそうだ。残念な限りだ。

　據說這座公園將被夷為平地，於原址建起一棟大廈。實在太令人遺憾了。

◆ **きわまる**　極其…、非常…、…極了

- 部長の女性社員に対する態度は失礼極まる。

　經理對待女性職員的態度極度無禮。

◆ **きわまりない**　極其…、非常…

- いきなり電話を切られ、不愉快極まりなかった。

　冷不防被掛了電話，令人不悅到了極點。

◆ **にいたるまで**　…至…、直到…

- うちの会社では毎朝、若手社員から社長に至るまで全員でラジオ体操をします。

　我們公司每天早上從新進職員到總經理的全體員工都要做國民健身操（廣播體操）。

◆ **のきわみ（だ）**　真是…極了、十分地…、極其…

- このレストランのコース料理は贅沢のきわみと言えよう。

　這家餐廳的套餐可說是極盡豪華之能事。

8　列舉、反覆、數量

◆ **だの～だの**　又是…又是…、一下…一下…、…啦…啦

- 郊外に家を買いたいが、交通が不便だの、買い物に不自由だの、妻は文句ばかり言う。

　雖然想在郊區買了房子，可是太太抱怨連連，說是交通不便啦、買東西也不方便什麼的。

◆ **であれ～であれ**　即使是…也…、無論…都、也…也…、無論是…或是…、不管是…還是…、也好…也好…、也是…也是…

- 男であれ女であれ、働く以上、責任が伴うのは同じだ。

　不管是男人也好、女人也好，既然接下工作，就必須同樣肩負起責任。

◆ **といい～といい**　不論…還是、…也好…也好

- このワインは滑らかな舌触りといい、フルーツのような香りといい、女性に人気です。

　這支紅酒從口感順喉乃至於散發果香，都是受到女性喜愛的特色。

◆ **というか～というか**　該說是…還是…

- 船の旅は豪華というか贅沢というか、夢のような時間でした。
  那趟輪船之旅該形容是豪華還是奢侈呢，總之是如作夢一般的美好時光。

◆ **といった**　…等的…、…這樣的…

- ここでは象やライオンといったアフリカの動物たちを見ることができる。
  在這裡可以看到包括大象和獅子之類的非洲動物。

◆ **といわず～といわず**　無論是…還是…、…也好…也好…

- 久しぶりに運動したせいか、腕といわず脚といわず体中痛い。
  大概是太久沒有運動了，不管是手臂也好還是腿腳也好，全身上下沒有一處不痠痛的。

◆ **なり～なり**　或是…或是…、…也好…也好

- ロンドンなりニューヨークなり、英語圏の専門学校を探しています。
  我正在慣用英語的城市裡，尋找適合就讀的專科學校，譬如倫敦或是紐約。

◆ **つ～つ**　（表動作交替進行）一邊…一邊…、時而…時而…

- お互い小さな会社ですから、持ちつ持たれつで協力し合っていきましょう。
  我們彼此都是小公司，往後就互相幫襯、同心協力吧。

◆ **からある、からする、からの**　足有…之多…、值…、…以上、超過…

- 彼のしている腕時計は 200 万円からするよ。
  他戴的手錶價值高達200萬圓喔！

9 附加、附帶

◆ **と～（と）があいまって、が／は～とあいまって**

…加上…、與…相結合、與…相融合

- この白いホテルは周囲の緑とあいまって、絵本の中のお城のように見える。
  這棟白色的旅館在周圍的綠意掩映之下，宛如圖畫書中的一座城堡。

◆ **はおろか**　不用說…、就連…

- 意識が戻ったとき、事故のことはおろか、自分の名前すら憶えていなかった。
  等到恢復了意識以後，別說事故當下的經過，他連自己的名字都想不起來了。

◆ **ひとり～だけで（は）なく**　不只是…、不單是…、不僅僅…

- 朝の清掃活動は、ひとり我が校だけでなく、この地区の全ての小学校に広めていきたい。
  期盼晨間清掃不僅僅是本校的活動，還能夠推廣至本地區的所有小學共同參與。

◆ **ひとり～のみならず～（も）** 不單是…、不僅是…、不僅僅…

- 被災地の復興作業はひとり地元住民のみならず、多くのボランティアによって進められた。

不單是當地的居民，還有許多志工同心協力推展災區的重建工程。

◆ **もさることながら～も** 不用說…、…（不）更是…

- このお寺は歴史的な建物もさることながら、庭園の計算された美しさも見る人の感動を誘う。

這座寺院不僅是具有歷史價值的建築，巧奪天工的庭園之美更令觀者為之動容。

◆ **かたがた** 順便…、兼…、一面…一面…、邊…邊…

- 先日のお礼かたがた、明日御社へご挨拶に伺います。

為感謝日前的關照，藉此機會明日將拜訪貴公司。

◆ **かたわら** (1) 在…旁邊；(2) 一方向…一方面、一邊…一邊…、同時還…

- 眠っている妹のかたわらで、彼は本を読み続けた。

他一直陪伴在睡著的妹妹身邊讀書。

◆ **がてら** 順便、順道、在…同時、借…之便

- 駅まではバスで５分だが、運動がてら歩くことにしている。

搭巴士到電車站的車程只要５分鐘，不過我還是步行前往順便運動一下。

◆ **ことなしに、なしに** (1) 不…而…；(2) 不…就…、沒有…

- 誰も人の心を傷つけることなしに生きていくことはできない。

人生在世，誰都不敢說自己從來不曾讓任何人傷過心。

10 無關、關連、前後關係

◆ **いかんにかかわらず** 無論…都…

- 経験のいかんにかかわらず、新規採用者には研修を受けて頂きます。

無論是否擁有相關資歷，新進職員均須參加研習課程。

◆ **いかんによらず、によらず** 不管…如何、無論…為何、不按…

- 理由のいかんによらず、暴力は許されない。

無論基於任何理由，暴力行為永遠是零容忍。

◆ **うが、うと（も）** 不管是…都…、即使…也…

- 今どんなに辛かろうと、若いときの苦労はいつか必ず役に立つよ。

不管現在有多麼艱辛，年輕時吃過的苦頭必將對未來的人生有所裨益。

◆ **うが～うが、うと～うと**　不管…、…也好…也好、無論是…還是…

- ビールだろうがワインだろうが、お酒(さけ)は一切(いっさい)ダメですよ。

啤酒也好、紅酒也好，所有酒類一律禁止飲用喔！

◆ **うが～まいが**　不管是…不是…、不管…不…

- 君(きみ)が納得(なっとく)しようがしまいが、これはこの学校(がっこう)の規則(きそく)だからね。

無論你是否能夠認同，因為這就是這所學校的校規。

◆ **うと～まいと**　做…不做…都…、不管…不

- あなたの病気(びょうき)が治(なお)ろうと治(なお)るまいと、私(わたし)は一生(いっしょう)あなたのそばにいますよ。

不論你的病能不能痊癒，我都會一輩子陪在你身旁。

◆ **かれ～かれ**　或…或…、是…是…

- 誰(だれ)にでも多(おお)かれ少(すく)なかれ、人(ひと)に言(い)えない秘密(ひみつ)があるものだ。

任誰都多多少少有一些不想讓別人知道的秘密嘛。

◆ **であれ、であろうと**　即使是…也…、無論…都…、不管…都…

- たとえ世間(せけん)の評判(ひょうばん)がどうであろうと、私(わたし)にとっては大切(たいせつ)な夫(おっと)です。

即使社會對他加以抨擊撻伐，對我而言，他畢竟是我最珍愛的丈夫。

◆ **によらず**　不論…、不分…、不按照…

- 年齢(ねんれい)や性別(せいべつ)によらず、各人(かくじん)の適性(てきせい)をみて採用(さいよう)します。

年齡、性別不拘，而看每個人的適應性，可勝任工作者即獲錄取。

◆ **をものともせず（に）**　不當…一回事、把…不放在眼裡、不顧…

- 隊員(たいいん)たちは険(けわ)しい山道(やまみち)をものともせず、行方不明者(ゆくえふめいしゃ)の捜索(そうさく)を続(つづ)けた。

那時隊員們不顧山徑險惡，持續搜索失蹤人士。

◆ **をよそに**　不管…、無視…

- 世間(せけん)の健康志向(けんこうしこう)をよそに、この店(みせ)では大盛(おおも)りラーメンが大人気(だいにんき)だ。

這家店的特大號拉麵狂銷熱賣，恰恰與社會這股健康養生的風潮背道而馳。

◆ **いかんだ**　(1) …將會如何；(2) …如何，要看…、能否…要看…、取決於…、(關鍵)在於…如何

- さて、智(さとし)の運命(うんめい)やいかん。続(つづ)きはまた来週(らいしゅう)。

至於小智的命運將會如何？請待下週分曉。

◆ **てからというもの（は）**　自從…以後一直、自從…以來

- 木村(きむら)さん、結婚(けっこん)してからというもの、どんどん太(ふと)るね。

木村小姐自從結婚以後就像吹氣球似地愈來愈胖呢。

11 條件、基準、依據、逆接、比較、對比

◆ **うものなら** 如果要…的話，就…、只(要)…就…

- この企画が失敗しようものなら、我が社は倒産だ。

萬一這項企劃案功敗垂成，本公司就得關門大吉了。

◆ **がさいご、たらさいご** (一旦)…就完了、(一旦…)就必須…、(一…)就非得…

- うちの奥さんは、一度怒ったら最後、３日は機嫌が治らない。

我老婆一旦發飆，就會氣上整整３天３夜。

◆ **とあれば** 如果…那就…、假如…那就…、如果是…就一定

- 必要とあれば、こちらから御社へご説明に伺います。

如有需要，我方可前往貴公司說明。

◆ **なくして(は)〜ない** 如果沒有…就不…、沒有…就沒有…

- 日頃しっかり訓練することなくしては、緊急時の避難行動はできません。

倘若平時沒有紮實的訓練，遇到緊急時刻就無法順利避難。

◆ **としたところで、としたって** (1)就算…也…；(2)即使…是事實，也…

- 無理に覚えようとしたって、効率が悪いだけだ。

就算勉強死背硬記，也沒什麼效率。

◆ **にそくして、にそくした** 依據…(的)、根據…(的)、依照…(的)、基於…(的)

- 式はプログラムに即して進行します。

儀式將按照預定的時程進行。

◆ **いかんによって(は)** 根據…、要看…如何、取決於…

- 治療方法のいかんによって、再発率も異なります。

採用不同的治療方法，使得該病的復發率也有所不同。

◆ **をふまえて** 根據…、以…為基礎

- では以上の発表を踏まえて、各々グループで話し合いを始めてください。

那麼請各組以上述報告內容為基礎，開始進行討論。

◆ **こそあれ、こそあるが** (1)只是(能)…、只有…；(2)雖然…、但是…

- 厳しい方でしたが、先生には感謝こそあれ、恨みなど一切ありません。

老師的教導方式雖然嚴厲，但我對他只有衷心的感謝，沒有一丁點的恨意。

◆ **くらいなら、ぐらいなら**　與其…不如…（比較好）、與其忍受…還不如…

- 満員電車に乗るくらいなら、１時間歩いて行くよ。

與其擠進像沙丁魚罐頭似的電車車廂，倒不如走一個鐘頭的路過去。

◆ **なみ**　相當於…、和…同等程度、與…差不多

- もう３月なのに今日は真冬並みの寒さだ。

都已經３月了，今天卻還冷得跟寒冬一樣。

◆ **にひきかえ～は**　與…相反、和…比起來、相較起…、反而…、然而…

- 姉は本が好きなのにひきかえ、妹はいつも外を走り回っている。

姊姊喜歡待在家裡看書，然而妹妹卻成天在外趴趴走。

12 感情、心情、期待、允許

◆ **ずにはおかない、ないではおかない**

(1) 必須…、一定要…、勢必…；(2) 不能不…、不由得…

- 部長に告げ口したのは誰だ。白状させずにはおかないぞ。

到底是誰向經理告密的？我非讓你招認不可！

◆ **(さ) せられる**　不禁…、不由得…

- 彼女の細かい心くばりに感心させられた。

她無微不至的照應不由得讓人感到佩服。

◆ **てやまない**　…不已、一直…

- お二人の幸せを願ってやみません。

由衷祝福二位永遠幸福。

◆ **のいたり (だ)**　(1) 都怪…、因為…；(2) 真是…到了極點、真是…、極其…、無比…

- あの頃は若気の至りで、いろいろな悪さをしたものだ。

都怪當時年輕氣盛，做了不少錯事。

◆ **をきんじえない**　不禁…、禁不住就…、忍不住…

- 金儲けのために犬や猫の命を粗末にする業者には、怒りを禁じ得ない。

那些只顧賺錢而視貓狗性命如敝屣的業者，不禁激起人們的憤慨。

◆ **てはかなわない、てはたまらない**　…得受不了、…得要命、…得吃不消

- 東京の夏もこう蒸し暑くてはたまらないな。

東京夏天這麼悶熱，實在讓人受不了。

◆ **てはばからない** 不怕…、毫無顧忌…

- 彼は自分は天才だと言ってはばからない。

他毫不隱晦地直言自己是天才。

◆ **といったらない、といったら** (1)…極了、…到不行；(2)說起…

- 一瞬の隙を突かれて逆転負けした。この悔しさといったらない。

只是一個不留神竟被對手乘虛而入逆轉了賽局，而吃敗仗，令人懊悔到了極點。

◆ **といったらありはしない** …之極、極其…、沒有比…更…的了

- まだ目の開かない子猫の可愛らしさといったらありはしない。

還沒睜開眼睛的小貓咪可愛得不得了。

◆ **たところが** …可是…、結果…

- 仕事を終えて急いで行ったところが、飲み会はもう終わっていた。

趕完工作後連忙過去會合，結果酒局已經散了。

◆ **たところで（～ない）** 即使…也（不）…、雖然…但（不）、儘管…也（不）…

- どんなに後悔したところで、もう遅い。

任憑你再怎麼懊悔，都為時已晚了。

◆ **てもさしつかえない、でもさしつかえない**

…也無妨、即使…也沒關係、…也可以、可以

- では、こちらにサインを頂いてもさしつかえないでしょうか。

那麼，可否麻煩您在這裡簽名呢？

13 主張、建議、不必要、排除、除外

◆ **じゃあるまいし、ではあるまいし** 又不是…

- 小さい子どもじゃあるまいし、そんなことで泣くなよ。

又不是小孩子了，別為了那點小事就嚎啕大哭嘛！

◆ **ばそれまでだ、たらそれまでだ** …就完了、…就到此結束

- 生きていればこそいいこともある。死んでしまったらそれまでです。

只有活著才有機會遇到好事，要是死了就什麼都沒了。

◆ **までだ、までのことだ**

(1)純粹是…；(2)大不了…而已、只不過…而已、只是…、只好…、也就是…

- 悪口じゃないよ。本当のことを言ったまでだ。

這不是誹謗喔，而純粹是原原本本照實說出來罷了。

◆ でなくてなんだろう　難道不是…嗎、不是…又是什麼呢、這個就可以叫做…

- 70億人の中から彼女と僕は結ばれたのだ。これが奇跡でなくてなんだろう。
  在70億茫茫人海之中，她與我結為連理了。這難道不是奇蹟嗎？

◆ てしかるべきだ　應當…、理應…

- 県民の多くは施設建設に反対の立場だ。政策には民意が反映されてしかるべきではないか。
  多數縣民對於建造公有設施持反對立場。政策不是應該要忠實反映民意才對嗎？

◆ てすむ、ないですむ、ずにすむ

(1) 不…也行、用不著…；(2) …就行了、…就可以解決

- もっと高いかと思ったけど、5000円ですんでよかった。
  原以為要花更多錢，沒想到區區5000圓就可以解決，真是太好了！

◆ にはおよばない　(1) 不及…；(2) 不必…、用不著…、不值得…

- 私は料理が得意だが、やはりプロの味には及ばない。
  我雖然擅長下廚，畢竟比不上專家的手藝。

◆ はいうにおよばず、はいうまでもなく　不用說…（連）也、不必說…就連…

- 過労死は、会社の責任が大きいのは言うに及ばず、日本社会全体の問題でもある。
  過勞死的絕大部分責任當然要由公司承擔，同時這也是日本整體社會必須面對的問題。

◆ まで（のこと）もない　用不著…、不必…、不必說…

- 息子はがっかりした様子で帰って来た。面接に失敗したことは聞くまでもなかった。
  兒子一臉沮喪地回來了。不必問也知道他沒能通過口試。

◆ ならいざしらず、はいざしらず、だったらいざしらず

（關於）我不得而知…、姑且不論…、（關於）…還情有可原

- 彼が法律でも犯したのだったらいざ知らず、仕事が遅いくらいでクビにはできない。
  要是他觸犯了法律，這麼做或許還情有可原；但他不過是動作慢了一點罷了，不能以這個理由革職。

◆ はさておいて、はさておき　暫且不說…、姑且不提…

- 仕事の話はさておいて、まずは乾杯しましょう。
  工作的事暫且放在一旁，首先舉杯互敬吧！

14 禁止、強制、讓步、指責、否定

◆べからず、べからざる　不得…（的）、禁止…（的）、勿…（的）、莫…（的）

- 仕事に慣れてきたのはいいけど、この頃遅刻が多いな。「初心忘るべからず」だよ。

工作已經上手了當然是好事，不過最近遲到有點頻繁。「莫忘初心」這句話要時刻謹記喔！

◆をよぎなくされる、をよぎなくさせる

(1) 被迫、只得…、只好…、沒辦法就只能…；(2) 迫使…

- 昨年開店した新宿店は赤字続きで、1年で閉店を余儀なくされた。

去年開幕的新宿店赤字連連，只開了一年就不得不結束營業了。

◆ないではすまない、ずにはすまない、なしではすまない

不能不…、非…不可、應該…

- 小さい子をいじめて、お母さんに叱られないでは済まないよ。

在外面欺負幼小孩童，回到家肯定會挨媽媽一頓好罵！

◆（ば／ても）～ものを　(1) 可是…、卻…、然而卻…；(2) …的話就好了，可是卻…

- 感謝してもいいものを、更にお金をよこせとは、厚かましいにもほどがある。

按理說感謝都來不及了，竟然還敢要我付錢，這人的臉皮實在太厚了！

◆といえども　即使…也…、雖說…可是…

- いくら成功が確実だといえども、万一失敗した際の対策は立てておくべきだ。

即使勝券在握，還是應當預備萬一失敗時應對的策略。

◆ところ（を）　(1) 正…之時、…之時、…之中；(2) 雖說是…這種情況，卻還做了…

- 寝ているところを起こされて、弟は機嫌が悪い。

弟弟睡得正香卻被喚醒，臭著臉生起床氣。

◆とはいえ　雖然…但是…

- ペットとはいえ、うちのジョンは家族の誰よりも人の気持ちが分かる。

雖說是寵物，但我家的喬比起家裡任何一個人都要善解人意。

◆はどう（で）あれ　不管…、不論…

- 見た目はどうあれ、味がよければ問題ない。

外觀如何並不重要，只要好吃就沒問題了。

◆ **まじ、まじき** 不該有(的)…、不該出現(的)…

- 女はもっと子どもを産め、とは政治家にあるまじき発言だ。
身為政治家，不該做出「女人應該多生孩子」的不當發言。

◆ **なしに(は)～ない、なしでは～ない** (1)沒有…不、沒有…就不能…；(2)沒有…

- 学生は届け出なしに外泊することはできません。
學生未經申請不得擅自外宿。

◆ **べくもない** 無法…、無從…、不可能…

- うちのような弱小チームには優勝など望むべくもない。
像我們實力這麼弱的隊伍根本別指望獲勝了。

◆ **もなんでもない、もなんともない** 也不是…什麼的、也沒有…什麼的、根本不…

- 志望校合格のためなら1日10時間の勉強も、辛くもなんともないです。
為了考上第一志願的學校，就算一天用功10個鐘頭也不覺得有什麼辛苦的。

◆ **ないともかぎらない** 也並非不…、不是不…、也許會…

- 泥棒が入らないとも限らないので、引き出しには必ず鍵を掛けてください。
抽屜請務必上鎖，以免不幸遭竊。

◆ **ないものでもない、なくもない** 也並非不…、不是不…、也許會…

- お酒は飲めなくもないんですが、翌日頭が痛くなるので、あんまり飲みたくないんです。
我並不是連一滴酒都喝不得，只是喝完酒後隔天會頭痛，所以不太想喝。

◆ **なくはない、なくもない** 也不是沒…、並非完全不…

- 迷いがなくはなかったが、思い切って出発した。
雖然仍有一絲猶豫，還是下定決心出發了。

沈浸式
聽讀
雙冠王！

精修 關鍵句版

絶對合格 日檢必背閱讀

[25K＋QR碼線上音檔]

【自學制霸 15】

■ 發行人　林德勝

■ 著者　吉松由美、田中陽子、大山和佳子、林勝田、山田社日檢題庫小組

■ 出版發行　山田社文化事業有限公司
臺北市大安區安和路一段112巷17號7樓
電話　02-2755-7622
傳真　02-2700-1887

■ 郵政劃撥　19867160號　大原文化事業有限公司

■ 總經銷　聯合發行股份有限公司
新北市新店區寶橋路235巷6弄6號2樓
電話　02-2917-8022
傳真　02-2915-6275

■ 印刷　上鎰數位科技印刷有限公司

■ 法律顧問　林長振法律事務所　林長振律師

■ 書＋QR碼　定價　新台幣 429 元

■ 初版　2024年6月

© ISBN : 978-986-246-837-1